W0288377

mtb

Zum Buch:

Jane ist aufgeregt. Sie steht am Flughafen und wartet auf ihre beste Freundin Holly. Holly und ihre große Liebe Mark wollen heimlich in Italien heiraten. Eingeweiht sind nur Jane und der Trauzeuge von Mark, Cal. Für Jane ist es der erste Flug nach Europa. Vorsichtshalber deckt sie sich mit ordentlich Proviant ein, man weiß ja nie. Als sie am Flughafen einen zwar gutaussehenden aber reichlich wichtigtuerischen Mann bittet, kurz auf ihr Gepäck aufzupassen, ahnt sie noch nicht, dass er ihre Reisebegleitung sein wird. Doch Jane findet es schnell heraus. Wie soll sie bloß die Woche überstehen? Doch plötzlich hat Jane ganz andere Probleme, denn die italienische Bürokratie stellt das heiratswillige Paar von einige Herausforderungen. Jane und Cal müssen ran, um die drohende Katastrophe abzuwenden. Sie streiten sich leidenschaftlich und sind fassungslos, denn ist es möglich, dass es auch bei ihnen gefunkt hat?

»Wer einmal ein Buch von Meg Cabot gelesen hat, wird alle verschlingen.«

Freizeit Express

Zur Autorin:

Meg Cabot stammt aus Bloomington, Indiana. Nach dem Studium zog sie nach New York und schrieb ihren ersten Roman. Inzwischen hat Meg Cabot zahlreiche Bücher veröffentlicht, darunter auch die von Hollywood verfilmte Plötzlich-Prinzessin-Serie. Ihre Bücher werden in über 30 Sprachen übersetzt und haben sich weltweit millionenfach verkauft. Sie lebt mit ihrem Ehemann in Key West.

Meg Cabot

Aber bitte für immer

Roman

Aus dem Amerikanischen von
Claudia Geng

mtb

MIRA® TASCHENBUCH

2. Auflage: Mai 2019
Taschenbuch-Neuauflage
Copyright © 2019 by MIRA Taschenbuch
in der HarperCollins Germany GmbH, Hamburg

Copyright © 2005 by Meg Cabot
Originaltitel: »Every Boy's Got One«
erschienen bei: Avon Books,
an imprint of HarperCollins*Publishers*, New York

Published by arrangement with
Avon Books, an imprint of HarperCollins *Publishers*, L.L.C., New York

Die Rechte an der deutschen Übersetzung von Claudia Geng
liegen beim Blanvalet Verlag, München,
in der Verlagsgruppe Random House GmbH

Umschlaggestaltung: Hafen Werbeagentur, Hamburg
Umschlagabbildung: Gandee Vasan, Yuri Arcurs / Getty Images
Satz: GGP Media GmbH, Pößneck
Printed in Germany
Dieses Buch wurde auf FSC®-zertifiziertem Papier gedruckt.
ISBN 978-3-95649-865-7

www.mira-taschenbuch.de

Werden Sie Fan von MIRA Taschenbuch auf Facebook!

Für Benjamin

Vielen Dank an Beth Adler,
Ingo Arndt, Jennifer Brown,
John Henry Dreyfuss,
Benjamin Egnatz, Carrie Feron,
Michele Jaffe, Laura Langlie
sowie Greg und Sophia Travis

ALITALIA — ***Boarding Pass***

Passenger Name	**Frequent Flyer Number**			
Langdon, Cal	E17H616			
From:	**Flight**	**Class**	**Date**	**Departs**
NYC - JFK	1516	K	13Sept	626PM
To:	**Gate**	**Boarding Time**		**Seat**
ROMA - Fiumicino	30	550PM		21D

ALITALIA *Boarding Pass*

Passenger Name	**Frequent Flyer Number**			
Harris, Jane	---			
From:	**Flight**	**Class**	**Date**	**Departs**
NYC - JFK	1516	K	13Sept	626PM
To:	**Gate**	**Boarding Time**		**Seat**
ROMA - Fiumicino	30	550PM		21C

John F. Kennedy
International Airport
– Duty Free –

Reg#06	Tran#8971
Cshr#0084	Str#2411
1 *New Republic* Zeitsch.	$ 2.99
1 AA Batterien	$ 1.59
Zwischensumme	$ 4.58
Gesamtbetrag	$ 4.58

Bezahlung: MASTERCARD
C. Langdon
**** **** **** ****
Karte gültig bis 2/08

25.03.2007 15:59

Vielen Dank für Ihren Einkauf
JFK Duty Free
Guten Flug!

John F. Kennedy
International Airport
– Duty Free –

Reg#06	Tran#8972
Cshr#0084	Str#2411

1	Toblerone Geschenkpckg.	$ 9.99
1	Vomex A	$ 2.29
1	Oropax	$ 0.79
1	Advil	$ 2.29
1	*US Weekly* Zeitsch.	$ 1.99
1	Mineralwasser	$ 1.29
1	Mineralwasser	$ 1.29
1	Mineralwasser	$ 1.29
1	Mineralwasser	$ 1.29
1	Mineralwasser	$ 1.29
1	Reisetagebuch	$12.95

Zwischensumme	$36.75
Gesamtbetrag	$36.75

Bezahlung: AMERICAN EXPRESS
J. Harris
**** **** **** ****
Karte gültig bis 3/08

25.03.2007 16:02

Vielen Dank für Ihren Einkauf
JFK Duty Free
Guten Flug!

Reisetagebuch
von
Holly Caputo und Mark Levine

Auf ihrer heimlichen Hochzeit
verfasst von Jane Harris, Trauzeugin
alias Brautjungfer
alias Hollys beste Freundin seit der ersten Klasse
und
Mitbewohnerin seit dem ersten Semester an der
Parsons School of Design

Liebe Holly, lieber Mark,

Überraschung!

Ich weiß, von euch beiden würde sich keiner die Mühe machen, eure heimliche Hochzeit zu dokumentieren. Darum habe ich beschlossen, das für euch zu übernehmen. Wenn ihr euren zwanzigsten Hochzeitstag feiert und euer Ältester gerade den Volvo zu Schrott gefahren hat und eure Jüngste Läuse anschleppt von ihrer beschaulichen Privatschule in Westchester County und der Hund auf den Wohnzimmerteppich kotzt und du, Holly, dich fragst, warum du jemals ausgezogen bist aus der praktischen Wohnung in East Village, die wir uns so lange geteilt haben, und du, Mark, dir wünschst, du wärst im St. Vincents Wohnheim geblieben, dann könnt ihr dieses Tagebuch aufschlagen und sagen: »Oh, DESHALB haben wir geheiratet!«

Ihr zwei seid nämlich das coolste Paar, das ich kenne, und ihr passt perfekt zusammen, und ich halte es für eine GENIALE Idee, dass ihr nach Italien durchbrennt, selbst wenn sie abgekupfert ist von Kate Mackenzie aus der Personalabteilung.

Was das Durchbrennen betrifft, meine ich. Nicht das mit Italien.

Kate blieb nichts anderes übrig, als heimlich zu heiraten. Ich meine, bei so einer Schwiegerfamilie. Was hatte sie denn für eine WAHL? Aber ihr beide macht das allein aus romantischen Motiven und nicht, weil ihr dazu gezwungen seid, denn ihr kommt aus anständigen Familien.

Na schön, abgesehen von diesem belanglosen Religionsunterschied, der eure Mütter stört. Aber was soll's! Sie werden darüber hinwegkommen.

Jedenfalls gibt das eurem Plan eine besondere Note. Und ich habe mir vorgenommen, jedes Detail dieses Abenteuers schriftlich festzuhalten, ab sofort, noch bevor wir in das Flugzeug steigen. Noch bevor wir uns am Gate treffen.

Wo seid ihr überhaupt? Ich meine, man soll drei Stunden vor dem Abflug einchecken. Das wisst ihr doch, oder? Ich meine, das steht auf dem Ticket. BEI INTERNATIONALEN FLÜGEN EMPFEHLEN WIR IHNEN, DREI STUNDEN VOR DEM ABFLUG EINZUCHECKEN.

Also, wo steckt ihr, Leute?

Ich nehme an, ich könnte euch eine Mail mit meinem neuen BLACKBERRY schicken, aber du, Holly, hast mir mehrmals eingebläut, dass ich es NUR FÜR GESCHÄFTLICHE ZWECKE *verwenden darf, weil du das unserer IT-Abteilung hoch und heilig versprechen musstest. (Übrigens danke, dass du mir auch eins besorgt hast. Ich meine, echt nett von Tim und den anderen, dass sie an mich gedacht haben, obwohl ich eigentlich gar nicht mehr bei euch arbeite.)*

Gott, ich hoffe nur, euch ist nichts zugestoßen. Ich meine, auf dem Weg hierher. Die Leute rasen nämlich wie die Irren auf der Schnellstraße.

Augenblick – ihr habt es euch doch nicht anders überlegt, oder? Wegen der Hochzeit? Das könnt ihr nicht machen. Das wäre furchtbar! Einfach FURCHTBAR! *Ich meine, ihr zwei seid wie füreinander geschaffen … ganz zu schweigen davon, dass es total unfair wäre, mich hier hängen zu lassen. Meine erste Reise nach Europa, und meine Begleiter versetzen mich? Ich kann übrigens noch gar nicht glauben, dass ich das wirklich mache. Warum habe ich so lange gewartet? Welcher Amerikaner geht schon auf die dreißig zu, ohne wenigstens einmal den amerikanischen Kontinent verlassen zu haben? Kein Klassenausflug nach Paris mit dem Französischkurs im elften Schuljahr. Keine Partytour nach Mexiko in den Semesterferien im Frühjahr. Was stimmt eigentlich nicht mit mir? Warum bin ich immer nur Inland geflogen?*

Und okay, ernsthaft, was ist mit dem Typen da drüben? Ich meine, er sieht ganz süß aus. Aber warum brüllt er so in sein Handy? Wir fliegen nach Italien, Kumpel. Italien! Also, entspann dich.

Okay, ignorier den Kerl mit dem Handy. IGNORIER DEN KERL MIT DEM HANDY. *Ich kann nicht fassen, dass ich die ersten Seiten eures Reisetagebuchs mit diesem Typen verschwende. Wen interessiert der schon?* ICH FLIEGE NACH EUROPA!

Ich meine, WIR *fliegen nach Europa.*

Glaube ich jedenfalls. Vorausgesetzt, ihr liegt nicht in einem völlig verbeulten Taxiwrack auf dem Long Island Expressway. Nehmen wir einfach an, ihr wart heute Morgen ein bisschen spät dran, und ihr seid nicht tot.

Einfach toll, dass ihr mir diese Reise ermöglicht. Du und Mark, meine ich, Holly. Ich überfliege endlich den Atlantik! Und könnte es einen besseren Grund geben? Gott, wie romantisch …

Oh, Moment, der Typ mit dem Handy ist derselbe Kerl, der eben vor mir an der Kasse im Duty Free Shop stand! Der die Augen verdreht hat, weil ich so viel Wasser gekauft habe.

Offenbar hat er nicht die aktuelle Ausgabe von **Shape** *gelesen. Darin steht nämlich, dass man im Flugzeug viel Flüssigkeit verliert und dass man umgerechnet das halbe Körpergewicht in Wasser trinken sollte während eines Flugs, um einen Jetlag zu vermeiden.*

Okay, an Bord bekommt man Wasser, aber ist es auch gutes? Ich meine, so gut wie Aquafina? Wahrscheinlich nicht. Ich habe diese Verbrauchersendung auf Channel 4 gesehen, in der sie Wasser aus einem Flugzeug im Labor untersucht haben, und es war voller Mikroben! Okay, das Wasser stammte aus dem Hahn in der Bordtoilette, das wohl niemand freiwillig trinken würde, aber trotzdem.

MEINE Eltern würden mich sicher umbringen, Holly, wenn ich tun würde, was du tust. Durchbrennen, meine ich. Und dann noch ausgerechnet nach Italien. Aber das sieht dir mal wieder total ähnlich, Holly. Gott, du hast so ein Glück. Mark ist so … bodenständig. Mark, ich weiß, ich habe es dir anfangs mit deinem Science-Fiction-Fimmel und so schwer gemacht, aber im Ernst, würde ich einen Mann kennenlernen wie …

O mein Gott! Der Kerl hätte fast sein Handy nach einem dieser kleinen Shuttle-Züge geworfen, die die älteren Leute zu den Gates bringen! Und das nur, weil der Fahrer diesen Rückwärtsgangpiepton ausgelöst hat, um dem Kerl zu signalisieren, dass er im Weg steht. Gott, zwickt den etwas im Slip? Obwohl er nicht aussieht wie ein Slipträger. Eher wie ein Feinripp- oder vielleicht auch Boxershortsträger.

O nein. Wie kann ich Holly und Mark dieses Tagebuch geben, wenn ich darin Überlegungen über die Unterwäsche von irgendeinem x-beliebigen Kerl anstelle???

Aber was soll ich den beiden dann schenken? Bestimmt keine Kerzenhalter oder so etwas. Hier geht es um HOLLY. Also brauche ich etwas BESONDERES.

Na gut, das mit der Unterwäsche war ein Ausrutscher. Es macht euch doch nichts aus, Leute, oder? Ich meine, ist ja nur Unterwäsche.

Wo war ich stehen geblieben? Ach ja, Mark. Supersüß, auch wenn er dich immer zu diesen Star-Trek-Next-Generation-Serienmarathons zwingt, Holl. Und so vernünftig, mit seiner Gesundheitskolumne. Was mich daran erinnert, dass ich ihm mal diesen Leberfleck auf meinem Ellenbogen zeigen muss. Gott, Holly, du hast so ein Glück, du kannst jederzeit gratis deine Leberflecke untersuchen lassen. Warum finde ich keinen Mann mit so einer nützlichen Fähigkeit? Das Einzige, was Malcolm kann, ist, mich bei Vice City zu schlagen. Und wofür ist das gut? Kann ein High Score bei Vice City vor einem lebensgefährlichen Karzinom retten? Nein.

Okay, das kann ich jetzt endgültig knicken mit dem Geschenk für Holly und Mark. Was stimmt nicht mit mir?

Der Kerl mit dem Handy hat einfach aufgelegt, mit wem auch immer er gesprochen hat. Ich hörte ihn nur noch schreien »Das ist unverzeihlich!«, aber mehr konnte ich nicht verstehen, weil die hier CNN so laut aufgedreht haben. Jetzt hat er sein BlackBerry herausgeholt. Er tippt wild darauf herum. Ich werde nie fähig sein, so schnell auf meinem zu tippen.

Aber vielleicht ist das ja gut so. Der Kerl mit dem Handy ist ein klassisches Beispiel für eine Typ A Persönlichkeit, wie in der letzten **Shape** *beschrieben. Ich kann FÖRMLICH sehen, wie sein Blutdruck in die Höhe schießt. Ich hoffe, er bekommt keinen Schlaganfall im Flieger. Obwohl es mir nichts ausmachen würde, ihm eine Mund-zu-Mund-Beatmung zu geben.*

O mein Gott, ich kann nicht glauben, dass ich das gerade geschrieben habe.

Aber er ist wirklich süß. Ich meine, wenn man auf große, kantige, aschblonde Drei-Tage-Bart-Typen mit durchdrin-

genden blauen Augen steht, die wissen, wie man ein BlackBerry benutzt.

Okay. Jetzt kann ich es mir definitiv abschminken, Holly und Mark das Tagebuch zur Hochzeit zu schenken.

Oh, Moment, ich kann ja einfach die Seiten mit meinen Kommentaren über den Handyfreak herausreißen. Oder sie mit einem Filzstift schwärzen. Oder vielleicht sollte ich Holly und Mark stattdessen einfach einen hübschen Bilderrahmen von Tiffany kaufen. Aber das ist irgendwie ein lasches Hochzeitsgeschenk für jemanden, der einem so oft die Haare aus dem Gesicht gehalten hat, wenn man vom Tequila kotzen musste.

Obwohl ich mich natürlich oft genug revanchiert habe, wie erst neulich, Freitagabend, als das ganze Feuilleton ihren Junggesellinnenabschied feierte. Für zwei Menschen, die HEIMLICH heiraten wollen, haben Holly und Mark UNHEIMLICH viele Leute eingeweiht.

Hilfe! Auf CNN bringen sie gerade, dass eine Maschine auf dem Flughafen in San Francisco festgehalten wird, weil der Verdacht besteht, dass einer der Passagiere ein hochansteckendes Virus hat, und man befürchtet, dieses könnte sich weltweit ausbreiten!

Sie wissen, was das bedeutet: Ich brauche mehr Proviant für den Flug.

Ernsthaft, diese Menschen sind seit ZWEI STUNDEN an Bord ohne Service. Wenn ich zwei Stunden lang nichts esse, bekomme ich diese seltsamen Ausfälle auf dem linken Auge. Die Toblerone wird nicht reichen. Ich brauche etwas mit Proteinen. Zum Beispiel geröstete Mandeln. Und vielleicht Käse-Popcorn. Ich wette, das haben die nicht in Italien. Besser, ich gehe noch mal zum Duty Free Shop und stocke meine Vorräte auf, nur für alle Fälle …

>>

Von: Cal Langdon <cal.langdon@thenyjournal.com>
An: Tara Samuels <tara.samuels@thenyjournal.com>
Betreff: Reisebuchung

Wo steckt ihr alle? Ich versuche seit einer Stunde, jemanden von euch ans Telefon zu bekommen, aber es geht keiner dran. Macht das Sekretariat im September neuerdings freitags nur noch halbe Tage, während wir übrigen Sklaven selbst am Labor Day arbeiten müssen?

Ich habe euch schon vor einem Monat gebeten, das Flugticket zu buchen. Und nun bin ich am Flughafen und muss mir sagen lassen, ich fliege Holzklasse statt Business Class. In der mittleren Sitzreihe. Während eines siebenstündigen Flugs.

Selbst der verdammte Frodo würde es nicht so lange aushalten auf so einem engen Sitz. Wie soll das dann ein eins fünfundneunzig großer, zweihundert Pfund schwerer Mann schaffen?

Besser, ihr klemmt euch sofort dahinter, oder ihr werdet es mit einem sehr unglücklichen Journalisten zu tun bekommen.

C. Langdon

>>

Von: Cal Langdon <cal.langdon@thenyjournal.com>
An: Dolly Vargas <dolly.vargas@thenyjournal.com>
Betreff: Gestern Abend

Danke für den Abend. Allerdings fände ich es ein wenig überstürzt, wenn wir gleich zusammenzögen. Außerdem bezweifle ich, dass dein Ehemann das gutheißen würde.

Lass es uns einfach locker angehen und abwarten, wie es läuft, okay? Ich fliege für eine Woche in irgendein Kaff in der italienischen Provinz, das keiner kennt. Levine hat sich idiotischerweise in den Kopf gesetzt, dort zu heiraten. Ich melde mich, wenn ich wieder zurück bin.

C.

>>

Von: Tara Samuels <tara.samuels@thenyjournal.com>
An: Cal Langdon <cal.langdon@thenyjournal.com>
Betreff: AW: Reisebuchung

Es tut mir unheimlich leid, Mr. Langdon, wir hatten ein Budget-Meeting, darum ist niemand ans Telefon gegangen. Ich habe sofort bei der Airline angerufen, aber der Flug ist bereits ausgebucht. Ich kann Ihnen einen Platz in der Business Class für einen anderen Flug besorgen, aber der geht erst morgen früh. Soll ich für Sie umbuchen?

Ich möchte mich nochmals entschuldigen für das Malheur. Mir ist schleierhaft, wie das passieren konnte. Wie

Sie wissen, buchen wir sonst IMMER Business Class für Sie. Außer natürlich bei kleinen Maschinen, wo es keine Business Class gibt. Was in diesem Fall aber nicht zutrifft. Ich bitte wirklich vielmals um Entschuldigung. Dürfen wir Sie auf eine Suite umbuchen in Ihrem Hotel?

Tara

>>

Von: Dolly Vargas <dolly.vargas@thenyjournal.com>
An: Cal Langdon <cal.langdon@thenyjournal.com>
Betreff: AW: Gestern Abend

Da bist du ja endlich! Ich habe schon zehnmal auf deine Mailbox gesprochen. Was fällt dir ein, dich am Morgen einfach so heimlich davonzuschleichen, ohne eine Nachricht zu hinterlassen?

Außerdem sind Peter und ich nicht verheiratet, Süßer. Wir haben eine Vereinbarung – genau wie du und ich.

Und natürlich habe ich nicht gemeint, dass du fest bei mir einziehst. Ich biete dir lediglich mein Gästezimmer an, bis du etwas Eigenes gefunden hast. Ich weiß schließlich, wie brutal der New Yorker Immobilienmarkt sein kann.

Nicht dass dir das irgendwelche Probleme bereiten könnte, so gut, wie *Wüstenlandschaft* sich verkauft. Das Penthouse gegenüber steht übrigens gerade zum Verkauf, zum Schnäppchenpreis von zwei Millionen. Interessiert? Ich könnte ein gutes Wort bei der Eigentümergemeinschaft für dich einlegen …

Jedenfalls, Darling, melde dich, wenn du wieder zurück bist von Marks kleinem Abenteuer.

Liebe Grüße
Dolly

Reisetagebuch
von
~~Holly Caputo und Mark Levine~~
Jane Harris

Okay, ich habe den Handyfreak gebeten, kurz auf mein Handgepäck aufzupassen, um schnell ein bisschen Proviant zu besorgen, und er war EXTREM unhöflich. Er sagte in einem sehr abfälligen Ton: »Ich bezweifle stark, dass irgendjemand Ihr Wasser stehlen wird, Miss.«

!!!

Dabei war es gar nicht das, worauf er aufpassen sollte. Mein Wasser, meine ich. Vielmehr bezog sich meine Bitte auf meine Tasche. Ich meine, das Letzte, was ich gebrauchen kann, ist, dass der Sicherheitsdienst meine Tasche in die Luft sprengt, weil ich sie unbeaufsichtigt stehen lasse.

Egal. Malcolm hat Recht. Manche Leute sind einfach ätzend, und man kann daran nichts ändern. Ich hätte ahnen müssen, dass der Handyfreak dazu zählt. Vor allem wegen seiner Manie, ständig auf seinem BlackBerry herumzutippen. Er ist immer noch damit beschäftigt. Wie kann so ein krankhaft Besessener in einer Jeans eine so gute Figur machen? Das kapiere ich nicht. Ich meine, evolutionstechnisch müsste seine Spezies schon seit langer Zeit ausgestorben sein. Denn wer will sich schon mit so einem Fanatiker paaren?

Ooooh, ich habe Holly entdeckt! Holly und Mark sind hier, endlich! Hurra!

Ich frage mich, wo Marks Freund Cal ist. Den Trauzeugen des Bräutigams meine ich. Wir sollten uns alle hier am Gate treffen …

>>>

Von: Cal Langdon <cal.langdon@thenyjournal.com>
An: Mark Levine <mark.levine@thenyjournal.com>
Betreff: Wo steckst du?

Ich bin am Gate. Ich sehe dich nirgendwo. Du hast doch nicht etwa meinen Rat befolgt und die Sache in letzter Minute gecancelt, oder?

Vergiss es, du bist einfach nicht der Typ, der eine Frau vor dem Traualtar stehen lässt.

Und, schon nervös? Keine Sorge, ich habe meinen Flachmann dabei. Den werden wir auch brauchen, weil eine Verrückte an Bord ist, die offenbar befürchtet, dass wir über der Sahara abstürzen könnten.

Beeil dich und schwing deinen Arsch hierher, ich will die Braut küssen …

Oh, da bist du ja.

Cal

Reisetagebuch
von
~~Holly Caputo und Mark Levine~~
Jane Harris

O mein Gott.

Der Handyfreak ist Cal. Cal Langdon. Marks bester Kumpel seit der Grundschule. Der, der seit zehn Jahren für das **Journal** *um die ganze Welt reist und über soziale Unruhen und Wirtschaftskrisen berichtet. Der, von dem vor kurzem ein Buch erschienen ist – für das er angeblich einen hohen Vorschuss bekommen hat.*

Ich wünschte, ich wäre in der Maschine, die auf dem Flughafen in San Francisco festgehalten wird, statt in dieser. Lieber fange ich mir ein tödliches Virus ein, als auch nur eine Minute länger in der Gesellschaft von Cal Langdon zu verbringen, alias der Handyfreak, alias Mark Levines bester Freund.

Oh, und wissen Sie was? ER SITZT DIREKT NEBEN MIR. Darüber hat er sich vorhin so aufgeregt. Er hat im Sekretariat vom **Journal** *angerufen, damit die ihm flugs einen Platz in der Business Class besorgen oder wenigstens am Fenster und nicht in der Mitte, wo er jetzt sitzt.*

Haha, Cal Langdon in der Holzklasse. Ich hoffe, es gefällt Ihnen, alle fünf Sekunden mit Ihrem Ellenbogen an meinen zu stoßen, Mr. »Ich bezweifle stark, dass irgendjemand Ihr Wasser stehlen wird, Miss«. Denn ich werde meinen Platz am Gang sicher nicht aufgeben. Unter keinen Umständen.

Und erwarten Sie bloß nicht, dass ich Ihnen etwas von meinem Wasser abgebe. Oder von meiner Toblerone. Oder von meinem Käse-Popcorn. Es ist mir egal, wie lange wir auf dieser Startbahn herumstehen werden oder welches Virus sich durch die Klimaanlage verbreiten könnte. Sie bekommen **nada** *von mir, Mister.*

Ich werde Holly nicht sagen, wie unsympathisch mir der Trauzeuge ihres zukünftigen Mannes ist. Ich möchte ihr diese besondere Reise nicht verderben.

Ich kann das Tagebuch als Hochzeitsgeschenk komplett abhaken. Oder vielleicht doch nicht, weil meine Schrift total unleserlich ist, was ich dem Armlehnenschikaneur neben mir zu verdanken habe. Verzeihung, Mr. »Ich bin so groß, ich brauche den ganzen Platz für mich«. Könnten Sie bitte Ihren blöden behaarten Arm wegnehmen mit der blöden wasserdichten Armbanduhr, die die Flughöhe und die genaue Zeit auf allen sieben Kontinenten anzeigt, was ein erfahrener Weltreisender wie Sie ja unbedingt braucht, wenn man so viel weiß über Auslandspolitik und andere Dinge, von denen eine arme kleine Karikaturistin wie ich nicht die geringste Ahnung hat?

Ich sage Ihnen eins: Wenn das hier ein abgekartetes Spiel ist, bringe ich Holly um. Ich weiß, sie findet Malcolm doof, aber wie kann sie ernsthaft nur für den Bruchteil einer Sekunde in Erwägung ziehen, dass ich diesen Mr. »Nichts kann mich trennen von meinem BlackBerry« sympathisch finden könnte? Bitte! Er hat mich vorhin gefragt, was ich beruflich mache (er wollte bloß ein wenig Konversation machen, weil Holly und Mark direkt hinter uns sitzen und er nicht den Eindruck machen wollte, dass er ein verkrampfter Korinthenkacker und Kontrollfreak ist), und als ich antwortete »Karikaturistin«, meinte er: »Sie machen Witze.«

Mit völlig unbewegter Miene. Sie machen Witze.

Und, halten Sie sich fest: WONDERCAT ist ihm kein Begriff.

WONDER. CAT. Ist. Ihm. Kein. Begriff.

Er hat bestimmt gelogen. Schließlich schreibt er für die Zeitung, in der WONDERCAT geboren wurde.

Okay, er ist ständig im Ausland, und man bekommt nicht

überall das **Journal**. *Aber sieht der nie fern? Mag ja sein, dass er in den letzten zehn Jahren durch die Welt zigeunerte, aber Entschuldigung, jetzt ist er zurück, um für sein dämliches Buch Werbung zu machen. Kennt der nicht die WONDERCAT-Reklame für energiesparende Produkte, die auf NY1 läuft? Jeder in New York schaut den Lokalsender, und wenn auch nur wegen der Wettervorhersage.*

Mein Gott. Was ist das für ein Mensch? Und warum ist Mark mit ihm befreundet?

Ich denke, ich werde mit Holly ein Wörtchen unter vier Augen reden. Ob sie weiß, worauf sie sich einlässt, wenn sie einen Mann heiratet, dessen bester Kumpel nicht einmal fernsieht???

>>

Von: Cal Langdon <cal.langdon@thenyjournal.com>
An: Mark Levine <mark.levine@thenyjournal.com>
Betreff: Ich werde dich töten

Was zum Teufel ist eine *wondercat*?

Cal

>>

Von: Mark Levine <mark.levine@thenyjournal.com>
An: Cal Langdon <cal.langdon@thenyjournal.com>
Betreff: AW: Ich werde dich töten

Entschuldige, ich glaube nicht, dass man Smartphones im Flugzeug benutzen darf.

Mark

P.S.: Du hast ihr doch nicht etwa gesagt, dass du WONDERCAT nicht kennst, oder?

>>

Von: Cal Langdon <cal.langdon@thenyjournal.com>
An: Mark Levine <mark.levine@thenyjournal.com>
Betreff: AW: AW: Ich werde dich töten

Die Benutzung von Handys und Smartphones während des Flugs ist sogar laut Bundesluftfahrtbehörde verboten. Allerdings bezweifle ich den Sinn dieser Vorschrift, da ich meins schon oft während eines Flugs angelassen habe und keins der Flugzeuge ins Meer gestürzt ist.

Allerdings ist es erlaubt, sein Handy zu benutzen, solange die Maschine noch sinnlos auf der Startbahn herumsteht, weil die Fluglotsen einen Limbo-Wettbewerb abhalten, so wie scheinbar im Moment, denn mir fällt kein anderer logischer Grund ein, warum wir keine Starterlaubnis erhalten.

Und ja, ich habe sie gefragt, was eine *wondercat* ist. Ist das der Grund, warum sie so eifrig in ihr Reisetagebuch kritzelt, das sie vorhin im Duty Free Shop gekauft hat? Weil ich sie zutiefst beleidigt habe mit meiner Unkenntnis, diese Katze betreffend?

Cal

>>

Von: Mark Levine <mark.levine@thenyjournal.com>
An: Cal Langdon <cal.langdon@thenyjournal.com>
Betreff: AW: AW: AW: Ich werde dich töten

Ja. Und hör auf, mir E-Mails zu schicken. Holly fragt mich ständig, wem ich schreibe. Ich habe behauptet, der Klinik, und jetzt ist sie sauer, dass die Klinik mich nicht einmal in Ruhe lässt, wenn ich gerade durchbrenne.

Mark

>>

Von: Cal Langdon <cal.langdon@thenyjournal.com>
An: Mark Levine <mark.levine@thenyjournal.com>
Betreff: AW: AW: AW: AW: Ich werde dich töten

Woher sollen die in der Klinik das wissen? Durchbrennen bedeutet, dass man mit seinem Angebeteten beziehungsweise seiner Angebeteten in der Absicht, heimlich zu heiraten, flieht. Wie heimlich ist deine Hochzeit, wenn die ganze Klinik Bescheid weiß?

C.

>>

Von: Mark Levine <mark.levine@thenyjournal.com>
An: Cal Langdon <cal.langdon@thenyjournal.com>
Betreff: AW: AW: AW: AW: … Ich werde dich töten

Ich musste in der Klinik Bescheid geben, dass ich heirate. Und bei der Zeitung auch. Sonst hätte ich nicht frei bekommen oder sogar meine Kolumne verloren. Sag Holly nichts davon. Sie denkt immer noch, dass die Einzigen, die in die Sache eingeweiht sind, wir vier sind.

Und natürlich das gesamte Feuilleton vom *New York Journal*. Aber sie weiß nicht, dass ich das weiß.

Mark

P.S.: Hör auf, mir zu mailen. Ich schalte das Ding jetzt aus.

>>>

Von: Cal Langdon <cal.langdon@thenyjournal.com>
An: Mark Levine <mark.levine@thenyjournal.com>
Betreff: Du Hund

Dein Geheimnis ist bei mir sicher aufgehoben.

Aber mal im Ernst, ist diese Frau eine Katzennärrin? Um Himmels willen, bitte sag mir nicht, dass ich in der Mittelreihe der Holzklasse neben einer Katzennärrin sitze. Sie trägt doch hoffentlich keine Fotos in ihrer Geldbörse mit sich herum, oder? Von ihrer Katze, meine ich. Denn sonst erleide ich mitten in der Luft eine Hirnblutung …

IN DIESEM MOMENT BITTET DER FLUGKAPITÄN DIE PASSAGIERE, ALLE ELEKTRONISCHEN GERÄTE AUSZUSCHALTEN UND SICHER ZU VERSTAUEN, BIS DIE FLUGHÖHE ERREICHT IST.

Was hältst du von ihm?

O mein Gott, Holly. Wo sind wir, in der neunten Klasse? Du steckst mir heimlich Zettelchen zu? Im Flugzeug???

Na ja, wie soll ich sonst mit dir kommunizieren, wenn der blöde Servicewagen im Weg steht? Und unsere BlackBerrys dürfen wir nicht einschalten. Komm schon, beeil dich, er schläft gerade. Was hältst du von ihm?

Er schläft nicht wirklich. Er tut nur so, damit er nicht mit mir reden muss. Das weiß ich, weil er immer noch Armlehnenkrieg mit mir spielt. Jedes Mal, wenn ich mich auf der Lehne abstütze, tut er das auch, um mich wegzudrängeln.

Du magst ihn nicht?

Holly, er hat noch nie von WONDERCAT gehört!!!

Janie, er ist seit zehn Jahren Auslandskorrespondent. An Orten wie Kabul gibt es keine Unterhaltungslektüre wie die, in der WONDERCAT erscheint.

Aber du hast gesagt, dass er seit ein paar Wochen wieder in New York lebt …

Und du findest, er hätte diese paar Wochen damit verbringen sollen, deinen Comic zu lesen, statt, keine Ahnung, zum Beispiel eine Wohnung zu finden???

Außerdem hat er sich über mich lustig gemacht, weil ich so viel Wasser im Handgepäck habe.

Du hast auch einige Flaschen eingesteckt.

Entschuldige mal, neun von zehn Menschen, die tot in der Wüste aufgefunden wurden, nachdem sie sich verirrten, hatten noch Wasser in ihren Trinkflaschen. Sie waren so sehr darauf bedacht, das Wasser zu sparen, dass sie nicht genug tranken, um zu überleben. Das ist wahr. Das habe ich im Discovery Channel gesehen.

Okay, okay. Aber was hältst du von ihm? Findest du ihn sympathisch? Er ist ziemlich süß, nicht?

Er macht einen sehr … smarten Eindruck.

Der BlackBerry-Fimmel. Ich wusste es. Ich habe Mark gebeten, ihm zu sagen, dass er das verdammte Ding in der Tasche lassen soll. Ich weiß ja, Männer, die smarter sind als du, machen dich wahnsinnig.

Ich kann nicht glauben, was du eben geschrieben hast. Erstens stimmt das gar nicht, und zweitens ist Cal ganz bestimmt nicht smarter als ich. Ich meine, okay, er ist um die ganze Welt gereist, um über grausige Kriege zu berichten und über Ebola-Epidemien, und er hat ein Buch geschrieben und so weiter, aber das heißt nicht, dass er smarter ist als ich. Ich meine, kann er eine Katze zeichnen? Außerdem mag ich zufällig smarte Männer.

Genau. Wie Malcolm.

Oh, das ist unterste Schiene, selbst für dich. Ich sage dir, Malcolm kann sich um dreihundertsechzig Grad in der Luft drehen, ohne sein Snowboard zu verlieren.

Du musst aufhören, mit Snowboardern und Musikern auszugehen, Jane. Du bist jetzt dreißig. Du musst dir allmählich Gedanken über deine Zukunft machen und dir einen Mann suchen, der zur Abwechslung mal präsent ist, statt sich ständig bei den Winter-X-Games herumzutreiben oder auf irgendwelchen Bühnen.

Vielleicht will ich ja gar keinen Freund, der ständig präsent ist. Hast du daran schon mal gedacht?

Und warum hast du dir dann wochenlang die Augen ausgeheult, nachdem Malcolm ausgezogen ist?

Ich hatte einfach Mitleid mit dem Dude. Du weißt ja, wie sehr er sich an Malcolm gewöhnt hat.

Ja, gut, mag sein. Der Dude braucht Stabilität in seinem Leben. Vielleicht würde er nicht mehr so oft beißen, wenn er ein positives männliches Vorbild hätte. Dasselbe kann man von dir behaupten. Außerdem würde es dir wesentlich besser gehen mit einem Partner, der ein regelmäßiges Einkommen hat. Als Freiberuflerin bezahlst du hohe Beiträge für die Krankenversicherung. Wenn du mit einem Mann verheiratet wärst, der selber krankenversichert ist – sagen wir, durch die Zeitung –, würdest du einen Haufen Geld sparen. Und du wärst abgesichert. Und hättest eine Altersvorsorge.

Sehr lustig, dass das ausgerechnet jemand sagt, der schon mal eine komplette Monatsmiete ausgibt für eine knallrote Lederhose.

Hey! Können wir bitte bei Themen bleiben, die in diesem Jahrtausend stattfanden?

Na schön. Weißt du was? Das ist total unfair von dir, mir mit diesem ganzen Mist zu kommen von wegen Altersvorsorge und so, wo du genau weißt, dass ich das alles schon mal hatte, als ich noch mit Dave zusammen war. Und man hat ja gesehen, wo das endete.

Okay, ich gebe zu, den eigenen Freund mit der eigenen Personalabteilungsleiterin im Bett zu erwischen, kann tiefe seelische Narben hinterlassen. Vor allem wenn man bedenkt, dass es Amy Jenkins war. Aber du wirst dich erinnern, dass ich dir schon IMMER davon abgeraten habe, dich mit einem Ausländer einzulassen. Bei denen weiß man nie, ob sie ehrlich sind.

Hallo, Dave ist Engländer.

Ja, aber wir haben uns von seinem Akzent täuschen lassen. Wäre er ein Landsmann von uns, hätten wir direkt gewusst, dass er ein Hurenbock ist, der Personalabteilungsleiterinnen vernascht. Trotzdem, Janie, nur weil es mit Dave nicht geklappt hat, ist das kein Grund, sich mit arbeitslosen Losern abzugeben, die halb so alt sind wie er …

Darf ich dich daran erinnern, dass Malcolm nicht arbeitslos ist? Du weißt, er hat einen großen Vertrag für die Winter California Games. Das ist der einzige Grund, warum er ausgezogen ist. Ich meine, er musste nach Kanada. Wegen des Schnees.

Und der Umstand, dass Malcolm ein notorischer Kiffer ist, hatte nichts damit zu tun, dass du ihm NAHEGELEGT hast, auszuziehen.

Nun, wenigstens ist er kein verkrampfter Korinthenkacker und Kontrollfreak wie ANDERE, die zufällig neben mir sitzen und die ganze Armlehne für sich beanspruchen.

Jane, dein Schlafzimmer riecht heute noch wie eine Bong von innen.

Das ist mal wieder typisch für dich, in so einer Situation von so einem Thema anzufangen. Schließlich willst DU heiraten. Ich bin nur die Brautjungfer. Beziehungsweise Trauzeugin. Oder was auch immer.

Gut, abgesehen davon, dass du Cal smart findest, was hältst du sonst so von ihm? Gefällt er dir?

Ich bekomme Fanpost aus SRI LANKA, Holly. Selbst in SRI LANKA kennt man WONDERCAT. Bloß Marks Freund Cal hat keine Ahnung.

Und? Hast du denn schon einmal eine seiner Reportagen gelesen über Landminen?

Wenigstens weiß ich, was eine Landmine ist!!!

Versuch einfach, mit ihm auszukommen, okay? Andernfalls könnte die Reise nämlich sehr lang werden.

Kein Problem. Und hör jetzt bitte auf, mir Zettelchen zuzustecken, mein Essen wird gerade serviert.

Benvenuti in
Willkommen zum

Alitalia Inflight Menu

Durante il volo da New York a Roma verrà servita la cena e, prima dell'arrivo, la colazione. I piatti che gusterete sono stati preparati per voi. Buon appetito.

Während des Flugs von New York nach Rom servieren wir Ihnen Abendessen und später, vor der Landung, Frühstück. Die Gerichte auf der heutigen Menükarte wurden speziell für Sie zubereitet. Guten Appetit.

Cena
Abendessen

Farfalle al pomodoro pachino e foglie di basilico
Involtini di tacchinella e broccoletti
accompagnati da caponata de melanzane e patate

Farfalle mit frischer Tomatensauce und Basilikum
Truthahnröllchen, gefüllt mit Brokkoliröschen
an geschmorten Auberginen und Kartoffeln

oppure
oder

Filetti del pescatore con potage de zucchine
Insalata catalana
Seeteufelfilet mit Zucchini-Rahmgemüse
Salat Catalana

Assortimento di formaggi con composte di frutta e crudi
Caffè e cioccolatini

Käseauswahl mit Rohkostgemüse und frischem Obstkompott
Espresso und Schokoladentäfelchen

Reisetagebuch
von
~~*Holly Caputo und Mark Levine*~~
Jane Harris

O mein Gott. Das italienische Bordessen ist besser als die Pizzeria bei mir um die Ecke. Und ich dachte, deren **Insalata Caprese** *wäre unschlagbar.*

Der Film fängt an. Es ist der neue Hugh Jackman! O MEIN GOTT, ICH BIN GESTORBEN UND IM HIMMEL! ICH FLIEGE MIT MEINER BESTEN FREUNDIN NACH EUROPA, UND AN BORD ZEIGEN SIE EINEN FILM MIT HUGH JACKMAN.

Wenn doch nur der Armlehnenschikaneur seinen Ellenbogen wegnehmen würde.

PDA von Cal Langdon

Wie üblich ist das Bordessen fast ungenießbar. Und was heutzutage in diesem Land unter guter Unterhaltung verstanden wird, ist wirklich deprimierend. Bei dem Bordfilm scheint es sich wieder einmal um eine romantische Komödie zu handeln – einer jungen gestressten Karrierefrau begegnet an einem völlig unerwarteten Ort die Liebe. Meine Nebensitzerin verfolgt den Film gespannt, während sie ihre unzähligen Wasserflaschen leert. Sie identifiziert sich hundertprozentig mit der Protagonistin des Films, und hundertprozentig identifiziert sie mich NICHT mit dem gutaussehenden Hauptdarsteller. Tatsächlich grenzt ihr betontes Desinteresse an mir fast ans Lächerliche. Sie achtet streng darauf, dass unsere Ellenbogen sich nicht auf der Armlehne berühren, als fürchte sie, sich mit einem tödlichen Virus anzustecken.

Und das alles nur, weil ich eine beiläufige Bemerkung über ihre nicht zu übersehende Vorliebe für Mineralwasser gemacht habe.

Oh, und dann die Sache mit *crazy cat*. Oder *wondercat*. Woher soll ich wissen, dass es sich bei WONDERCAT um eine Comicfigur handelt, die sie erfunden hat? Ich lese keine Comics mehr, seit Mark und ich als Kinder jede Woche fünfunddreißig Cent zusammenkratzen mussten, um uns die neueste Ausgabe von *Spider-Man* im Big Red Food Mart kaufen zu können. Und Comics in der Zeitung habe ich noch nie gelesen. Die Zeitungen, die ich lese, bringen keine Comicstrips.

Obwohl es wahrscheinlich unklug ist, das zuzugeben, da die Zeitung, für die wir arbeiten, täglich zwei ganze Seiten mit Cartoons bringt, ganz zu schweigen vom Horoskop und der Ratgeberseite. Jetzt, wo ich mich sesshaft machen möchte, sollte ich sie vielleicht abonnieren. Dann habe ich etwas, auf das ich mich freuen kann, neben den vielen anderen schönen Dingen, die ich verpasst habe, während ich aus dem Koffer lebte, wie zum Beispiel die Suche nach einer anständigen Wohnung, die Anschaffung diverser elektrischer Geräte wie Toaster und Stereoanlage und das Warten auf den Mann von der Telekom, der versprochen hat, zwischen zehn und zwei zu kommen, und dann den ganzen Tag nicht auftaucht.

Ah! Häuslichkeit! Wie ich dich vermisst habe!

Aber ich nehme an, es hat auch seine Vorteile, häuslich zu werden. Mark ist glücklicher, als ich ihn je erlebt habe. Es scheint fast, als würde er sich auf das Halsband freuen, das ihn am Ende dieser Reise erwartet. Allerdings, wenn das Halsband so aussieht wie Holly, kann sogar ich es verstehen …

Ich muss zugeben, Holly scheint tatsächlich über andere Sachen nachzudenken als nur über ihre Fingernägel und Yoga und Sitcoms, im Gegensatz zu den Amerikanerinnen, mit denen ich in letzter Zeit zu tun hatte.

Aber am Anfang hab ich mit Valerie auch geistreiche Unterhaltungen geführt.

Was diese Freundin von Holly betrifft … ich weiß nicht. Ich schätze, man muss Zugeständnisse machen, schließlich ist sie eine Künstlerin.

Oder sind Comics keine Kunst?

Meine Mutter hält sogar den Mull, den sie aus dem Trockner holt und mit Heißkleber an Wäscheklammern befestigt, für Kunst. Bedauerlicherweise wird sie in diesem Glauben durch die Kunstgemeinde von Tucson, wo sie vor kurzem ein Atelier eröffnet hat, bestärkt.

Auch wenn Ms. Harris eine Künstlerin sein mag, hat sie sehr glänzendes Haar. Es ist braun, wie ihre Augen. Das Tattoo in Form eines Katzenkopfs – WONDERCAT, nehme ich an – über ihrem rechten Fußknöchel ist allerdings irgendwie abstoßend. Außerdem ist ihr Mund scheinbar ständig in Bewegung. Im Moment erzählt sie der Stewardess, wie gut ihr der letzte Film des männlichen Hauptdarstellers gefallen habe, in dem er einen Mutanten verkörperte.

Diese Sitze sind so unbequem. Ich passe gerade noch so hinein, wenn ich nicht tief einatme.

Was soll's. Ich habe schon an schlimmeren Orten geschlafen. Wenigstens gibt es hier keine Guerillakämpfer, die sich in einem nahegelegenen Gebüsch verstecken und auf eine Gelegenheit warten, mir die Kehle aufzuschlitzen. Oder Schlangen.

Gott, ich hasse Schlangen.

Also, immerhin etwas.

Benvenuti in

Willkommen zum

Alitalia Inflight Menu

Colazione

Frühstück

Spremuta fresca di arancia
Omelette alle erbe fini con funghi
Pomodorini e bacon alla griglia
Assortimento di tieviti e pane tostato caldo
Caffè, tè, latte

Frisch gepresster Orangensaft
Kräuteromelette mit Pilzen
Gegrillte Cherrytomaten und Bacon
Gebäckauswahl und warmer Toast
Kaffee, Tee, Milch

Reisetagebuch von ~~Holly Caputo und Mark Levine~~ Jane Harris

Der Handyfreak hatte Recht. Es gibt genug Wasser hier an Bord. Und auch reichlich Wein. Der getrunken wird von der sehr lauten Gruppe hinter uns, die ständig den Steward auf Italienisch anschreit, weshalb ich kein Wort verstehe. Aber es klingt nicht besonders nett.

Ich halte es eigentlich nicht für zwingend angemessen, Wein zu trinken zum Frühstück, mit dem das Bordpersonal uns weckte. Ich hätte lieber weitergeschlafen bis zur Landung, da es mir vorkommt, als hätten wir eben erst zu Abend gegessen.

Aber die Flugbegleiter rückten mit ihren Servicewagen aus und fragten jeden, ob er Frühstück möchte, und jetzt sind alle Passagiere wach und schlecht gelaunt. Ich ganz besonders, weil ich mich vor dem Schlafen nicht abgeschminkt habe. Als der Steward mich weckte, um mir Frühstück anzubieten, und ich meine Schlafmaske abnahm, konnte ich ihn nicht sehen, weil meine Wimpern völlig zusammengeklebt waren. Und dann meinte er in erschrockenem Ton: »Oh, wohl nicht!«

Also flitzte ich schnell zur Toilette, um mein Make-up zu richten, bevor Cal mein Gesicht sah. Was er Gott sei Dank nicht tat, weil er noch schlief.

Aber das ist nicht das Schlimmste. Das Schlimmste ist, dass Cal aufwachte, als ich weg war, und vermutlich auf die andere Toilette ging, wo er sich wohl wie ich die Zähne putzte mit den Utensilien aus dem kleinen Kulturbeutel, den jeder bekommen hat. Sein Atem roch nach frischer Minze, als er mir auf eine Frage antwortete, die ich ihm nur aus Höflich-

keit und um Konversation zu machen gestellt habe – was ich in Zukunft jedoch unterlassen werde.

Jedenfalls habe ich ihn gefragt, ob er sich auf die Hochzeit freut, und er meinte »Nicht wirklich«. Was man meiner Meinung nach nicht unbedingt hören möchte vom Trauzeugen des zukünftigen Ehemanns der besten Freundin.

Ich muss zugeben, ich war so schockiert, dass ich nur dasaß und auf die Anzeige an der Wand starrte, die die Kilometer bis Rom herunterzählte (425). Mir war schleierhaft, was er damit meinte.

Das Einzige, was er meiner Vorstellung nach damit gemeint haben könnte, ist, dass er Holly vielleicht nicht leiden kann, was lächerlich ist, denn wer kann Holly nicht leiden? Sie ist total lieb und hübsch. Außerdem ist sie Art Directorin bei einer großen Lokalzeitung, ein undankbarer Job, der völlig unterbezahlt ist. Denn sie muss mit verrückten Karikaturisten wie mir zusammenarbeiten, ganz zu schweigen von den anderen Irren beim ***Journal****, wie diese Dolly Vargas aus der Moderedaktion, die Holly ständig mit so seltsamen Bemerkungen in den Ohren liegt, wie dass das Rot in der Valentinsausgabe nicht rot genug sei.*

Außerdem betet Holly Mark an. Warum sollte Cal sie also nicht leiden können?

Also fragte ich ihn – zugegeben, vielleicht ein wenig spitz, aber ich kenne Holly seit Jahren, und wenn sie nicht gewesen wäre, hätte WONDERCAT nie das Licht der Welt erblickt, sondern wäre nur eine alberne Kritzelei in meinem Notizblock geblieben, und ich wäre immer noch nicht in der Lage, meine monatliche Kreditkartenabrechnung zu bezahlen –, was er gegen sie habe, und er antwortete total höflich: »Oh, ich habe nichts gegen Holly. Ich finde, sie ist eine tolle Frau, und Mark ist ein Glückspilz. Ich habe nur etwas gegen das Heiraten.«

In diesem Moment wurde mir klar, dass er zu denen gehört, die eine Monogamiephobie haben.

Also erklärte ich ihm, dass Hummerpaare ein Leben lang zusammenblieben, und wenn die das könnten, warum wir das dann nicht auch können sollten, woraufhin er mich sonderbar ansah und sagte: »Weil das Schalentiere sind.«

Worauf ich erwiderte, das wisse ich, aber dass es auch viele Säugetiere gäbe, die monogam lebten wie Wölfe und Falken (zumindest behauptet das Rutger Hauer in ***Der Tag des Falken****, also nehme ich an, dass es stimmt) und dass ich das sehr romantisch fände und dass es immer so sein solle.*

Woraufhin Cal sagte: »Wenn es so romantisch ist, wie kommt es dann, dass über fünfzig Prozent aller Ehen geschieden werden? Wie kommt es, dass die Haupttodesursache schwangerer Frauen in den USA nicht Komplikationen bei der Geburt sind, sondern ein mordender Ehemann?«

Was soll man auf so etwas noch erwidern?

Ich schwöre, wenn dieser Kerl weiterhin Unwahrheiten über angebliche Scheidungs- und Mordraten verbreitet, während Holly in Hörweite ist, bringe ich ihn um. ICH BRINGE IHN UM. Holly hat so schon genug Sorgen, um sich nicht auch noch so einen Mist anzuhören … Ich meine, wegen ihrer Mutter und so.

Oh! Wir landen! In wenigen Minuten betrete ich fremden Boden, zum ersten Mal in meinem Leben! Ich bin mir sicher, der Armlehnenschikaneur als weitgereister Vielflieger würde es für dumm halten, aber … ich bin so aufgeregt!

REISEPASS

Das Außenministerium der Vereinigten Staaten von Amerika bittet hiermit alle zuständigen Behörden, dem hierin genannten US-Bürger/-Staatsangehörigen die Einreise ohne Verzögerung oder Behinderung zu gewähren sowie bei Bedarf gesetzliche Hilfe und Schutz zu bieten.

Jane Harris

Unterschrift des Inhabers

Sichtvermerke/Visas/Visas

Reisetagebuch
von
~~Holly Caputo und Mark Levine~~
Jane Harris

Ich hab ihn! Den ersten Stempel in meinem Pass! Er ist ein bisschen verschmiert, sodass man das Datum nicht richtig lesen kann. Aber er ist DRIN!

Obwohl es lange genug gedauert hat, ihn zu bekommen. Was soll das mit den Warteschlangen hier? Ich meine, ernsthaft, könnten die nicht mehr Zollschalter aufmachen als nur den einen? Vor uns in der Schlange standen bestimmt um die dreihundert Leute. So etwas würde es in den USA NIEMALS geben. Ich meine, Amerikaner würden sich das nicht gefallen lassen.

So hatte ich zumindest die Gelegenheit, mich umzuschauen und sofort zu erkennen, dass ich die falschen Schuhe anhatte für dieses Land. NIEMAND hier trägt Sandalen von Steve Madden. NIEMAND. Die Italienerinnen tragen zwar auch Sandalen, aber mit frechen Spitzen vorn und winzigen Absätzen. Außerdem tragen sie alle lange Hosen, aber nicht Jeans wie Holly und ich, und einen Kaschmirschal, der lässig über die Schulter geworfen wird, obwohl der Wetterbericht vierundzwanzig Grad für die nächsten paar Tage angekündigt hat.

Was hat es also damit auf sich?

Außerdem war es ein bisschen befremdend, als der Zollbeamte mich fragte »Und wo werden Sie wohnen in Italien?«, und ich antwortete »Le Marche«, in der Hoffnung, es richtig ausgesprochen zu haben, woraufhin der Mann das Gesicht verzog und erwiderte »Was wollen Sie denn DA?«

Offen gesagt bezweifle ich, dass er mir mit seinem Kommentar über unser Ziel ohne Verzögerung und Behinderung die Einreise in sein Land gewährte, obwohl in meinem Pass etwas anderes steht.

Außerdem hat er Unrecht. Holly hat immer gesagt, das Haus ihres Onkels stehe in der schönsten Gegend Italiens. Okay, laut meines Reiseführers ist Le Marche nicht sehr bekannt. Aber Hollys Onkel schien es dort gut genug zu gefallen, um eine Million für eine alte Villa aus dem 16. Jahrhundert auszugeben.

Was soll einem daran nicht gefallen? »Le Marche liegt an der Ostküste von Mittelitalien, ist durchzogen vom Apennin (bekannt für seine kahlen Gebirgsspitzen und seine spektakulären Schluchten), der eine natürliche Grenze bildet zu Umbrien und der Toskana. Die Gebiete in Küstennähe sind berühmt für ihre fruchtbare, grüne Hügellandschaft und ihre historischen Kleinstädte.«

So steht es zumindest in meinem Reiseführer.

Okay, mag sein, dass die Gegend nicht superbeliebt ist außer bei Italienern (abgesehen von dem Zollbeamten). Aber mein Reiseführer schwärmt vor allem von ihrer unberührten Schönheit …

Egal. Warum ist meine Tasche eigentlich immer die letzte auf dem verdammten Gepäckband? Und warum lacht Cal sich bei ihrem Anblick schlapp? Meine Tasche ist nicht zum Lachen. Okay, ich habe den Kopf von WONDERCAT daraufgemalt. Aber nur, weil es eine schwarze Reisetasche auf Rollen ist und es circa fünf Milliarden andere schwarze Reisetaschen auf Rollen gibt. Wenigstens kann ich so meine von den anderen aus einer Entfernung von hundert Metern unterscheiden.

Außerdem ist meine Tasche klein. Ich meine, ich musste ja auch kein Brautkleid darin unterbringen. Nur weil ER mit einem kleinen Rucksack auskommt, dieser Mr. Jetset-Weltreisende, braucht er sich nicht über mich lustig zu machen!

Oh, da ist der Taxistand, ENDLICH. Ich kann es kaum erwarten, ins Hotel zu kommen und mich auszuruhen. Auch wenn es hier erst zehn Uhr morgens ist. Ich bin so MÜDE…

Was ist das für ein ständiges Piepen, das aus meiner Tasche kommt? Nicht nur aus meiner… Bei allen piept es!

>>>

Von: Claire Harris <charris2004@freemail.com>
An: Jane Harris <jane@wondercat.com>
Betreff: Du

Ich hoffe, dieses Ding hier funktioniert! Du hast gesagt, du kannst in Italien E-Mails empfangen, hoffentlich kommt die hier an.

Bei uns ist alles okay, mach dir keine Sorgen. Nun ja, dein Vater hat wieder im Häcksler festgesteckt, aber er trug seine Schutzhandschuhe. So ist nur eine Klinge abgebrochen, aber seine Finger sind noch alle dran. Er ist manchmal so vergesslich!

Egal, ich weiß ja, ich darf nicht mit Hollys Mutter über die heimliche Hochzeit sprechen. Du brauchst dir keine Sorgen zu machen, ich habe kein Sterbenswörtchen verraten, obwohl ich Marie gestern Abend im Bücherclub gesehen habe und sie den Tränen nahe war, als wir über die Szene diskutierten, in der das Paar im Buch heiratet – übrigens wieder ein gutes von diesem netten Mann, der *Zeit im Wind* geschrieben hat… Ein großes Talent. Aber warum lässt er seine Figuren immer am Schluss sterben?

Als wir fragten, was los sei, sagte die arme Marie, sie habe sich immer nur gewünscht, dass Holly in festen Händen ist. Du weißt ja selbst, dass Holly früher ihre Haare lila färbte und Piercings trug und mit den unpassendsten Jungs zusammen war in all den Jahren, in denen ihr gemeinsam die Schulbank gedrückt habt. (Ein Glück, dass du nicht so geworden bist! Du warst schon immer sehr vernünftig. Ich fand übrigens deinen neuen Freund Malcolm sehr nett, den du mir vergangenen Juli vorgestellt hast. Wie läuft es denn für ihn beruflich als Investmentbanker? Ich freue mich sehr, dass du endlich einen vernünftigen Mann gefunden hast. Und er sieht noch so jung aus. Man würde gar nicht denken, dass er in deinem Alter ist. Bestimmt hat er gute Gene!)

Am liebsten hätte ich zu Marie etwas gesagt wie »Du brauchst dir keine Sorgen mehr zu machen, dass Holly keinen Mann abbekommt«, was ich natürlich nicht getan habe.

Obwohl ich mir nun wünschte, ich hätte doch etwas gesagt, weil Marie hinzufügte: »Es ist mir egal, wen sie heiratet, Hauptsache, einen netten, katholischen Jungen! Ich habe ja nichts gegen diesen Mark, mit dem sie zusammen ist, aber er ist … ihr wisst schon. Keiner von uns.«

Du meine Güte. Ich glaube nicht, dass Marie sich freuen wird, wenn sie per Telegramm erfährt, dass Holly und Mark geheiratet haben.

Mark ist so ein netter Junge. Jammerschade.

Ich hoffe, ihr seid gut angekommen. Nimm dich in Acht vor den Taschendieben in Rom. Ich habe gehört, die rasen auf ihren Vespas durch die engen, kleinen Gassen und reißen den Touristen im Vorbeifahren die Handtaschen und Kameras von der Schulter! Pass also auf, dass du deinen Schulterriemen nicht quer über der Brust trägst, sonst könntest du zu Tode geschleift werden.

Liebe Grüße
Mom

P.S.: Liebe Grüße auch an den Dude!
P.P.S.: Wie ist eigentlich Marks Freund? Ist er nett? Er ist bestimmt nett, schließlich ist er mit Mark befreundet!

>>

Von: Ruth Levine <r.levine@levinedentalgroup.com>
An: Mark Levine <mark.levine@thenyjournal.com>
Betreff: Hallo!

Hallo, mein Schatz!

Ich weiß, du bist heute mit deinen kleinen Freunden nach Europa geflogen, aber ich wollte dich nur kurz darüber informieren, dass wir gestern Abend mit den Schramms essen waren – du erinnerst dich, du hast im Pool der Schramms das Schwimmen gelernt, als du vier warst –, und Dottie Schramm hat mir erzählt, dass Susie jetzt als Anwältin arbeitet in – halt dich fest – NEW YORK CITY! Jawohl! Sie arbeitet für die Kanzlei Hertzog, Webber & Doyle auf der Madison Avenue (sehr nobel!) und wohnt auf der Upper East Side, keine drei Blocks von dir entfernt! Ist das nicht unglaublich? Es wundert mich, dass ihr euch noch nie über den Weg gelaufen seid bei H&H Bagels!

Jedenfalls hat Dottie mir Susies E-Mail-Adresse gegeben für dich. Sie lautet: sschramm@hwd.com. Du solltest ihr mal ein paar Zeilen schreiben, Mark. Dottie hat mir ein Foto gezeigt. Susie ist zu einer richtigen Schönheit herangewachsen und hat ihren ganzen Babyspeck verloren (Dottie sagt, das liegt daran, dass sie dreimal in der Woche Pilates macht und seit drei Jahren konsequent Kohlenhydrate meidet).

Ich hoffe, du amüsierst dich! Vergiss nicht, abends einen Pullover überzuziehen. Ich habe gehört, es kann dort abends sehr stark abkühlen.

Liebe Grüße
Mom

>>

Von: Mark Levine <mark.levine@thenyjournal.com>
An: Ruth Levine <r.levine@levinedentalgroup.com>
Betreff: AW: Hallo!

Ma, hör auf, mich zu verkuppeln. Ich liebe Holly. Kapiert? HOLLY.

Mark

>>

Von: Inge Schumacher <i.schumacher@freemail.co.it>
An: Holly Caputo <holly.caputo@thenyjournal.com>
Betreff: Grüß Gott!

Mir wurde gesagt, Sie kämen heute mit dem Flugzeug. Das ist perfekt. Ich sorge dafür, dass Sie sich bei Ihrem Onkel in der Villa Beccacia wie zu Hause fühlen. Es ist bereits alles vorbereitet bis auf die Handtücher, die habe ich gewaschen, und sie trocknen noch. Mir wurde gesagt, ich solle drei Gästezimmer herrichten. Wann kommen Sie morgen mit dem Leihwagen? Nachmittags? Sie können mich in der Villa Beccacia anrufen, dann komme ich Sie an der Autobahnabfahrt abholen und lotse Sie zur Villa.

Ich hoffe, es stört Sie nicht, dass mein Urenkel Peter gerade bei mir zu Besuch ist in seinen Schulferien. Er ist ein guter Junge, und er wird jeden Morgen mit seinem Motorino zum Bäcker fahren und frische Semmeln für Sie holen. Servus!

Inge Schumacher
Villa Beccacia
Castelfidardo, Marche

>>>

Von: Tara Samuels <tara.samuels@thenyjournal.com>
An: Cal Langdon <cal.langdon@thenyjournal.com>
Betreff: AW: AW: Reisebuchung

Es hat geklappt! Ich habe Sie auf den Flug heute um 18:00 Uhr umgebucht. Das Durcheinander tut uns sehr leid. Als Wiedergutmachung haben wir für Sie einen Platz in der ersten Klasse reserviert. Guten Flug!

Tara

>>>

Von: Jane Harris <jane@wondercat.com>
An: Claire Harris <charris2004@freemail.com>
Betreff: AW: Du

Hallo, Mom!

Ich schreibe dir aus einem italienischen Taxi! Wir sind auf dem Weg vom Flughafen zum Hotel, wo wir eine Nacht bleiben, bevor wir morgen Vormittag zur Villa von

Hollys Onkel fahren. Holly hat es hinbekommen, dass die Zeitung uns für den Notfall BlackBerrys zur Verfügung stellte. Ich verstehe ja, dass sie Holly eins gegeben haben, schließlich ist sie Art Directorin und hat eine wichtige Funktion im Verlag. Aber MIR??? Ich bin Freiberuflerin, ich arbeite eigentlich gar nicht mehr für die Zeitung. Holly hat sie trotzdem überredet. Ist das nicht cool? Natürlich müssen wir die BlackBerrys zurückgeben, wenn wir wieder da sind. Aber was soll's.

Es ist so … anders hier, alles sieht ganz anders aus als bei uns. Die ganzen Reklametafeln sind auf Italienisch! Na ja, ich meine, damit war natürlich zu rechnen, aber trotzdem, GANZ auf Italienisch! Ohne ein einziges englisches Wort!

Und an allen Gebäuden sieht man diese Metalljalousien in bunten Farben, die die Sonne draußen halten. Ich vermute, dass es im Sommer sehr heiß werden kann, und Klimaanlagen gibt es hier nicht.

Außerdem hängen überall Blumenkästen, üppig bepflanzt mit rot und rosafarben und blau blühenden Blumen. Das sieht so hübsch aus!

Und überall fahren diese lustigen kleinen Autos herum, die aussehen wie ein halber VW Käfer und Smart heißen. Tatsächlich ist das größte Fahrzeug, das ich hier gesehen habe, der Kleinbus, in dem wir sitzen. Ich nehme an, die italienische Großfamilie stirbt allmählich aus. Entweder das, oder die Italiener fahren nirgendwohin mit ihren Kindern.

Ich glaube, Mom, du brauchst dir keine Sorgen zu machen, dass mir meine Handtasche geklaut wird. Die Einzigen, die hier Vespa fahren, sind modisch gekleidete, superschlanke Frauen mit langen Haaren, die im Wind flattern, und spitzen Schuhen mit winzigen Absätzen.

Ich bin so müde, ich kann fast nicht mehr tippen. Ich kann es kaum erwarten, ins Hotel zu kommen, um mich auszuruhen. Und ich brauche ganz dringend eine Dusche.

Liebe Grüße an Dad. Sag ihm, er soll immer seine Schutzhandschuhe anziehen.

Janie

P.S.: Dem Dude ging es gut, als ich mich verabschiedet habe. Julio, der Sohn des Hausmeisters, schaut jeden Tag nach ihm nach der Schule. Ich habe ein erlesenes Thunfischmenü gekauft, um ihm eine Freude zu machen. Dem Dude. Nicht Julio.

P.P.S.: Marks Freund ist NICHT nett. Er ist absolut schrecklich! Er heißt Cal Langdon, und er ist so ein Starreporter, der sich unheimlich wichtig nimmt. Er ist gegen das Heiraten und glaubt, dass Mark einen Riesenfehler macht. Ich weiß nicht, wie ich eine ganze Woche lang seine Gesellschaft ertragen soll. ER KENNT WONDERCAT NICHT.

J

Von: Jane Harris <jane@wondercat.com>
An: Julio Chasez <julio@streetsmart.com>
Betreff: Der Dude

Hallo, Julio!

Ich bin es, Jane! Ich bin zwar erst einen Tag weg, aber ich wollte mich nur vergewissern, ob alles in Ordnung ist. Du weißt schon, mit dem Dude. Ich weiß, wie er sich manchmal aufführt. Achte einfach darauf, dass er zweimal am Tag frisches Futter bekommt (eine Schale, bevor du in die Schule gehst, und die zweite, bevor du ins Bett gehst), PLUS Trockenfutter und frisches Wasser, dann sollte es ihm gut gehen.

Vergiss nicht, die Ofenhandschuhe anzuziehen, wenn du ihn anfasst! Und was immer du tust, gib ihm bloß keine Katzenminze!

Danke, dass du dich um ihn kümmerst. Du bist der Beste!

Liebe Grüße
Jane

Von: Holly Caputo <holly.caputo@thenyjournal.com>
An: Jane Harris <jane@wondercat.com>
Betreff: Seine Mutter

Ist das zu fassen? Mark hat eine E-Mail bekommen von seiner verrückten Mutter. Sie schwärmt in einer Tour von einem Mädchen aus seiner Heimatstadt, die jetzt in NY lebt. Ich kriege gleich einen Anfall.

Holly

>>>

Von: Jane Harris <jane@wondercat.com>
An: Holly Caputo <holly.caputo@thenyjournal.com>
Betreff: AW: Seine Mutter

Äh ... warum mailst du mir? Wir sitzen im selben Wagen. Außerdem dachte ich, wir sollten diese Dinger nur geschäftlich benutzen.

J

>>>

Von: Holly Caputo <holly.caputo@thenyjournal.com>
An: Jane Harris <jane@wondercat.com>
Betreff: AW: AW: Seine Mutter

Ich kann wohl schlecht IN SEINER ANWESENHEIT über die E-Mail von seiner Mutter reden.

Und woher sollen die jemals erfahren, wofür wir diese dämlichen Dinger benutzen? Wie geht es dir eigentlich?

Holly

>>

Von: Jane Harris <jane@wondercat.com>
An: Holly Caputo <holly.caputo@thenyjournal.com>
Betreff: AW: AW: AW: Seine Mutter

Gut. Es ist sehr hübsch hier.
Woher weißt du überhaupt, dass seine Mutter ihm gemailt hat?

J

>>>

Von: Holly Caputo <holly.caputo@thenyjournal.com>
An: Jane Harris <jane@wondercat.com>
Betreff: AW: AW: AW: AW: Seine Mutter

Ich habe ihm heimlich über die Schulter gespäht. Ich habe übrigens gesehen, dass du dich mit Cal am Gepäckband unterhalten hast. Was hat er gesagt?

Holly

>>>

Von: Jane Harris <jane@wondercat.com>
An: Holly Caputo <holly.caputo@thenyjournal.com>
Betreff: AW: AW: AW: AW: … Seine Mutter

Ach, nichts.

J

>>

Von: Holly Caputo <holly.caputo@thenyjournal.com>
An: Jane Harris <jane@wondercat.com>
Betreff: AW: AW: AW: AW: … Seine Mutter

Sag schon! Raus mit der Sprache!

Holly

>>>

Von: Jane Harris <jane@wondercat.com>
An: Holly Caputo <holly.caputo@thenyjournal.com>
Betreff: AW: AW: AW: AW: … Seine Mutter

Wollt ihr mich heimlich verkuppeln? Du weißt, ich bin vergeben. Außerdem ist er nicht mein Typ.

J

>>>

Von: Holly Caputo <holly.caputo@thenyjournal.com>
An: Jane Harris <jane@wondercat.com>
Betreff: AW: AW: AW: AW: … Seine Mutter

Du hast einen bestimmten Typ? Wie soll der aussehen? Das Einzige, was deine Exfreunde gemeinsam haben, ist, dass sie alle arbeitslos waren. Beziehungsweise wenn sie nicht arbeitslos waren, sind sie ins Bett mit Amy Jenkins, so wie Dave.

Holly

>>>

Von: Jane Harris <jane@wondercat.com>
An: Holly Caputo <holly.caputo@thenyjournal.com>
Betreff: AW: AW: AW: AW: ... Seine Mutter

Was ist eigentlich aus ihr geworden?

J

>>>

Von: Holly Caputo <holly.caputo@thenyjournal.com>
An: Jane Harris <jane@wondercat.com>
Betreff: AW: AW: AW: AW: ... Seine Mutter

Wen meinst du? Amy Jenkins?
Sie hat einen reichen Anwalt geheiratet, ist nach Pound Ridge gezogen und hat zwei Kinder geworfen.

Holly

>>>

Von: Jane Harris <jane@wondercat.com>
An: Holly Caputo <holly.caputo@thenyjournal.com>
Betreff: AW: AW: AW: AW: ... Seine Mutter

Nein, tatsächlich? Warum erzählst du mir das? Das ist nicht fair!!! Sie hat versucht, mein Leben zu ruinieren. Warum gibt es ausgerechnet für sie ein Happy End?

J

>>

Von: Holly Caputo <holly.caputo@thenyjournal.com>
An: Jane Harris <jane@wondercat.com>
Betreff: AW: AW: AW: AW: ... Seine Mutter

Das nennst du ein Happy End – in Pound Ridge zu leben, mit einem Anwalt und zwei Kindern? Du weißt genau, dass sie den ganzen Tag nichts anderes macht, als sich in Form zu halten und dem Kindermädchen zu helfen, weizenfreie Snacks zuzubereiten.

Keine Angst, in ein paar Jahren wird sie auseinandergehen, und er wird sie gegen ein junges Model eintauschen. Und dann wird sie keinen Job bekommen, von dem sie ihren Lebensunterhalt bestreiten kann, weil sie keine Referenzen hat. Und eines Tages werden du und Cal in einem Benetton-Outlet vorbeischauen und ein paar Socken kaufen, und an der Kasse wird Amy stehen.

Holly

>>

Von: Jane Harris <jane@wondercat.com>
An: Holly Caputo <holly.caputo@thenyjournal.com>
Betreff: AW: AW: AW: AW: ... Seine Mutter

Ich möchte dieses Thema beenden.

J

>>>

Von: Holly Caputo <holly.caputo@thenyjournal.com>
An: Jane Harris <jane@wondercat.com>
Betreff: AW: AW: AW: AW: … Seine Mutter

Warum?

Holly

>>

Von: Jane Harris <jane@wondercat.com>
An: Holly Caputo <holly.caputo@thenyjournal.com>
Betreff: AW: AW: AW: AW: … Seine Mutter

Weil er direkt neben mir sitzt. Er könnte mitlesen!

J

>>

Von: Holly Caputo <holly.caputo@thenyjournal.com>
An: Jane Harris <jane@wondercat.com>
Betreff: AW: AW: AW: AW: … Seine Mutter

Er beachtet dich gar nicht. Er ist mit seinen eigenen E-Mails beschäftigt. Komm schon, was hat er gesagt? Er muss doch was gesagt haben. Schließlich habt ihr sieben Stunden lang nebeneinandergesessen. Willst du behaupten, dass er die ganze Zeit keinen Ton gesagt hat?

Holly

>>

Von: Jane Harris <jane@wondercat.com>
An: Holly Caputo <holly.caputo@thenyjournal.com>
Betreff: AW: AW: AW: AW: … Seine Mutter

Nichts Wichtiges jedenfalls. Wirklich nicht. Oh, am Gepäckband hat er sich entschuldigt, weil er mir auf den Fuß getreten ist.

J

>>

Von: Holly Caputo <holly.caputo@thenyjournal.com>
An: Jane Harris <jane@wondercat.com>
Betreff: AW: AW: AW: AW: … Seine Mutter

Das ist alles? Wow. Seltsam. Hat er dir gar nichts von seiner Ehe erzählt?

Holly

>>

Von: Jane Harris <jane@wondercat.com>
An: Holly Caputo <holly.caputo@thenyjournal.com>
Betreff: AW: AW: AW: AW: … Seine Mutter

VON SEINER WAS?????????

J

>>>

Von: Holly Caputo <holly.caputo@thenyjournal.com>
An: Jane Harris <jane@wondercat.com>
Betreff: AW: AW: AW: AW: … Seine Mutter

Gott, so viele Fragezeichen?

Von seiner EHE. Er war schon mal verheiratet, weißt du. Er ist geschieden. Ich habe mich nur gefragt, ob er es erwähnt hat.

Holly

>>>

Von: Jane Harris <jane@wondercat.com>
An: Holly Caputo <holly.caputo@thenyjournal.com>
Betreff: AW: AW: AW: AW: … Seine Mutter

Er hat kein Sterbenswörtchen darüber verloren. Aber das erklärt so manches. Wer war denn die Unglückliche?

J

>>>

Von: Holly Caputo <holly.caputo@thenyjournal.com>
An: Jane Harris <jane@wondercat.com>
Betreff: AW: AW: AW: AW: … Seine Mutter

Sie hieß Valerie Soundso. Ich weiß nicht viel, das ist schon zehn Jahre her. Cal und Mark waren gerade mit dem Studium fertig. Er hat sie in einer Kneipe kennengelernt. Er war frischgebackener Reporter, sie Model. Sie waren ungefähr einen Monat zusammen, als er beschloss, dass sie das Beste war, was ihm jemals passiert ist, und sie heiratete. Die Ehe hielt knapp ein Jahr. Nachdem die Scheidung rechtskräftig war, hat sie anscheinend einen Investmentbanker geheiratet, und Cal ist ins Ausland gegangen. Mark sagt, sie hat Cal das Herz gebrochen.

Und was meinst du mit »Das erklärt so manches«?

Holly

>>

Von: Jane Harris <jane@wondercat.com>
An: Holly Caputo <holly.caputo@thenyjournal.com>
Betreff: AW: AW: AW: AW: ... Seine Mutter

Nichts.

Oh, willst du etwa behaupten, dass er ein Herz besitzt?

J

>>

Von: Holly Caputo <holly.caputo@thenyjournal.com>
An: Jane Harris <jane@wondercat.com>
Betreff: AW: AW: AW: AW: ... Seine Mutter

Komm schon. Er ist ein netter Kerl. Er hatte nur nie Glück mit den Frauen – ich glaube, seine Mutter hat ihn verlassen, um »sich selbst zu finden«, als er noch in der High School war, und seine kleine Schwester hat es vor kurzem genauso gemacht. Nachdem ihn ein zweites Model durch die Mangel gedreht hat, verkroch er sich in den letzten zehn Jahren an Orten ohne Handyempfang. Beziehungsweise ohne funktionstüchtige Toiletten. Kann man es ihm da verübeln, wenn er sich eine harte Schale zugelegt hat?

Außerdem, so schlimm kann er gar nicht sein. Mark sagt, Cal war schon immer ein Frauenschwarm, einer mit einem Mädchen in jedem Hafen, wenn du verstehst, was ich meine. Tatsächlich war Mark sich sogar sicher, dass es zwischen euch beiden sofort funkt. Er meinte, du seist genau Cals Typ. Scheinbar hat er eine Schwäche für Brünette.

Anderenfalls musst du ihm wirklich unsympathisch sein.

Holly

>>

Von: Jane Harris <jane@wondercat.com>
An: Holly Caputo <holly.caputo@thenyjournal.com>
Betreff: AW: AW: AW: AW: … Seine Mutter

Wow. Schön, dass du mir das mitteilst. Vielen Dank auch.

J

P. S.: Oh, und danke, dass du mich mit ihm verkuppeln möchtest, aber selbst wenn ich ihn leiden könnte, was nicht der Fall ist, ist er ein Modelizer. Du weißt, Männer, die einmal mit einem Model zusammen waren, können nie mehr zurück. Netter Versuch.

>>>

Von: Mark Levine <mark.levine@thenyjournal.com>
An: Cal Langdon <cal.langdon@thenyjournal.com>
Betreff: Benvenuto

Die Mädels chatten. Und es geht um uns.

Mark

>>>

Von: Cal Langdon <cal.langdon@thenyjournal.com>
An: Mark Levine <mark.levine@thenyjournal.com>
Betreff: AW: Benvenuto

Das ist nicht zu übersehen.

Cal

>>>

Von: Mark Levine <mark.levine@thenyjournal.com>
An: Cal Langdon <cal.langdon@thenyjournal.com>
Betreff: AW: AW: Benvenuto

Was denkst du, was schreiben die?

Mark

>>

Von: Cal Langdon <cal.langdon@thenyjournal.com>
An: Mark Levine <mark.levine@thenyjournal.com>
Betreff: AW: AW: AW: Benvenuto

Ist mir herzlich egal.

Cal

>>

Von: Mark Levine <mark.levine@thenyjournal.com>
An: Cal Langdon <cal.langdon@thenyjournal.com>
Betreff: AW: AW: AW: AW: Benvenuto

Ist sie dir nicht sympathisch? Jane, meine ich. Holly war sich sicher, dass sie dir gefällt.

Mark

>>

Von: Cal Langdon <cal.langdon@thenyjournal.com>
An: Mark Levine <mark.levine@thenyjournal.com>
Betreff: AW: AW: AW: AW: … Benvenuto

Sie macht zumindest einen harmlosen Eindruck.

Cal

>>>

Von: Mark Levine <mark.levine@thenyjournal.com>
An: Cal Langdon <cal.langdon@thenyjournal.com>
Betreff: AW: AW: AW: AW: … Benvenuto

Du magst sie nicht.

Mark

>>>

Von: Cal Langdon <cal.langdon@thenyjournal.com>
An: Mark Levine <mark.levine@thenyjournal.com>
Betreff: AW: AW: AW: AW: … Benvenuto

Das habe ich nicht gesagt. Ich habe nur geschrieben, dass sie einen harmlosen Eindruck macht. Ungefähr so harmlos wie eine Anaconda, die sich keine drei Meter über deinem Kopf um einen Ast schlängelt.

Cal

>>>

Von: Mark Levine <mark.levine@thenyjournal.com>
An: Cal Langdon <cal.langdon@thenyjournal.com>
Betreff: AW: AW: AW: AW: … Benvenuto

Sie ist nicht so.

Außerdem hat sie sowieso einen Freund.

Also, krieg dich wieder ein, Sturschädel.

Mark

>>

Von: Cal Langdon <cal.langdon@thenyjournal.com>
An: Mark Levine <mark.levine@thenyjournal.com>
Betreff: AW: AW: AW: AW: … Benvenuto

Sturschädel. Ganz schön hart.

Cal

>>

Von: Mark Levine <mark.levine@thenyjournal.com>
An: Cal Langdon <cal.langdon@thenyjournal.com>
Betreff: AW: AW: AW: AW: … Benvenuto

Ernsthaft. Oder gibt es zurzeit jemanden – jemand Besonderen – in deinem Leben?

Mark

>>

Von: Cal Langdon <cal.langdon@thenyjournal.com>
An: Mark Levine <mark.levine@thenyjournal.com>
Betreff: AW: AW: AW: AW: … Benvenuto

Sie sind alle etwas Besonderes, mein Freund.

Aber so besonders, dass ich mich bis in alle Ewigkeit an die Kette legen lasse, so wie du?

Nein.

Trotzdem weiß ich natürlich deine Sorge um mein Liebesleben zu schätzen.

Cal

>>

Von: Mark Levine <mark.levine@thenyjournal.com>
An: Cal Langdon <cal.langdon@thenyjournal.com>
Betreff: AW: AW: AW: AW: … Benvenuto

Hör zu, ich weiß ja, wie schwer es für dich ist, seit …

>>>

Von: Cal Langdon <cal.langdon@thenyjournal.com>
An: Mark Levine <mark.levine@thenyjournal.com>
Betreff: AW: AW: AW: AW: ... Benvenuto

Oh, sieh mal, das Hotel. Hör jetzt bitte auf, mir Mails zu schicken.

Cal

RICEVUTA TAXI-ROMA

Percorso:

Da Fiumicino a Hotel Alexander

Totale 80.00 Euro

Benvenuti al nostro albergo!

Willkommen in unserem Hotel!

Gentile ospite,

nel porgerLe il nostro cordiale benvenuto, abbiamo pensato di offrendoLe, al Suo arrivo, un assaggio di acqua dalle proprietà salutari.

Liebe Gäste,

wir möchten Sie ganz herzlich in unserem Haus willkommen heißen. Da uns das Wohl unserer Gäste sehr am Herzen liegt, möchten wir Sie zu einem Mineralwasser von besonderer Qualität einladen.

Reisetagebuch
von
~~Holly Caputo und Mark Levine~~
Jane Harris

Wir sind DA!!! Im Hotel, meine ich.

Es ist eine süße kleine Herberge in einer Seitengasse, die so schmal ist, dass nur ein Fahrzeug durchpasst. Zuerst dachte ich, der Taxifahrer wäre falsch abgebogen und wir wären in der Fußgängerzone gelandet. Aber es stellte sich heraus, dass es die Via di Buffalo war, in der sich unser Hotel befindet.

Trotzdem war es irgendwie unheimlich, als die italienischen Schulkinder immer wieder an unsere Scheiben klopften. Ich frage mich, was der Fahrer gebrüllt hat, weil sie alle sofort wegrannten. Das kommt davon, wenn es nicht genügend Sozialprojekte für Jugendliche gibt. Diese Kinder sollten an einem Samstag etwas Besseres zu tun haben, als sich auf der Via di Buffalo herumzutreiben und durch Klopfen gegen die Scheiben Touristen zu erschrecken.

Nicht dass ich einem anderen Land vorschreiben möchte, wie es seine Kinder zu erziehen hat, oder so. Aber trotzdem.

Ich wollte nur noch auf mein Zimmer und mich hinlegen, aber Cal musste mit dem Taxifahrer über den Fahrpreis herumdiskutieren. Er sagte, er würde nur über seine Leiche achtzig Euro für die Fahrt bezahlen und dass der Fahrer wohl glaube, er könne Touristen übers Ohr hauen, aber dass er, Cal, zuvor schon in Rom gewesen sei und daher wisse, dass es keinen Cent mehr kosten dürfe als vierzig Euro. Auf Englisch. Was der Fahrer perfekt verstand, wie sich herausstellte. Und nach langem Gezeter gab er sich schließlich mit vierzig Euro zufrieden.

Es ist also gut, dass Mark Cal zu unserer Reise eingeladen hat. Nehme ich an.

Egal, jedenfalls ist mein Zimmer wunderschön. Es ist ganz in Blau und Weiß gehalten und hat goldene Vorhänge vor dem Fenster, und es zeigt auf einen paradiesischen Innenhof, in dem weiße Tauben umherflattern und Bougainvillea in Blumenkästen an jedem Fenster blühen, und darüber erstreckt sich ein Himmel, der, ich schwöre, blauer ist als der Himmel über Manhattan, irgendwie. Es ist GENAUSO wie das Zimmer von Helena Bonham Carter in der ***pensione in Zimmer mit Aussicht****. Nur dass es keine Aussicht gibt. Nun ja, außer auf den Hof und den Himmel.*

Und in meinem Zimmer stehen große Wasserflaschen, und als ich den Fernseher eingeschaltet habe, war alles auf Italienisch!

Ich meine, das war mir natürlich klar. Trotzdem ist es seltsam.

Eigentlich dachte ich, ich wäre zu müde, um rauszugehen und mir die Stadt anzusehen, aber jetzt, wo ich endlich hier bin, stehe ich unter Strom. Ich möchte unbedingt los und ALLES erkunden. Schließlich sind wir nur ungefähr vierundzwanzig Stunden in Rom, bevor wir aufbrechen nach Le Marche.

Wenn ich genauer nachdenke, habe ich im Flugzeug nicht besonders gut geschlafen, wegen des Armlehnenschikaneurs. Ich schätze, ich sollte ihn nicht mehr so nennen, wo er doch vor all den Jahren so tragisch sitzen gelassen wurde von diesem Model.

Aber im Ernst, was hat er erwartet, wenn er ein Model heiratet? Modelizer bekommen genau das, was sie verdienen.

Vielleicht mache ich nur für ein, zwei Minuten die Augen zu …

Komisch. Ich vermisse den Dude. Ich bin so sehr an dieses schwere graue Fellknäuel gewöhnt, das zusammengerollt neben mir im Bett liegt, dass ich nicht weiß, ob ich überhaupt schlafen k …

>>

Von: Arthur Pendergast <a.pendergast@rawlingspress.com>
An: Cal Langdon <cal.langdon@thenyjournal.com>
Betreff: Das Buch

Wo treibst du dich schon wieder herum? In Nigeria? Wo auch immer, ich dachte jedenfalls, ich teile dir die gute Neuigkeit mit: *Wüstenlandschaft* hat es in die erweiterte Bestsellerliste der *Times* geschafft. Auf Platz 18. Wärst du bereit gewesen, eine Lesetour zu machen, wären wir wahrscheinlich auf einem noch höheren Platz eingestiegen. Aber ich weiß, ich weiß, du musst den Trauzeugen spielen. Oh, wir stehen auch in der Liste von *USA Today*, auf Platz 48. Was nicht schlecht ist für ein Hardcover.

Sieh dir den Entwurf für das britische Cover an und sag mir, was du davon hältst.

Hast du dir eigentlich schon Gedanken darüber gemacht, wovon der Nachfolger handeln wird? Ich will dich nicht drängen, aber der Abgabetermin ist in ein paar Monaten, und du hast noch keinen einzigen Vorschlag gemacht. Wie wäre es mit Blutdiamanten? Das ist ein brandheißes Thema. Außerdem habe ich gehört, Angola soll sehr schön sein um diese Jahreszeit.

Arthur Pendergast
Herausgeber
Rawlings Press
1418 Avenue of the Americas
New York, NY 10019
212-555-8764

>>

Von: Aaron Spender <a.spender@cnn.com>
An: Cal Langdon <cal.langdon@thenyjournal.com>
Betreff: Alles Mögliche

Was habe ich da gehört? Du willst das Handtuch werfen und dich in der Heimat niederlassen? Wirst du jetzt etwa einsichtig auf deine alten Tage? Das kann sicher nichts mit diesem Multimillionendeal zu tun haben, den du vor einer Weile an Land gezogen hast, wie ich gehört habe, denn der Cal Langdon, den ich kenne, hat sich nie etwas aus Geld gemacht. Ich erinnere mich noch genau an jene Nacht in Bagdad, als wir im Luftschutzbunker festsaßen. Du hast gesagt, dass du persönliche Besitztümer als unnötigen Ballast betrachtest.

Ich kann nur sagen, Kumpel, mit der Kohle, die du kassierst, kannst du dir jede Menge Topflappen kaufen.

Egal, falls es dir tatsächlich ernst damit ist, für eine Weile in der Heimat zu bleiben, warum arbeitest du dann für dieses Käseblatt? Glaub mir, ich kenne den Laden. Komm zu uns, wo die RICHTIGEN Nachrichten gemacht werden. Die Printmedien sind tot. Heutzutage läuft alles über das Fernsehen. Ich kann dir einen wirklich guten Deal anbieten, falls du Interesse hast. Gib mir Bescheid.

Barbara lässt dich grüßen.

Aaron Spender
Chefkorrespondent
CNN-New York

>>

Von: Mary Langdon <m.langdon@freemail.com>
An: Cal Langdon <cal.langdon@thenyjournal.com>
Betreff: Mom

Ich habe von Dad erfahren, dass du zurück in den Staaten bist und für eine längere Zeit bleibst – nun, abgesehen von deinem Kurztrip nach Italien, um den Trauzeugen für irgendeinen Mark zu spielen. Doch nicht der Mark von nebenan, oder? Ist der nicht Arzt geworden oder so was Stinklangweiliges? Das würde ihm ähnlich sehen.

Ich habe auch erfahren, dass du eine glatte Million für irgendein Buch eingesackt hast und dass die ein zweites von dir erwarten. Was hast du mit der ganzen Kohle vor? Willst du versuchen, deine Ex von ihrem Investmentbanker wegzulocken? Warum gibst du mir nicht was von dem Geld? Ich werde es sicher für dich anlegen. Die Sache mit der Webkunst läuft nicht richtig, darum spiele ich mit dem Gedanken, mit diesem Typen, der Batiksachen verkauft, in den Norden zu fahren.

Jedenfalls, melde dich mal. Und willkommen zurück in der guten alten Heimat. Es ist hier immer noch so ätzend wie damals, als du abgehauen bist.

Mary

P.S.: Weißt du schon das Neueste von Mom? Sie hat jetzt eine Ausstellung. Eine KUNSTausstellung. Mit ihren bescheuerten Männchen aus Mull und Wäscheklammern. Mir ist schleierhaft, warum sie eine Ausstellung bekommt und ich nicht. Meine Webkunst ist viel besser als ihre Mullmännchen.

>>>

Von: Graziella Fratiani <graziella@galleriefratiani.co.it>
An: Cal Langdon <cal.langdon@thenyjournal.com>
Betreff: Du unartiger Junge

Was habe ich da gehört? Du kommst nach Rom, ohne mir Bescheid zu geben? Ich hätte es nie erfahren, wenn Dolly Vargas es nicht zufällig während unseres Interviews erwähnt hätte. Du bist ein sehr unartiger Junge. Wo wohnst du? Ruf mich an. Du hast meine Nummer. Ich werde dich im Hotel besuchen und dir ein echtes italienisches Begrüßungsgeschenk machen.

Ciao, amore
Grazi

PDA von Cal Langdon

Art hat mir heute den Entwurf für das britische Cover von *Wüstenlandschaft* geschickt. Es hat etwas Romantisches, obwohl ich mir nicht sicher bin, ob es zum Inhalt passt. Tja, ich schätze, es kann nicht schaden, wenn ahnungslose Leser darauf hereinfallen und das Buch in der Annahme, es handle sich um eine fiktive Geschichte über den Fluch einer Mumie, statt um eine sachliche Abhandlung über die versiegenden Ölfelder Saudi-Arabiens, kaufen.

Ich kann nicht glauben, dass Aaron Spender noch unter den Lebenden weilt. Ich habe gedacht, Barbara Bellerieve hätte in der Hochzeitsnacht seinen Kopf abgebissen und verspeist. Ich staune immer noch über meine eigene glückliche Flucht aus ihren Fängen. Wenn diese Daisy Cutter nicht gewesen wäre …

Und Mary. Ich nehme an, der Tausender, den ich ihr letzten Monat geschickt habe, war schnell weg. Was zum Teufel macht sie mit dem ganzen Geld? Es ist nicht so, als könnte sie irgendetwas dafür vorzeigen. Sie kann doch nicht alles verkifft haben, oder? Ich wünschte, unsere Eltern hätten sie strenger erzogen. Dann würde sie wahrscheinlich nicht mit irgendeinem Kerl im Kleinbus herumziehen mit ihren fünfundzwanzig Jahren.

Aber ich vermute, unsere Eltern waren keine guten Vorbilder, denkt man an Dads Besessenheit vom Rennsport und an Moms Überzeugung, sie wäre eine zweite Grandma Moses. Eigentlich ein Wunder, dass Mary nicht noch durchgeknallter ist …

So wie manch andere. Es war sehr amüsant, Hollys Freundin auf der Fahrt vom Flughafen in die Stadt zu beobachten. Sie quietschte vor Begeisterung bei jeder Sehenswürdigkeit – und bei jeder Reklametafel. Es ist schon lange her, dass ich erlebt habe, dass jemand so aus dem Häuschen gerät wegen einer Mundwasserreklame. Als wir am Kolosseum vorbeifuhren, dachte ich, sie bekäme jeden Moment einen Herzinfarkt. Ich bin mir nicht ganz sicher, was Hollys Freundin mehr beeindruckte: die Tatsache, dass das Kolosseum dort seit über zweitausend Jahren steht, oder die Tatsache, dass Britney Spears dort vor kurzem einen Werbespot drehte (wie sie uns begeistert verkündete).

Die amerikanische Begeisterung für historische Sehenswürdigkeiten hat etwas Erfrischendes. Ich nehme an, ich habe während der langen Zeit im Ausland vergessen, dass es einen Ort auf dieser Welt gibt, wo kein Bauwerk älter ist als ein halbes Jahrtausend. Da kann man schon ins Staunen geraten beim Anblick einer Konstruktion, die bereits tausendfünfhundert Jahre vor der *Mayflower* existiert hat…

Natürlich wäre das ganz anders, hätten wir nicht die Indianer abgeschlachtet und ihr Land verwüstet.

Grundgütiger, da kommt mir ein Gedanke. Was, wenn die Begeisterung von Hollys Freundin nicht darauf zurückzuführen ist, sondern auf die Sache mit Britney Spears?

Nein. Nein, das kann nicht sein. Selbst eine Künstlerin kann nicht so hohl sein.

Ich darf nicht vergessen, nachher Bargeld zu besorgen, falls ich einen anständigen Wechselkurs bekomme. Ich habe meinen letzten Euro für die Taxifahrt ausgegeben…

Gerade ruft der Concierge an. Grazi ist hier. Das ging aber schnell. Ich habe sie erst vor einer halben Stunde kontaktiert. Ich dachte, sie käme später am Abend, und nicht JETZT.

Allerdings schätze ich, es wäre nicht sehr höflich, sie abzuweisen…

>>

Von: Jane Harris <jane@wondercat.com>

An: Julio Chasez <julio@streetsmart.com>

Betreff: Der Dude

Hallo, Julio!

Ich bin's wieder! Wollte nur noch mal nachfragen, da du dich nicht gemeldet hast. Wie geht es dem Dude? Mochte er die Lachspastete, die ich ihm besorgt habe? Ich dachte, ich gönne ihm ein paar besondere Leckerchen, während ich weg bin. Ich hoffe, du hast den Thunfisch gefunden. Ich habe ihn auf die Küchenanrichte gestellt, neben die Ofenhandschuhe. Aber davon solltest du ihm nur etwas geben, wenn er versucht, dich anzugreifen. Was er eigentlich nicht tun sollte, ich meine, schließlich kennt er dich. Ihr seid Kumpels. Richtig?

Okay, lass mich wissen, wie es dem Dude geht, sobald du dazu kommst. Gib einfach kurz Bescheid. Du kannst eine Mail schreiben, wenn du willst. Oder anrufen. Von meinem Festnetztelefon. Dann kostet es dich nichts. Mach dir keine Gedanken wegen des Zeitunterschieds. Du kannst mich jederzeit anrufen. Es macht mir nichts aus, dass ich geweckt werde, wenn es um den Dude geht.

J

Reisetagebuch von ~~Holly Caputo und Mark Levine~~ Jane Harris

O mein Gott, diese Stadt ist fantastisch! Nachdem ich mich ein wenig ausgeruht hatte, war es zwei Uhr nachmittags, und ich rief Holly an und fragte sie, ob sie hungrig sei, was sie bejahte. Mark schlief noch, und der Modelizer/Armlehnenschikaneur ging nicht an sein Handy (zu meiner großen Erleichterung), als Holly ihn anklingelte ... Sie wissen schon, aus purer Höflichkeit, um ihn nicht auszuschließen.

Also trafen Holly und ich uns in der Lobby und traten hinaus auf die winzige Via di Buffalo, die vermutlich nach dem Mozzarella benannt ist, der aus Büffelmilch hergestellt wird, jedenfalls in Italien. Wir schlenderten umher, und innerhalb einer halben Stunde, keine fünf Blocks von unserem Hotel entfernt, kamen wir am Trevi-Brunnen, am Pantheon, an der Piazza Navona und an einem Haufen Denkmäler vorbei, an die ich mich nicht mehr einzeln erinnere, alles Obelisken mit eingemeißelten Inschriften.

Aber das ist noch nicht alles! Wir haben Porträtkarikaturisten gesehen, die auf der Straße arbeiten – und zwar gute, nicht so untalentierte wie in New York – und Menschen, die **gelato** *essen, und Seniorengruppen im Schlepptau von Touristenführern, die kleine Fähnchen hochhalten, und ich habe Münzen in den Trevi-Brunnen geworfen – keine Ahnung, wie viel umgerechnet, es waren Euro –, offenbar eine Garantie dafür, dass man eines Tages nach Rom zurückkehrt. Was hoffentlich stimmt, weil der Brunnen toll ist, fast so cool wie Ozzys Pool in* **Die Osbournes***.*

Und wir wurden angebettelt von einem buckligen Zwerg mit nacktem Oberkörper und einem »Antonio«-Tattoo auf der Schulter. Ich gab ihm etwas Geld, und dann kaufte ich eine Dose Cola light, die fünf Euro kostete, wofür ich bei uns zu Hause ein ganzes Sixpack bekomme. Erst da wurde mir bewusst, dass ich dem buckligen Zwerg genug Geld gegeben hatte, um FÜNF Dosen italienische Cola light zu kaufen.

Ich muss wirklich besser aufpassen mit dem Geld. Obwohl ich mir sicher bin, dass Antonio (falls das sein Name ist) das Geld dringender braucht als ich die Cola light.

Und dann wollte Holly sich vor dem Pantheon mit einem scharfen Typen, der als Gladiator verkleidet war, fotografieren lassen, also holte ich die Kamera heraus, aber dann kam diese sehr ungepflegte ältere Frau zu mir herüber, die eine Toga trug, und verlangte weitere fünf Euro dafür, dass ich ein Foto machen durfte von ihrem scharfen Gladiatorenfreund! Der stand mit verlegenem Gesicht daneben, aber Holly meinte sofort: »Ich will unbedingt ein Foto. Das sieht bestimmt lustig aus«, also kramte ich wieder fünf Euro hervor und knipste die beiden.

Holly erzählte hinterher, dass der Gladiator ihr kurz vor der Aufnahme sein Plastikschwert gegeben hatte, und als sie ihn fragte »Was soll ich damit?«, antwortete er in gequältem Ton: »Bitte, töte mich.«

Was an sich schon fünf Euro wert war.

Und überall, wo wir hingingen, wurden wir scheinbar alle fünf Sekunden angequatscht von italienischen Straßenverkäufern mit dem Spruch »Tasche, California?« Ich nehme an, sie hielten uns für Kalifornierinnen, obwohl wir natürlich keine sind, auch wenn wir ein bisschen Sonnenbräune haben von den Nachmittagen in Hollys und Marks Garten in East Hampton.

Nur woher die alle wussten, dass wir Amerikanerinnen sind, kann ich nicht sagen, obwohl Holly und ich sicher viel miteinander quatschten. Und offenbar bin ich die einzige Frau in Rom, die flache Sandalen von Steve Madden trägt.

Aber dann rief Mark an und sagte Holly, dass er Hunger habe und dass er Cal nicht erreichen könne. Wir beschlossen, uns mit Mark zum Essen zu treffen und verabredeten uns in einem Restaurant gegenüber dem Pantheon.

Aber auf dem Rückweg zum Hotel kamen wir an einer Kirche vorbei, in der eine Hochzeit stattfand – oder gleich stattfinden würde. Als ich die Menschenmenge sah, nahm ich zuerst an, es handle sich wieder um eine Sehenswürdigkeit, die man sich nicht entgehen lassen durfte, aber dann stellte sich heraus, dass es lauter Touristen waren wie wir, die vor der Kirche mit den Blumenmädchen und den Brautjungfern auf die Braut warteten.

Daraufhin meinte Holly, sie müsse unbedingt die Braut sehen, weil das angeblich Glück bringe und sie schließlich auch bald heiraten würde.

Also drängelten wir uns durch die Menge bis zum Kircheneingang und standen da und warteten, und es dauerte nicht lange, und draußen fuhr ein eleganter Mercedes in Beige vor. Die Braut stieg aus und sah wunderschön aus in ihrem schulterfreien elfenbeinfarbenen Kleid und mit dem winzigen Schleier. Sie strahlte und plauderte auf Italienisch mit den kleinen Blumenmädchen, die aufgeregt auf der Stelle hüpften.

Ich habe ein paar richtig tolle Aufnahmen gemacht von der ganzen Szene und hätte ihr gerne Abzüge angeboten (der Braut, meine ich), aber ich wusste nicht, wie das auf Italienisch heißt, und außerdem kam in diesem Moment der Brautvater aus der Kirche, um die Braut abzuholen. Erst da haben Holly und ich gemerkt, dass wir mitten im Weg standen, während der Bräutigam, der vorne am Altar mit dem Pfarrer wartete, sich den Hals verrenkte, um an uns vorbei-

zuschauen und einen Blick auf seine zukünftige Frau in ihrem herrlichen elfenbeinfarbenen Brautkleid zu erhaschen.

Also huschten wir rasch aus der Kirche, und ich sah Holly an, die plötzlich Tränen in den Augen hatte!!! Ich dachte zuerst, sie wäre von einer Biene gestochen worden oder so, und sagte zu ihr: »Komm, lass uns schnell Eis zum Kühlen besorgen«, aber dann stellte sich heraus, dass ich völlig danebenlag. Holly sah mich mit tränenverschleiertem Blick an und stieß hervor: »Ich möchte auch von meinem Vater zum Traualtar geführt werden! Aber der weiß gar nichts von meiner Hochzeit. Und es gibt auch keinen Traualtar. Wir werden nämlich von einem Beamten auf irgendeinem Standesamt getraut.«

Dann brach sie in Schluchzen aus mitten auf der Straße, deren Name mir entfallen ist.

Natürlich hatte ich keine andere Wahl, als sie so schnell wie möglich zu dem Restaurant zu bringen, wo wir mit Mark verabredet waren. Ich wusste, es war meine Pflicht als Trauzeugin/Brautjungfer, sie wieder herzurichten, bevor ihr zukünftiger Ehemann sah, was für ein seelisches Wrack er heiraten würde. Nicht, dass er das nicht bereits wüsste, schließlich heult Holly am Ende jeder Folge von ***Eine himmlische Familie****, selbst bei Wiederholungen, und geht darum montagabends nicht ans Telefon.*

Trotzdem.

*Wir ergatterten einen freien Tisch in dem Restaurant gegenüber dem Pantheon – sogar auf der Außenterrasse. In New York muss man sich praktisch die Hand abhacken, um einen Platz auf der Terrasse zu kriegen. Vielleicht hat der Kellner gesehen, wie groß unsere Not war, angesichts von Hollys Tränen. Jedenfalls setzte er uns in den Schatten unter die große, flatternde Markise, und ich sagte: »****Un verre de vin blanc pour moi et pour mon amie****«, wobei ich kurz* *vergaß, dass ich nicht im Französischunterricht der elften Klasse saß, sondern in Italien.*

*Der Kellner störte sich allerdings nicht daran. »**Frizzante**?«, fragte er mich.*

*Ich hatte keinen blassen Schimmer, was er meinte, aber mir fiel wieder ein, dass ich in Italien war und nicht in Frankreich, und ich brachte ein »**Sì**« zustande, statt eines »**Oui**«.*

Meine erste praktische Fremdsprachenerfahrung! Mit dem Cola-light-Verkäufer und der Zuhälterin des Gladiators hatte ich englisch gesprochen. Na schön, der Austausch fand nicht in der Sprache statt, die in diesem Land gesprochen wird. Trotzdem war es eine Fremdsprachenerfahrung.

Kurz darauf kam der Brotkorb mit einem kleinen Töpfchen seidig-weißer Butter, und wir langten zu, denn Holly kann selbst wenn sie weint essen, was einer der vielen Gründe ist, warum ich sie liebe.

Dann sagte ich ihr, dass sie froh sein solle, dass ihr Vater nicht hier sei, schließlich halte er, genau wie ihre Mutter, nicht viel von Mark.

Was lächerlich ist, denn Mark ist der perfekte Ehemann. Er ist total süß und rücksichtsvoll und lustig und selbstironisch und in jeder Hinsicht das genaue Gegenteil von seinem schrecklichen Kumpel Cal, dem Modelizer. Außerdem sieht Mark ziemlich gut aus. Oh, und er ist Arzt. Und schreibt jede Woche eine Gesundheitskolumne für eine New Yorker Zeitung, die von Millionen gelesen wird. Was erwarten die Caputos noch?

Einen Katholiken, wie es scheint.

Manchmal bekomme ich so eine Wut auf Hollys Eltern wegen dem, was sie ihr antun, dass ich am liebsten Galle spucken würde.

Aber Marks Eltern sind genauso schlimm, auf ihre eigene Art.

»A… als würde es für uns eine Rolle spielen«, schluchzte Holly, während der Kellner mit zwei Gläsern Weißwein auf einem Tablett erschien. »Ich meine, ich war nicht mehr in der Kirche, seit ich achtzehn war! Meine Eltern haben es mit der Kirche, nicht ich. Und Mark hat keinen Fuß mehr in einen Tempel gesetzt seit seiner Bar Mitzwa. Wir haben nicht die Absicht, unsere Kinder nach irgendeiner Konfession zu erziehen. Vielmehr sind wir für eine konfessionslose Erziehung. Und wenn die Kinder alt genug sind, können sie selbst entscheiden, welcher Religion sie beitreten möchten – falls überhaupt.«

Ich nickte stumm, weil ich das schon viele Male zuvor gehört hatte. In den Weingläsern, die der Kellner uns servierte, spiegelte sich die Sonne und tanzte vor meinen Augen wie das Katzengold in dem Bach, das Laura in einer Folge von **Unsere kleine Farm** *fand.*

»Warum können die nicht einfach respektieren, dass Mark der Mann ist, den ich liebe?«, sagte Holly, nahm ihr Glas und trank einen Schluck. »Mein Gott, ja, er ist Jude. Findet euch damit ab.«

Ich nippte auch an meinem Glas… Und spuckte den Wein beinahe wieder aus! Das war nämlich gar kein Wein! Das war Champagner! Nur besser als Champagner! Denn von der Kohlensäure im Champagner bekomme ich normalerweise sofort Kopfschmerzen. Aber diese Bläschen waren ganz winzig und leicht – kaum wahrnehmbar.

»Was ist das?«, fragte ich verwundert und hielt mein Glas hoch ins Licht, um die vielen niedlichen Bläschen zu beobachten.

*»***Frizzante***«, antwortete Holly. »Weißt du nicht mehr? Der Kellner hat ihn vorgeschlagen, und du hast* **Sì** *gesagt. Das ist Perlwein. Schmeckt er dir nicht?«*

»Ich liebe ihn.«

Und zwar so sehr, dass ich ein zweites Glas haben musste. Als Mark zu uns stieß, war ich in allerbester Laune.

Holly zum Glück auch. Es gab so viele Menschen zu beobachten auf der Piazza, dass sie bald die Hochzeit und ihren Wunsch, von ihrem Vater zum Traualtar geführt zu werden, vergaß. Es dauerte nicht lange, und wir erkannten die amerikanischen Touristen so schnell wie wohl die Italiener. Ich möchte nichts Negatives über meine Landsleute sagen, aber hallo, den Freizeitlook kann man auch übertreiben.

Holly war auf einen Schlag aufgemuntert, wie immer bei Marks Anblick. Er bat um eine Speisekarte und bekam eine – auf Englisch! –, dann bestellte er Muscheln und einen Antipasti-Teller. Wir saßen gemütlich da und aßen gehobelten Parmesan und frische, scharfe Oliven und fettige Salamischeiben und Knoblauchmuscheln und beobachteten amüsiert andere ahnungslose Touristen, die von dem attraktiven, unglücklichen Gladiator und seiner Zuhälterin übers Ohr gehauen wurden.

Dann wurden die Schatten allmählich länger, und Mark warf einen Blick auf sein BlackBerry und sagte, wir sollten ins Hotel zurückkehren, um uns für das Abendessen umzuziehen. Also verlangten wir die Rechnung – die Mark unbedingt übernehmen wollte – und machten uns auf den Rückweg. Mark hatte den Arm um Hollys Hüfte geschlungen, und sie lehnte ihren Kopf glücklich an seine Schulter. Ihren Kummer hatte sie wohl völlig vergessen.

Ich hätte mir so sehr gewünscht, dieser schreckliche Modelizer Cal wäre dabei gewesen. Dann hätte er sehen können, was für ein niedliches Paar Holly und Mark sind und wie toll sie zusammenpassen und was für tolle Eltern sie sein werden und was für ein Verbrechen es wäre, wenn die beiden nicht heirateten. Ich meine, wie kann man Mark und Holly ansehen und denken, wenn auch nur für einen Augenblick, dass die Ehe eine überholte Institution ist, die man abschaffen sollte? Die beiden sind der lebende Beweis dafür, dass es funktionieren kann. Bloß weil die Frau des Modelizers sich als geldgieriges Miststück entpuppt hat, heißt das nicht …

Oooh! Ich habe eine E-Mail! Auf meinem BlackBerry! BITTE, lass sie von Julio sein!!!

>>

Von: Malcolm Weatherly <malcolmw@snowstyle.com>
An: Jane Harris <jane@wondercat.com>
Betreff: Ciao!

Hi, Baby! Was geht ab? Wie findest du die Stadt? Ziemlich abgespaced, nicht? Italien hat mich echt umgehauen, als ich letztes Jahr bei den European Open war. Selbst der verdammte Kaffee schmeckt dort drüben besser.

Aber ich werde nie raffen, warum alle Läden mittags von zwölf bis vier dichtmachen und man nach zehn überall nur noch Pasta kriegt. Doof, wenn man erst mittags um eins aufsteht und dann auf ein verdammtes Waffelfrühstück Bock hat.

Du musst unbedingt diese Bidets ausprobieren. Das wird dein Leben verändern!

Und halte dich fern von den italienischen Casanovas. Ich weiß, wie diese Kerle ticken. Die sind nur scharf auf eine Green Card – was nicht heißt, dass du keine heiße Braut bist.

Ah, ich muss wieder, bin gleich dran in der Halfpipe. Love you.

Mal

P. S.: Weißt du was? Irgendwie vermisse ich den Dude. Gib ihm einen dicken Kuss von mir, okay? Oh, das geht gar nicht, du bist ja in Italien. Sorry.

Reisetagebuch
von
~~Holly Caputo und Mark Levine~~
Jane Harris

Ist das nicht süß? Ich vermisse den Dude auch. Wenn er jetzt hier wäre, würde er sich bestimmt vor meinen Füßen zusammenrollen.

Und meine Zehen würden irgendwann einschlafen, weil er so schwer ist. Trotzdem.

Ich verstehe nicht, warum Julio sich noch nicht gemeldet hat. Was, wenn er es vergessen hat? Den Dude zu füttern, meine ich?

Aber wie könnte er das vergessen? Ich habe extra einen großen Zettel innen an seine Wohnungstür geklebt, um ihn daran zu erinnern …

Wo war ich? Ach ja. Ich ging gerade hinter Mark und Holly her.

Tja … Während ich die beiden ansah und dachte, was für ein süßes Paar sie sind und wie schade es ist, dass der Modelizer Cal nicht dabei ist und es mit eigenen Augen sieht, spürte ich plötzlich einen Stich.

Einen STICH.

Ich gebe es zu. Ich meine, ich freue mich total für Holly und unterstütze auch voll diese Heirat. Wirklich, angesichts der Umstände sehe ich für sie und Mark keine andere Möglichkeit, als es heimlich zu tun. Aber als ich die beiden so zusammen sah, ihr Kopf an seiner Schulter, sein Arm um ihre Hüfte, spürte ich einen Stich.

Wo ist MEIN Mark? Im Ernst, wo ist er?

Ich weiß nämlich, dass er im Moment nicht in Kanada ist und Halfpipe fährt – oder Full Pipe. Oder sogar beides, wie in Malcolms Fall. Ich meine, ich mag Malcolm, und wir ha-

ben immer jede Menge Spaß zusammen. Aber ich kann mir nicht wirklich vorstellen, wie er über eine Piazza schlendert, den Arm um meine Hüfte gelegt. Dafür umso mehr, wie er auf dem Skateboard über eine Piazza saust. Aber dass er ein Glas **Frizzante Bianco** *im Sonnenuntergang genießt? Eher nicht.*

Ich bin mir sicher, er ist irgendwo da draußen. Mein Mark, meine ich. Es muss ihn doch irgendwo geben, oder?

Aber was, wenn ich ihn nicht finde? Oder was, wenn ich ihm bereits begegnet bin und es irgendwie vermasselt habe? Das wäre nichts Ungewöhnliches, schließlich bin ich super im Vermasseln. Ich meine, was, wenn Dave mein Mark war, obwohl er mich mit Amy Jenkins (dieser Hure) betrogen hat?

O Gott, nein, das Schicksal wäre niemals so grausam.

Oder was, wenn mein Mark Curt Shipley war, der mich in der elften Klasse zum Schülerball mitnahm, und mit dem ich hinterher in seiner Chevette herumgeknutscht habe, bevor ich wenig später erfuhr, dass er in derselben Chevette nach dem Feuerwerk am 4. Juli mit Mike Morris herumgeknutscht hat?

Was bedeutet, dass Curt wegen mir schwul geworden ist, denn das war er definitiv nicht, bevor wir herumgeknutscht haben.

O mein Gott. Was, wenn Curt Shipley mein Traummann ist, und ich habe ihn zu einem Schwulen gemacht???

Das gibt mir den Rest.

>>

Von: Cal Langdon <cal.langdon@thenyjournal.com>
An: Mark Levine <mark.levine@thenyjournal.com>
Betreff: Sorry

Tut mir leid, ich habe deinen Anruf verpasst. Ich habe geschlafen wie ein Toter. Bleibt es bei dem Abendessen?

Cal

>>

Von: Mark Levine <mark.levine@thenyjournal.com>
An: Cal Langdon <cal.langdon@thenyjournal.com>
Betreff: AW: Sorry

Ja, ich habe zufällig gehört, dass du »wie ein Toter« geschlafen hast, als ich an deiner Tür vorbeikam. Ich wusste gar nicht, dass Leichen sexuell aktiv sind… jedenfalls wenn ich davon ausgehe, dass die weibliche Stimme mit dem starken Akzent, die immer lauter deinen Namen rief, je näher sie dem Höhepunkt kam, tatsächlich aus Zimmer 204 kam.

Mark

>>

Von: Cal Langdon <cal.langdon@thenyjournal.com>
An: Mark Levine <mark.levine@thenyjournal.com>
Betreff: AW: AW: Sorry

Oh. Das war Graziella. Sie wird uns heute Abend nicht begleiten.

Cal

>>

Von: Mark Levine <mark.levine@thenyjournal.com>
An: Cal Langdon <cal.langdon@thenyjournal.com>
Betreff: AW: AW: AW: Sorry

Das vernehme ich mit größerem Bedauern, als ich mit Worten auszudrücken vermag. Wir sehen uns um acht.

Mark

PDA von Cal Langdon

Es war ein Fehler, Grazi einzuladen. Ich hätte darauf bestehen sollen, dass wir zu ihr gehen. Ich hatte ganz vergessen, wie… *laut* sie sein kann.

Antipasti

Insalatina mista all'aceto balsamico
Carpaccio tiepido di manzo con parmigiano e rucola
Medaglioni di astice con insalata di stagione

Pasta

Fusilli con pomodori e basilico
Garganelli con pesto, patate e fagiolini
Tagliolini con zafferano, gamberoni e zucchine

Secondi Piatti

Medaglioni di vitello in crosta di basilico con purea
di melanzane e parmigiano
Filetto di manzo alle erbe aromatiche
Tagliata di manzo con timballo di patate e cardamomo
Filetto di rombo al forno con limone e capperi

Insalate di Stagione

Selezione di Formaggi Italiani

Dolci

Bavarese al cioccolato bianco con crema cacao
alla liquirizia e latte di mandorle
Mousse al cioccolato fondente con sedano candito
Crema al limone
Budino al cocco con il frutto della passione

PDA von Cal Langdon

Habe darauf bestanden, die Rechnung zu übernehmen, da ich den größten Teil des Abendessens von *Wüstenlandschaft* erzählt habe und das Gefühl hatte, etwas wiedergutmachen zu müssen. Außerdem war es das Mindeste, was ich tun konnte, nachdem Mark mir auf die Schliche gekommen ist wegen Grazi. Achthundert Euro, aber das war es wert – besonders der Wein.

Trotzdem, undenkbar, dass ich mich jemals mit Ms. Harris anfreunden werde. Was ein Jammer ist, denn sie sieht sehr reizend aus in hohen Absätzen – ein Eindruck, der kurz erschüttert wurde, als sie vor dem Restaurant stolperte und ich gezwungen war, ihren Absatz, der zwischen den Pflastersteinen feststeckte, zu befreien.

Das Tattoo stellt tatsächlich WONDERCAT dar. Es ist derselbe Katzenkopf wie auf ihrer Reisetasche. Ich war noch nie ein Anhänger von Tätowierungen, aber ihre finde ich doch ganz reizend.

Ich kann nicht glauben, dass ich »reizend« geschrieben habe. Dieses Land steigt mir in den Kopf wie der Prosecco.

Reisetagebuch
von
~~Holly Caputo und Mark Levine~~
Jane Harris

Meine Güte, das Restaurant war so nobel, es gab sogar extra kleine Hocker für Damenhandtaschen! Im Ernst! Zuerst verfrachtete der Kellner mich auf einen Stuhl, dann zauberte er den passenden Hocker für meine Handtasche hervor. Die, die ich an einem Straßenstand auf der Canal Street in Chinatown gekauft und mit dem Gesicht von WONDERCAT aufgepeppt habe! Auf ihrem eigenen Ehrenplatz!

Das war fast zu viel.

Es gab Silberbesteck, was ich auch noch nicht kannte. Auf der Toilette lagen gefaltete Handtücher für jeden Gast. Keine Papiertücher, sondern ein großer Stapel echter Minihandtücher. Man nahm sich das oberste, trocknete sich die Hände ab und warf es anschließend in den Wäschekorb unter dem Waschbecken.

Ich habe keine Ahnung, was ich gegessen habe. Es war köstlich. Der Kellner ratterte seine Sätze herunter, und Holly, die ein bisschen Italienisch kann, und der Modelizer Cal, der wahrscheinlich noch ein wenig mehr versteht, nickten nur immer und sagten **»Sì, sì«***. Etwas später wurden die Speisen aufgetischt: mit Ziegenkäse gefüllte Kürbisblüten, Stopfleber in perfekten runden Scheiben und gratinierte Endivie …*

Das Essen hatte bestimmt mindestens dreitausend Kalo-rien. Aber das war mir egal. Denn es war absolut köstlich. DAS MACHT RICHTIG SPASS!

Na ja, abgesehen von Cal. Kein Wunder, dass er nie von WONDERCAT gehört hat. Ich bezweifle, dass er jemals in seinem Leben etwas just for fun gelesen hat. Holly beging den riesengroßen Fehler, ihn zu fragen, wovon sein Buch handelt.

Natürlich kann ein Modelizer wie Cal nicht etwas Cooles schreiben wie einen Spionagethriller oder über Männerthemen, wie zum Beispiel Nick Hornby oder so. O nein. Natürlich muss es ein Buch über – halten Sie sich fest – Saudi-Arabien, das bald nicht mehr in der Lage sein wird, die Nachfrage nach Öl auf dem globalen Markt zu bedienen, sein. Was natürlich zum wirtschaftlichen Zusammenbruch von Saudi-Arabien führen wird, mit ernsthaften Auswirkungen auf die restliche Welt.

Yeah. Wen kümmert es? Weißt du was, Cal? In Saudi-Arabien dürfen Frauen weder wählen noch Auto fahren. Warum sollte es mich dann kümmern, wenn die Wirtschaft dort den Bach runtergeht? Dürften Frauen in der Regierung mitbestimmen, dann wäre es vielleicht gar nicht erst so weit gekommen.

Leider hat er mich gähnen sehen. Cal, meine ich.

Und statt höflich meine Entschuldigung zu akzeptieren – »Sorry, das ist der Jetlag« –, belehrte er mich: »Jane, das kann auch für Sie gravierende Folgen haben. Was glauben Sie, woraus diese Wasserflaschen gemacht sind, die Sie so gerne trinken? Aus Petroleum.«

Gott! Ich habe Mark unheimlich gern, aber warum ist er mit diesem Kerl befreundet? Oh, klar, bestimmt ist Cal seit seiner Scheidung ein verbitterter Mann. Aber muss er das an mir auslassen?

Außerdem mag er sich für sehr schlau halten, aber als ich mein Zimmer verließ, um mich unten in der Lobby mit Holly und Mark zum Cocktail zu treffen, und diese Frau sah, die aus **seinem** *Zimmer schlich und die Treppe hinunterhuschte, bekam ich einen tiefen Einblick in das, was er den ganzen Nachmittag getrieben hat. Es ist mir egal, dass Holly behauptet, ich wäre sein Typ. Das ist nämlich gelogen. Cal Langdons »Typ« sind immer noch eins achtzig große* *blonde Models, und NICHT eins zweiundsechzig kleine brünette Karikaturistinnen, in deren Hosen zwei der besagten Models ohne Mühe hineinpassen würden.*

Und als wäre das nicht schon schlimm genug, während wir auf das Taxi warteten, das uns zum Hotel zurückbringen sollte, drehte ich den Kopf und sah, dass Mark seine Jacke auszog und Holly, die leicht fror in ihrem ärmellosen rosaroten Kleid, um die Schulter legte. Dann legte er den Arm um sie, und die beiden schmusten zärtlich miteinander.

SCHMUSTEN. *Sie* SCHMUSTEN.

Daraufhin drehte ich den Kopf in die andere Richtung, um zu sehen, ob Cal etwas mitbekam. Das tat er, denn er schaute direkt zu den beiden.

Und ich muss zugeben, dass es unmöglich war zu sagen, was hinter diesen stahlblauen Augen vor sich ging.

Aber ich ging davon aus – mein zweiter GROSSER FEHLER *–, dass Cal das Gleiche dachte wie ich … nämlich dass Mark und Holly das niedlichste Paar sind und fest zusammengehören und dass es ein Verbrechen ist, was ihre Familien ihnen mit ihrer unvernünftigen Einstellung in Sachen Glaubensunterschied antun.*

Also sagte ich mit leiser Stimme, damit Mark und Holly es nicht hörten: »Denken Sie immer noch, die beiden sollten nicht heiraten?«

Und der Modelizer antwortete: »Ich gebe der Ehe ein Jahr, maximal zwei.«

!!

Ich wollte meinen Ohren nicht trauen! Ich meine, wie kommt der auf so etwas?

Ich: *»Sind Sie verrückt? Die beiden sind verliebt bis über beide Ohren. Schauen Sie sie doch an.«*

Cal: *»Sie wissen, es handelt sich dabei lediglich um eine* *chemische Reaktion im Gehirn, ausgelöst durch Phenylethylamin, oder?«*

Ich: (verwirrt) »Wollen Sie damit sagen, dass Mark und Holly sich gar nicht richtig lieben? Dass alles nur eine Kopfsache ist?«

Cal: »Ich will damit sagen, dass kein Mensch einen anderen liebt. Menschen fühlen sich zueinander hingezogen und paaren sich, um sich fortzupflanzen, weil das unser natürlicher Instinkt ist. Aber diese Anziehung dauert nicht ewig. Wie bei allen Drogen, gewöhnt sich der Körper mit der Zeit an das Phenylethylamin, ein Stimulans, nach dem das Gehirn süchtig ist, und irgendwann lässt die Anziehungskraft des Partners nach. Das ist ein völlig natürlicher Prozess. Damit der Körper dieselbe Menge Phenylethylamin produziert wie im Zustand des Verliebtseins, muss man große Mengen Schokolade verzehren.«

Ich: »Dann … glauben Sie also nicht an Liebe?«

Cal: »Ich denke, das habe ich eben gesagt.«

Ich: »Weil Sie dieses Thema intensiv studiert haben?«

Cal: »Ja, aus meiner eigenen persönlichen Erfahrung. Und aus den Beziehungen in meinem Umfeld, die ich beobachtet habe.«

Ich: »Dann werden Holly und Mark sich trennen, weil es so etwas wie Liebe gar nicht gibt?«

Cal: »O nein. Nun, ja, letztendlich schon. Aber bevor es so weit ist, werden sie sich trennen, weil sie aus zu unterschiedlichen Verhältnissen stammen.«

Ich glaube nicht, dass man mir vorwerfen kann, dass ich entgegnete: »Wenigstens sind die beiden menschlich, im Gegensatz zu der Schlampe, die ich vorhin aus Ihrem Hotelzimmer habe schleichen sehen.«

Ich hatte die Genugtuung, ihn zum ersten Mal, seit wir uns kennen, sprachlos zu erleben.

Leider verpuffte die Genugtuung sofort, als ich plötzlich vor dem Restaurant mit meinem Absatz zwischen den Pflastersteinen stecken blieb, sodass der ganze Silberlamé eingerissen ist. Ich glaube nicht, dass man das reparieren kann.

Ich finde Kopfsteinpflaster ja charmant, aber haben die hier noch nie was von Asphalt gehört? Außerdem war es demütigend, weil der Modelizer mir helfen musste, ihn herauszuziehen. Meinen Absatz, meine ich.

Er umfasste mit der Hand meinen Fußknöchel. Wissen Sie, so, dass sein Daumen und sein Zeigefinger sich berührten an den Spitzen.

Gott sei Dank hatte ich mir unmittelbar vorher die Beine rasiert.

O Mann, ich bin so aufgedreht von dem superleckeren Essen, dass ich bezweifle, dass ich einschlafen kann. Außerdem geistert mir ständig der Dude durch den Kopf. Hoffentlich geht es ihm gut. Ich meine, Julio hätte sich doch bestimmt gemeldet, wenn etwas nicht stimmte, oder? Ich habe meine Handynummer neben das Telefon gelegt, damit er von meinem Anschluss aus anrufen kann, statt auf Kosten seiner Eltern.

Ich habe gerade mein Handy gecheckt, aber er hat nicht angerufen. Also geht es dem Dude gut. Keine Neuigkeiten sind gute Neuigkeiten, oder? Dem Dude MUSS es gut gehen.

Es ist nur so, dass der Dude und ich maximal fünf Nächte getrennt voneinander verbracht haben, seit er klein war. Wer steht jetzt auf, wenn er morgens um vier Uhr den Mond anheult, und wer tröstet ihn, während ich weg bin? Früher hat mich sein Herumgemaunze in den Wahnsinn getrieben. Aber jetzt vermisse ich es irgendwie. Im Moment würde ich alles dafür geben, es zu hören. Tatsächlich bezweifle ich sogar, dass ich einschlafen kann ohne …

>>

Von: Mark Levine <mark.levine@thenyjournal.com>
An: Customer Service *New York Journal* Travel Privileges <TravelPrivcustser@thenyjournal.com>
Betreff: Mietwagen

Mir ist bewusst, dass wir Sonntag haben und das Büro geschlossen ist. Aber als ich den Mietwagen reservierte, habe ich eigens darauf hingewiesen, dass ich eine viertürige Limousine mit einem großen Kofferraum benötige, weil wir SEHR VIEL Gepäck haben. Ich wollte einen Jaguar oder Mercedes, keinen Toyota. Nun müssen wir einen großen Koffer zwischen die Passagiere auf den Rücksitz quetschen, und wir fahren in die Berge. Denken Sie vielleicht, es ist sicher, einen Bergpass mit zwei Leuten und einem breiten, überfüllten Koffer auf dem Rücksitz zu überqueren?

Ich denke nicht. Ich erwarte von Ihnen am Montag eine Rückmeldung.

Dr.med. Mark Levine

>>

Von: Jane Harris <jane@wondercat.com>
An: Julio Chasez <julio@streetsmart.com>
Betreff: Der Dude

Hallo, Julio!

Ich muss zugeben, ich mache mir langsam Sorgen. Ist alles okay? Ich meine, du hast dich nicht bei mir gemeldet, und ich möchte nur wissen, ob alles in Ordnung ist. Ich weiß, du hast viel zu tun mit der Schule und deinem Hockey und so, aber vielleicht könntest du mir trotzdem eine kurze Nachricht schicken, damit ich weiß, dass es dem Dude gut geht. Dafür wäre ich dir sehr dankbar.

Ich glaube, ich versuche es mal auf deinem Pager.

J

>>

Von: Holly Caputo <holly.caputo@thenyjournal.com>
An: Jane Harris <jane@wondercat.com>
Betreff: Wo steckst du?

????????????????????????

>>

Von: Jane Harris <jane@wondercat.com>
An: Holly Caputo <holly.caputo@thenyjournal.com>
Betreff: AW: Wo steckst du?

Ich bin noch im Speiseraum und frühstücke. Wo steckst DU?

J

>>

Von: Holly Caputo <holly.caputo@thenyjournal.com>
An: Jane Harris <jane@wondercat.com>
Betreff: AW: AW: Wo steckst du?

Beim Auto. Beeil dich mit dem Frühstück und komm raus. Das musst du unbedingt sehen. Mark und Cal versuchen, unser Gepäck im Kofferraum des Leihwagens unterzubringen, aber er ist zu klein. Im Moment stellen sie Berechnungen an. Im Ernst, als wäre das ein kompliziertes Puzzle oder so. Richtig wissenschaftlich. Komm raus, oder du verpasst was.

Holly

>>

Von: Jane Harris <jane@wondercat.com>
An: Holly Caputo <holly.caputo@thenyjournal.com>
Betreff: AW: AW: AW: Wo steckst du?

Ich bin noch nicht fertig mit meinem Joghurt.

J

>>>

Von: Holly Caputo <holly.caputo@thenyjournal.com>
An: Jane Harris <jane@wondercat.com>
Betreff: AW: AW: AW: AW: Wo steckst du?

Scheiß auf den Joghurt. Schwing sofort deinen Hintern hierher. Joghurt kannst du jederzeit haben.

Holly

>>>

Von: Jane Harris <jane@wondercat.com>
An: Holly Caputo <holly.caputo@thenyjournal.com>
Betreff: AW: AW: AW: AW: ... Wo steckst du?

Aber nicht so einen. Das ist der beste Joghurt, den ich je gegessen habe.

Was bedeutet eigentlich *grassi* 3,7%?

J

>>>

Von: Holly Caputo <holly.caputo@thenyjournal.com>
An: Jane Harris <jane@wondercat.com>
Betreff: AW: AW: AW: AW: ... Wo steckst du?

Das ist der Fettanteil.

Holly

>>

Von: Jane Harris <jane@wondercat.com>
An: Holly Caputo <holly.caputo@thenyjournal.com>
Betreff: AW: AW: AW: AW: … Wo steckst du?

IM ERNST??? GESÄTTIGT ODER UNGESÄTTIGT??? O MEIN GOTT, ICH HABE VIER PORTIONEN DAVON GEGESSEN!!!

>>

Von: Claire Harris <charris2004@freemail.com>
An: Jane Harris <jane@wondercat.com>
Betreff: Wie geht es dir?

Hallo, mein Schatz!

Danke für deine schnelle Antwort. Ich hoffe, du bist gut im Hotel angekommen.

Bei uns ist alles in Ordnung. Nun ja, außer dass dein Vater sich fast das Steißbein gebrochen hätte, weil er vom Dach gefallen ist, als er die Rinne gereinigt hat. Aber er ist in dem Hortensienstrauch gelandet, und ihm ist nichts passiert.

Ich möchte dich nicht beunruhigen, aber nachdem ich dir gestern die Mail geschickt habe, bin ich wieder Hollys Mutter begegnet, dieses Mal im Lebensmittelmarkt. Ich habe gesagt, wie reizend ich es finde, dass ihr vier gemeinsam Urlaub in der Villa von Hollys Onkel in Italien macht, aber Marie schien nichts darüber zu wissen. Ich weiß, ich darf nichts von der heimlichen Hochzeit erwähnen, aber hat Holly ihrer Mutter nicht wenigstens Bescheid gesagt, wohin sie fliegt? Ich hoffe, ich habe nicht alles vermasselt.

Liebe Grüße
Mom

P.S.: Meinst du etwa Cal Langdon, den Reporter vom *New York Journal*? Den habe ich vor kurzem erst in der Sendung von Charlie Rose gesehen! Er gab ein Interview zu irgendeinem wichtigen Buch, das er geschrieben hat. Offenbar verkauft es sich recht gut. Er ist sehr attraktiv, Janie.

Trotzdem, stell dir vor, Mark und Holly würden nicht heiraten. Die beiden sind füreinander gemacht! Und wie kann man WONDERCAT nicht kennen? Was hat er die ganze Zeit gemacht im Ausland? In einer Höhle gelebt??? Tja, wahrscheinlich schon, schließlich handelt sein Buch von Saudi-Arabien …

Mom

>>>

Von: Jane Harris <jane@wondercat.com>
An: Claire Harris <charris2004@freemail.com>
Betreff: AW: Wie geht es dir?

Hallo, Mom!

Hier bei uns ist alles okay. Tja, außer dass Holly und ich darauf warten, dass die Männer aus dem Hotel auschecken, damit wir das Gepäck im Leihwagen umsortieren können. Der Kofferraum ist zu klein für uns, und Holly und ich sitzen hinten und müssen ihren Riesenkoffer zwischen uns klemmen. Was uns nicht so sehr stört, viel schlimmer ist, dass die Tüte mit der Toblerone im Kofferraum steckt. Was nutzt sie da?

Gleich brechen wir auf zur Villa von Hollys Onkel. Die Fahrt dauert ungefähr vier Stunden von Rom aus und führt an der Adriaküste entlang. Ich kann es kaum erwarten! Hier ist alles so anders und witzig. Sogar der Joghurt schmeckt besser.

Aber dann habe ich herausgefunden, dass es Vollfett-Joghurt war. Den habe ich zum ersten Mal in meinem Leben gegessen. Was soll's.

Ich würde mir keine Sorgen wegen Hollys Mutter machen. Die gesamte Verwandtschaft quartiert sich regelmäßig in der Villa von Hollys Onkel ein. Schließlich ist er selten da.

Sag Dad, dass es Fachleute gibt, die man beauftragen kann, um die Dachrinne zu reinigen.

Liebe Grüße
Janie

P.S.: Du hast Cal Langdon bei Charlie Rose gesehen? Das passt. Er ist sehr von sich überzeugt. Und was seine Meinung betrifft, dass Holly und Mark nicht zusammenpassen… Bitte! Ich mag gar nicht daran zurückdenken, wie Holly war, bevor sie mit Mark zusammmenkam. Ich meine, kannst du dich an ihre Phase mit den grünen Haaren erinnern?

Und man muss tatsächlich längere Zeit in einer Höhle gelebt haben, um die WONDERCAT-Recyclingkampagne von D'Agostino zu verpassen. Schließlich wurden jede Menge Flyer verteilt.

J

>>

Von: Jane Harris <jane@wondercat.com>
An: Holly Caputo <holly.caputo@thenyjournal.com>
Betreff: Was soll das?

Warum lässt du Mark ans Steuer?

J

>>

Von: Holly Caputo <holly.caputo@thenyjournal.com>
An: Jane Harris <jane@wondercat.com>
Betreff: AW: Was soll das?

Was soll die Frage? Du warst doch dabei. Wie sollte ich ihn davon abhalten?

Holly

>>>

Von: Jane Harris <jane@wondercat.com>
An: Holly Caputo <holly.caputo@thenyjournal.com>
Betreff: AW: AW: Was soll das?

Ja, aber er fährt nicht gut. Ich meine, er ist wirklich ein sehr, sehr schlechter Fahrer.

J

>>

Von: Holly Caputo <holly.caputo@thenyjournal.com>
An: Jane Harris <jane@wondercat.com>
Betreff: AW: AW: Was soll das?

Wir sind in Italien. Hier kann keiner Auto fahren. Mark wird gar nicht auffallen. Außerdem war ich mit dieser Riesengepäckumsortiererei von Cal beschäftigt.

Holly

>>

Von: Jane Harris <jane@wondercat.com>
An: Holly Caputo <holly.caputo@thenyjournal.com>
Betreff: AW: AW: AW: Was soll das?

Was sollte das überhaupt? Warum ist dieser Cal so… rechthaberisch?

J

>>>

Von: Holly Caputo <holly.caputo@thenyjournal.com>
An: Jane Harris <jane@wondercat.com>
Betreff: AW: AW: AW: AW: Was soll das?

Mark behauptet, das liegt daran, dass er einen riesigen Du-weißt-schon-was hat.

Holly

>>>

Von: Jane Harris <jane@wondercat.com>
An: Holly Caputo <holly.caputo@thenyjournal.com>
Betreff: AW: AW: AW: AW: … Was soll das?

Kopf?

J

>>>

Von: Holly Caputo <holly.caputo@thenyjournal.com>
An: Jane Harris <jane@wondercat.com>
Betreff: AW: AW: AW: AW: … Was soll das?

Nein, du Dumpfbacke. Du weißt genau, was ich meine.

Holly

>>

Von: Jane Harris <jane@wondercat.com>
An: Holly Caputo <holly.caputo@thenyjournal.com>
Betreff: AW: AW: AW: AW: … Was soll das?

Warte. WAS??? Das ist nicht dein Ernst!!!

J

>>>

Von: Holly Caputo <holly.caputo@thenyjournal.com>
An: Jane Harris <jane@wondercat.com>
Betreff: AW: AW: AW: AW: … Was soll das?

Mark schwört, dass es die Wahrheit ist. Er sagt, Cal hatte schon immer ein großes Selbstbewusstsein wegen seines gewaltigen Du-weißt-schon-was. Nun, jedenfalls bis dieses Model ihm das Herz gebrochen hat.

Holly

>>>

Von: Jane Harris <jane@wondercat.com>
An: Holly Caputo <holly.caputo@thenyjournal.com>
Betreff: AW: AW: AW: AW: … Was soll das?

Das hast du dir ausgedacht. Das mit seinem Du-weißt-schon-was, meine ich.

J

>>>

Von: Holly Caputo <holly.caputo@thenyjournal.com>
An: Jane Harris <jane@wondercat.com>
Betreff: AW: AW: AW: AW: … Was soll das?

Äh … hast du schon einmal genauer hingesehen, wenn er die Beine übereinanderschlägt?

Holly

>>>

Von: Jane Harris <jane@wondercat.com>
An: Holly Caputo <holly.caputo@thenyjournal.com>
Betreff: AW: AW: AW: AW: … Was soll das?

Das heißt nicht … O mein Gott, du meinst es ernst.

J

>>>

Von: Holly Caputo <holly.caputo@thenyjournal.com>
An: Jane Harris <jane@wondercat.com>
Betreff: AW: AW: AW: AW: … Was soll das?

Anscheinend hat er, obwohl ihn seine Frau an ihrem ersten Hochzeitstag verlassen hat, allen Grund der Welt, mit sich sehr zufrieden zu sein. Macht ihn das ein wenig sympathischer für dich?

Holly

>>>

Von: Jane Harris <jane@wondercat.com>
An: Holly Caputo <holly.caputo@thenyjournal.com>
Betreff: AW: AW: AW: AW: ... Was soll das?

NEIN!!! Die Größe spielt keine Rolle, das weißt du.

Jedenfalls nicht so sehr.

Sie hat ihn tatsächlich am ersten Hochzeitstag verlassen?

J

>>>

Von: Holly Caputo <holly.caputo@thenyjournal.com>
An: Jane Harris <jane@wondercat.com>
Betreff: AW: AW: AW: AW: ... Was soll das?

Er kam abends von der Arbeit nach Hause, um sich umzuziehen und anschließend mit ihr schick essen zu gehen, und fand eine Nachricht. Sie hatte die Möbelpacker bestellt, während er im Büro war. Sie haben alles mitgenommen. Außer der Katze.

Holly

>>

Von: Jane Harris <jane@wondercat.com>
An: Holly Caputo <holly.caputo@thenyjournal.com>
Betreff: AW: AW: AW: AW: … Was soll das?

Sie hatten eine KATZE???

J

>>

Von: Holly Caputo <holly.caputo@thenyjournal.com>
An: Jane Harris <jane@wondercat.com>
Betreff: AW: AW: AW: AW: … Was soll das?

Es war ihre Katze. Sie hat sie bei Cal zurückgelassen, weil ihr neuer Freund allergisch war. Cal hat sich um das Tier gekümmert, in der Hoffnung, Valerie würde es sich anders überlegen und zu ihm zurückkommen. Aber das tat sie nicht. Also meldete Cal sich freiwillig für den Irak.

Holly

>>

Von: Jane Harris <jane@wondercat.com>
An: Holly Caputo <holly.caputo@thenyjournal.com>
Betreff: AW: AW: AW: AW: … Was soll das?

Was ist aus der Katze geworden???

J

>>>

Von: Holly Caputo <holly.caputo@thenyjournal.com>
An: Jane Harris <jane@wondercat.com>
Betreff: AW: AW: AW: AW: … Was soll das?

Oh. Die ist, kurz bevor er den Entschluss gefasst hat, ins Ausland zu gehen, gestorben. An Krebs. Mark sagt, er sei sich nicht sicher, was Cal mehr das Herz brach – dass seine Frau ihn verlassen hat oder dass die Katze gestorben ist.

Holly

>>

Von: Jane Harris <jane@wondercat.com>
An: Holly Caputo <holly.caputo@thenyjournal.com>
Betreff: AW: AW: AW: AW: … Was soll das?

Du lügst wie gedruckt. Du hast das alles nur erfunden. Die Katze ist gar nicht gestorben. Was ist wirklich aus ihr geworden?

J

>>

Von: Holly Caputo <holly.caputo@thenyjournal.com>
An: Jane Harris <jane@wondercat.com>
Betreff: AW: AW: AW: AW: … Was soll das?

Er hat sie Tim Grabowski aus der IT-Abteilung gegeben.

Trotzdem. Die Katze könnte inzwischen gestorben sein. Armer, armer Cal.

Holly

>>

Von: Jane Harris <jane@wondercat.com>
An: Holly Caputo <holly.caputo@thenyjournal.com>
Betreff: AW: AW: AW: AW: … Was soll das?

Du bist so erbärmlich.

Und an deiner Stelle würde ich nicht so viel Mitleid mit Cal Langdon haben. Er kommt ganz gut allein klar.

Versprich mir, dass du Mark nicht in den Bergen fahren lässt. Er wird uns in den Tod stürzen.

J

>>

Von: Holly Caputo <holly.caputo@thenyjournal.com>
An: Jane Harris <jane@wondercat.com>
Betreff: AW: AW: AW: AW: … Was soll das?

Hm, okay. Vielleicht löse ich ihn nach der Mittagspause ab. Oder wir lassen Cal »Riesending« Langdon ans Steuer.

Holly

>>

Von: Jane Harris <jane@wondercat.com>
An: Holly Caputo <holly.caputo@thenyjournal.com>
Betreff: AW: AW: AW: AW: … Was soll das?

SPINNST DU??? Vertraust du etwa seinen Fahrkünsten?

J

>>>

Von: Holly Caputo <holly.caputo@thenyjournal.com>
An: Jane Harris <jane@wondercat.com>
Betreff: AW: AW: AW: AW: … Was soll das?

Ja, natürlich. Im Gegensatz zu anderen hat er Erfahrung darin, in fremden Ländern Auto zu fahren.

Was hast du eigentlich für ein Problem mit ihm? Er war total nett gestern beim Abendessen, oder nicht? Und heute Morgen war er genauso charmant. Was stört dich also?

Holly

>>>

Von: Jane Harris <jane@wondercat.com>
An: Holly Caputo <holly.caputo@thenyjournal.com>
Betreff: AW: AW: AW: AW: … Was soll das?

Nichts. Hör auf, mir zu mailen, die wissen nämlich, dass wir über sie lästern.

Ein Glück, dass sie nicht wissen, WORÜBER wir lästern.

Iih.

J

>>

Von: Ruth Levine <r.levine@levinedentalgroup.com>
An: Mark Levine <mark.levine@thenyjournal.com>
Betreff: AW: AW: Hallo!

Ich würde gerne erfahren, ob das eine Art ist, mit seiner Mutter zu sprechen? Ich WEISS, dass du denkst, du liebst Holly. Und ich gebe zu, sie ist ein sehr nettes Mädchen. Aber ich glaube nicht, dass sie die RICHTIGE für dich ist, Mark. Ihr kommt aus unterschiedlichen Welten.

Versteh mich nicht falsch, ich weiß das italienische Erbe durchaus zu würdigen. Die Italiener haben der Welt viele wichtige Dinge beschert wie Pasta oder diesen netten Mario Batali auf dem Food Channel.

Aber was für eine Zukunft erwartet dich und Holly? Nach welcher Religion wollt ihr eure Kinder erziehen? Werdet ihr einen Weihnachtsbaum aufstellen? Du weißt, die DiMarcos in unserer Straße bauen jedes Jahr eine riesengroße Krippe aus Sperrholz in ihrem Vorgarten auf. Ist es das, was du willst, Mark? Das Jesuskind in deinem Vorgarten? Willst du mich umbringen?

Ich möchte dir nur sagen, ich bin sicher, Susie Schramm hat sich zu einer sehr interessanten, lebendigen jungen Frau entwickelt. Warum verabredest du dich nicht mal mit ihr, nur zum Lunch? Das kann doch nicht schaden. Du gehst mit ihr essen, ihr plaudert über alte Zeiten… Wer weiß, was sich daraus ergibt?

Ruf mich an, Markie. Ich mache mir Sorgen um dich. Ernsthaft.

Mom

>>

Von: Darrin Caputo <darrin.caputo@caputographics.com>
An: Holly Caputo <holly.caputo@thenyjournal.com>
Betreff: Hallo, hier ist deine Mutter

Ich benutze den Computer deines Bruders, um dir zu schreiben. Dein Vater sagt, ich soll es sein lassen, weil du erwachsen bist und wie deine Brüder dein eigenes Leben führen willst.

Aber deine Brüder haben alle nette italienische Mädchen gefunden – außer Frankie mit seiner Stripperin. Aber selbst die ist eine gute Katholikin, wenn sie sich nicht gerade für Geld auszieht.

Selbst Darrin hat einen netten italienischen Jungen gefunden. Bobby war gestern Abend bei uns, und er hat mein ganzes Huhn *parmigiano* aufgegessen. Er hat einen richtig großen Appetit.

Ich verstehe nicht, warum du dir nicht an deinen Brüdern ein Beispiel nimmst. Was ist falsch daran, sich einen netten italienischen Jungen für etwas Dauerhaftes zu suchen? Selbst ein Pole wäre in Ordnung, solange er katholisch ist. Warum musst du dich mit diesem Mark abgeben? Er ist ein netter Junge, aber er ist nicht katholisch. Was weiß er schon?

Ich bitte dich, denk darüber nach, was du mit deinem Leben anstellst. Die Leute machen sich Gedanken wegen dir und diesem Mark. Ich habe die Mutter von Jane Harris im Lebensmittelmarkt getroffen, und sie hat so geredet, als würden du und Mark bald heiraten. Wenn du nicht aufpasst, werden andere Leute auch auf die Idee kommen, und es wird sich bis zu Pater Roberto herumsprechen, und wie soll ich dann noch erhobenen Hauptes die Sonntagsmesse besuchen?

Mach dir Gedanken über dein Leben, Holly. Tu das Richtige.

Mom

>>

Von: Graziella Fratiani <graziella@galleriefratiani.co.it>
An: Cal Langdon <cal.langdon@thenyjournal.com>
Betreff: Gestern

Es war sehr schön, dich gestern Nachmittag zu sehen. Du bist ein Mann des 21. Jahrhunderts, nicht wie diese italienischen Milchbubis, die ich ständig kennenlerne. Du weißt schon, die immer noch bei Mama wohnen und von einer Frau erwarten, dass sie kocht und putzt. Es ist schön, mit einem Mann zusammen zu sein, der seine Socken selbst wäscht.

Habe ich dir gesagt, dass ich gerade keine Ausstellung mache und mir ein paar Tage freinehmen kann? Soll ich dich Ende der Woche in deiner kleinen Villa besuchen? Ich denke, ich kann auf Komfort verzichten. Gib mir Bescheid.

Grazi

>>

Von: Julio Chasez <julio@streetsmart.com>
An: Jane Harris <jane@wondercat.com>
Betreff: AW: Der Dude

Hey, Ms. Harris!

Ich habe Ihre Nachrichten bekommen. Wollte Ihnen nur kurz sagen, dass es Ihrer Katze gut geht. Wirklich.

Und nein, bis jetzt habe ich die Ofenhandschuhe nicht gebraucht. Und ja, er hat die ganze Lachspastete verputzt. Und das Tender Vittles. Und das Science Diet. Und das Fancy Feast. Und das Sheba. Und er hat versucht, sich durch die Packung Girl Scout Cookies zu fressen, die Sie auf der Küchenanrichte stehen haben, aber ich habe sie ihm rechtzeitig weggenommen.

Außerdem hat er ein Loch in Ihre Couch gebissen. Aber ich nehme an, das wissen Sie. Und er hat mich heftig in den Daumen gebissen, als ich ihn dabei erwischt habe, dass er Ihre Zahnpasta gefressen hat, und ihm die Tube wegnehmen wollte. Aber der Arzt meint, das verheilt wieder. Ich nehme an, der Speichel von Katzen ist sauberer als der von Menschen oder Hunden oder so.

Hoffe, Sie haben einen schönen Urlaub.

Julio

>>>

Von: Jane Harris <jane@wondercat.com>
An: Julio Chasez <julio@streetsmart.com>
Betreff: AW: AW: Der Dude

O mein Gott, das mit deinem Daumen tut mir furchtbar leid! Bitte, heb die Arztrechnungen auf! Die werde ich natürlich sofort nach meiner Rückkehr erstatten.

Du bist der BESTE!!! Ich kann dir nicht genug danken, dass du dich so gut um ihn kümmerst.

Ja, das Loch in der Couch kenne ich. Ist schon okay, wirklich.

HERZLICHEN DANK!!! Wir sehen uns in einer Woche!

Liebe Grüße
Jane

Reisetagebuch
von
~~Holly Caputo und Mark Levine~~
Jane Harris

Es ist ziemlich schwierig mit dem Koffer, der zwischen Holly und mich gequetscht ist, zu schreiben, aber immer noch besser, als Konversation zu machen, da jeder schlechte Laune zu haben scheint, seit wir alle nach dem Mittagessen unsere BlackBerrys gecheckt haben. Na ja, jeder außer mir. Jedenfalls nicht mehr, seit ich gelesen habe, dass es dem Dude gut geht.

Ich darf nicht vergessen, Julio die Ausgaben für die ärztliche Behandlung zu ersetzen. Aber zu wissen, dass der Dude in der Stimmung war, Julio zu beißen, muss bedeuten, dass er mich nicht allzu sehr vermisst.

Ich weiß nicht, was die anderen im Wagen so sehr beschäftigt… Oder… irgendwie weiß ich es doch. Es hat sich herausgestellt, dass Mark vergessen hat, CDs für die Fahrt mitzubringen, wie es seine Aufgabe gewesen wäre. Darum ist die einzige Möglichkeit, Musik zu hören, das italienische Radio (o Mann, man weiß erst, was »verstörend« bedeutet, wenn man italienischen Rap hört) oder die Queen-CD, die Cal zufällig in seinem Rucksack hat.

Genau. Queen.

Inzwischen habe ich zwölfmal ***Fat Bottomed Girls*** *gehört. Holly meinte scherzhaft, das werde ihr Hochzeitslied.*

Zum Glück hielt Mark an, als wir die Berge erreichten, und ließ Cal ans Steuer. So enge Serpentinen hat die Welt noch nicht gesehen. Ich dachte, ich müsse mich übergeben. Zum Glück hatte ich Vomex dabei.

Außerdem fiel bei jeder Rechtskurve Hollys Koffer auf mich. Genau gesagt ist »fiel« das falsche Wort, weil Holly ihn festhielt, aber er kippte mit seinem Gewicht gegen mich. Als wir anhielten, um eine Mittagspause zu machen, war meine Schulter ganz wund gescheuert von diesem blöden Ding, und meine Laune war dann auch im Keller ... vor allem, als ich das Restaurant sah, vor dem Cal angehalten hatte.

Ich meine, nicht dass er ein Lokal in einer STADT aussuchen würde. O nein, nicht Mr. »Ich bin um die ganze Welt gereist mit nichts weiter als einem Rasierer und meiner Queen-CD im Rucksack«. (Und ein paar Kondomen, hoffe ich, falls er es sich mit seinem ANORMAL GROSSEN ANHÄNGSEL zur Gewohnheit gemacht hat, bei jedem Zwischenstopp Supermodels flachzulegen – wenn Holly die Wahrheit gesagt hat, was ich bezweifle. Sie hat es wahrscheinlich nur gesagt, damit ich ihn sympathischer finde. Tja, das wird nicht funktionieren.)

Jedenfalls muss der Modelizer sich ausgerechnet dieses lächerlich aussehende Touristenlokal mit den Panoramafenstern mitten im Nichts aussuchen, praktisch direkt am Rand einer Schlucht.

Erst als wir das Restaurant betraten – während ich versuchte, meiner Schulter wieder etwas Leben einzumassieren –, sahen wir, dass drinnen ungefähr eine Million Leute waren, die durch die Panoramafenster auf einen herrlichen Wasserfall schauten, der direkt neben dem Gastraum herunterdonnerte.

Der Kellner war total nett, obwohl wir keine Reservierung hatten, und setzte uns an einen wirklich hübschen Tisch direkt am Wasserfall. Und statt uns Speisekarten zu geben, erklärte er uns (natürlich auf Italienisch), was die Küche zu bieten hatte, worauf Holly und Cal **Sì** *sagten. Ich verstand kein einziges Wort.*

Und das Nächste, was ich weiß, ist, dass eine Karaffe

__Frizzante Bianco__ wie aus dem Nichts auf dem Tisch auftauchte!

Und dann brachte der Kellner eine riesige Schüssel mit köstlicher, cremiger Pasta, die er uns auf die Teller häufte. Sie schien auf der Zunge zu zerschmelzen.

Danach brachte er für uns vier einen RIESIGEN Fisch, der in Butter schwamm, und eine große Schüssel mit knackig-frischem Salat, der mit Öl und Essig angemacht war, und dazu Brot, und das alles kostete nur – halten Sie sich fest: achtundzwanzig Euro.

Das sind fünf römische Dosen Cola light.

Aber die richtige Frage lautet natürlich: Warum sind die Frauen in Italien nicht dicker? Das würde mich echt mal interessieren. Denn die Frauen in diesem Restaurant sahen alle normalgewichtig aus.

Mark meinte, das liege daran, dass sie sich keine leeren Kalorien reinschaufeln wie die Amerikaner. Sie wissen schon, Cola und Chips und Fritten und so Zeugs.

Vielleicht ist das ja so.

Aber noch ein paar solche Mahlzeiten, und ich werde garantiert nicht mehr in meinen Badeanzug passen. Was doof wäre, denn Holly meinte, die Villa habe einen tollen Pool.

Nach dem Essen spazierten wir ein bisschen über den Parkplatz, um den Kreislauf anzuregen und die Aussicht zu genießen, die fantastisch war. Ich stand da, ließ mir die Sonne ins Gesicht scheinen und lauschte dem Wasserrauschen, als Cal – ich meine, Riesending – sich zu mir stellte und sagte: »Wegen dem, was Sie gestern Abend gesagt haben …«

Ich nahm an, er meinte meinen Kommentar über Holly und Mark, dass sie ein perfektes Paar sind, und dass er sich nun entschuldigen wollte, weil er das Gegenteil behauptet hatte – vor allem da die zwei gerade am Wagen standen und darüber stritten, wer weiterfahren durfte. Mark argumentierte, er würde mit Gangschaltung besser zurechtkommen als Holly. Aber es war ein total niedlicher Streit, und ich bekam Sehnsucht nach einem eigenen Seelenverwandten, mit dem ich herumzanken konnte.

Cal sagte jedoch: »Graziella Fratiani besitzt zufällig eine der bekanntesten Kunstgalerien Roms, und sie ist sowohl Geschäftsfrau als auch eine gute Freundin von mir, aber sicher keine – wie haben Sie sie genannt? – ach ja, Schlampe.«

IST DAS ZU GLAUBEN??? Ich war völlig geschockt. Ich stand nur da und sah ihn an (warum muss er so groß sein, und warum sind große Männer immer so … sexy?), unfähig, etwas Gemeines oder Geistreiches zu erwidern. Wie üblich.

Auf eine Art hatte er ja Grund, sauer zu sein. Ich meine, ich kenne diese Grazidingens Fratisoundso nicht. Vielleicht ist sie gar keine Schlampe. Vielleicht ist sie eine herzensgute und großzügige Frau, die große Summen an die Krebsforschung spendet und ehrenamtlich im städtischen Waisenhaus arbeitet …

Ja, sicher. Keine Frau über dreißig hat so schlanke Beine ohne die Hilfe der Schönheitschirurgie. Und niemand, der sich so einer Prozedur unterzieht, gibt sich mit Waisenkindern ab.

Außerdem ist jede Frau, die für einen Nachmittagsquickie zu Männern aufs Hotelzimmer geht, eine Schlampe.

Und obwohl Holly mich gebeten hat, mit Riesending auszukommen, wenigstens während unserer Reise, und ihn als einen großen, tragischen Helden, der von seiner Frau zugunsten eines reicheren Mannes verlassen wurde, darstellt (ich wette, sie bereut es inzwischen, wenn sie das Interview bei Charlie Rose gesehen hat, von dem Mom erzählte), sah ich ihn an und sagte: »Wow, im Ernst, eine der bekanntesten Galerien Roms?«

Cal: »Ja.«

Ich: »Und sie hat sie nicht zufällig von ihrem Vater geerbt oder als Abfindung bei der Scheidung von ihrem Mann bekommen?«

Cal: (mit leicht verdrießlicher Miene) »Na ja, schon. Ich meine, ihr Großvater hat das Geschäft gegründet, aber …«

Ich: »Verstehe. Es wird Sie vielleicht interessieren, dass es tatsächlich Frauen gibt, die ihr eigenes Geschäft ohne die Hilfe von Daddy gründen, und denen es mit harter Arbeit und Beharrlichkeit gelungen ist, einen siebenstelligen Deal mit einem Trickfilmsender auszuhandeln.«

Was alles stimmt. Ich meine, ich bekomme die siebenstellige Summe erst, wenn Cartoon Network WONDERCAT als Zeichentrickserie verfilmt.

Aber das muss er ja nicht wissen.

Außerdem verdiene ich auch ohne die siebenstellige Summe gut. Genauso gut wie Grazidingsbums. Wahrscheinlich.

Und selbst wenn nicht, es ist MEIN Geld, das ich mit meiner eigenen harten Arbeit verdient habe, ohne auf meinen Großvater angewiesen zu sein. Was soll's, dass ich in einem Ein-Zimmer-Apartment wohne. Das muss er ja nicht wissen. Wozu brauche ich überhaupt so viel Platz? Schließlich sind da nur ich und der Dude.

Cal hatte nicht einmal die Güte, verlegen zu wirken. Er meinte nur: »Trotzdem haben Sie kein Recht, sie als Schlampe zu bezeichnen.«

Also sah ich ihm direkt in die Augen – so gut das ging bei dreißig Zentimetern Größenunterschied – und sagte: »Und Sie haben kein Recht, zu behaupten, dass Mark und Holly nicht heiraten sollten.«

»Doch«, entgegnete er. »Hab ich.«

UND DANN STOLZIERTE ER DAVON!!! Bevor ich etwas sagen konnte! Bevor **ich** *davonstolzieren konnte!*

Was wahrscheinlich gut war, denn als ich in die andere Richtung davonstolzieren wollte, rutschte ich mit meinen Steve-Madden-Sandalen im Kies aus und wäre beinahe hingefallen, hätte ich mich nicht am Kotflügel eines Smart, der dort parkte, festgehalten.

Cal hat es allerdings nicht mitbekommen.

Jedenfalls läuft es auf Folgendes hinaus:

Cal Langdon = Ausgeburt der Hölle!

Aber wenigstens weiß ich nun, woran ich bin. Und ich habe die Möglichkeit, Gegenmaßnahmen zu ergreifen. Ab sofort kann ich nie wieder:

Cal und Mark allein in einem Raum lassen.

Cal und Holly allein in einem Raum lassen.

Cal irgendwo allein lassen.

Ich werde ihn mit Argusaugen beobachten müssen. Es würde ihm nämlich ähnlich sehen, hier und da plumpe Andeutungen über Phenylethylamin und seine in die Brüche gegangene Ehe fallen zu lassen, um Marks Entschluss zu erschüttern, die Sache durchzuziehen.

Und Holly, wie ich nur zu gut weiß, fragt sich bereits, ob sie das Richtige tut. Ich kann nicht zulassen, dass dieser Mann die einzige solide Liebesbeziehung auf diesem Planeten zerstört… nun, abgesehen von der meiner Eltern, aber, brr, darüber will ich im Moment lieber nicht nachdenken.

Die Sache ist nur, Cal glaubt offensichtlich, dass er immer weiß, was das Beste ist… nicht nur für Mark, sondern für jeden. Ich meine zum Beispiel seine selbstherrliche Art, mit der er bestimmt, wo wir essen gehen und schließlich auch, was wir bestellen.

Ja, das Essen war köstlich.

Aber trotzdem.

Ich muss irgendwie einen Weg finden, um ihm klarzumachen, dass er hier nichts zu sagen hat – OHNE dass Holly auf falsche Gedanken kommt. Sie macht sich so schon genug Sorgen. Wenn sie nun auch noch erfährt, dass der Trauzeuge des Bräutigams die Hochzeit für keine gute Idee hält, dann ist alles vorbei.

Ich muss diesem Kerl beweisen, dass ich in KEINER Weise von der Länge seiner Gliedmaßen beeindruckt bin. Bloß weil er einen riesigen Sie-wissen-schon-was hat, genügt das noch lange nicht, um mich einzuschüchtern.

Und, wissen Sie, ich glaube gar nicht, dass sein Ding so groß ist. Schließlich ist es nicht so, als würde er o-beinig gehen oder so. Curt Shipley hatte einen GROSSEN, und zwischen seinen Beinen schien die Sonne durch, wenn er auf einen zukam …

Oooh, da kommt mir eine Idee. Wenn Cal beim ***Journal*** *arbeitet, weiß ich, wie seine E-Mail-Adresse lautet …*

>>

Von: Jane Harris <jane@wondercat.com>
An: Cal Langdon <cal.langdon@thenyjournal.com>
Betreff: Holly und Mark

Ich bin's. Was Sie vorhin auf dem Parkplatz gesagt haben – dass Sie alles tun werden, was erforderlich ist, um Mark davon abzuhalten, den größten Fehler seines Lebens zu begehen –, ist ziemlich anmaßend von Ihnen, finden Sie nicht auch?

J

>>

Von: Cal Langdon <cal.langdon@thenyjournal.com>
An: Jane Harris <jane@wondercat.com>
Betreff: AW: Holly und Mark

Ms. Harris, was für eine Überraschung. Sie schicken mir eine E-Mail.

Vom Rücksitz.

>>

Von: Jane Harris <jane@wondercat.com>
An: Cal Langdon <cal.langdon@thenyjournal.com>
Betreff: AW: AW: Holly und Mark

Oh, bitte. Als hätten Mark und Sie nicht dasselbe getan – gestern im Taxi.

Mir ist bewusst, dass Mark und Sie Freunde sind – gute Freunde, seit der Kindheit, so wie Holly und ich.

Aber Sie haben ihn lange nicht mehr gesehen. Wie wollen Sie also beurteilen, was gut ist für ihn? Und Sie kennen ganz sicher Holly nicht gut genug, um sich irgendein Urteil über sie zu erlauben. Wie kommen Sie also darauf, zu wissen, was das Beste für die beiden ist, wenn die Wahrheit lautet, dass Sie keinen der beiden besonders gut kennen?

J

>>

Von: Cal Langdon <cal.langdon@thenyjournal.com>
An: Jane Harris <jane@wondercat.com>
Betreff: AW: AW: AW: Holly und Mark

Sie haben das Recht, sich eine eigene Meinung zu bilden. So wie ich das Recht habe.

Cal

>>

Von: Jane Harris <jane@wondercat.com>
An: Cal Langdon <cal.langdon@thenyjournal.com>
Betreff: AW: AW: AW: AW: Holly und Mark

Sie haben überhaupt kein Recht auf Ihre Meinung. Sie ist nämlich FALSCH und entspricht nicht den Tatsachen. Sie können nicht behaupten, dass Mark den größten Fehler seines Lebens begeht, wenn er Holly heiratet, da Sie Holly so gut wie gar nicht kennen. Sie stützen Ihre Meinung auf Ihre persönlichen Vorurteile gegen Liebe und Ehe. Und das hat nichts zu tun mit Mark oder mit Holly. Sondern nur mit Ihrer eigenen Dummheit.

J

>>

Von: Cal Langdon <cal.langdon@thenyjournal.com>
An: Jane Harris <jane@wondercat.com>
Betreff: AW: AW: AW: AW: ... Holly und Mark

Wer verkündet denn hier seine Meinung ohne faktische Grundlage?

Cal

>>

Von: Jane Harris <jane@wondercat.com>
An: Cal Langdon <cal.langdon@thenyjournal.com>
Betreff: AW: AW: AW: AW: ... Holly und Mark

Hallo! Jeder Vollidiot weiß, dass es dämlich ist, ein Model zu heiraten, das man gerade einmal einen Monat kennt. Tut mir leid, aber das ist Fakt.

J

>>

Von: Cal Langdon <cal.langdon@thenyjournal.com>
An: Jane Harris <jane@wondercat.com>
Betreff: AW: AW: AW: AW: … Holly und Mark

Hat Ihnen schon einmal jemand gesagt, Ms. Harris, dass Ihre Taktlosigkeit außergewöhnlich ist?

Cal

>>>

Von: Jane Harris <jane@wondercat.com>
An: Cal Langdon <cal.langdon@thenyjournal.com>
Betreff: AW: AW: AW: AW: … Holly und Mark

MEINE??? Ich bin nicht diejenige, die taktlos ist, Mr. »So etwas wie Liebe gibt es nicht«. Holly und Mark sind Anfang dreißig, nicht Anfang zwanzig, und sie wohnen seit mehr als zwei Jahren zusammen. Sie machen NICHT dieselben Fehler wie Sie. Sie sind beide erwachsen – und keiner von ihnen arbeitet in der Modeindustrie –, und sie lieben sich.

Ende der Geschichte.

J

>>>

Von: Cal Langdon <cal.langdon@thenyjournal.com>
An: Jane Harris <jane@wondercat.com>
Betreff: AW: AW: AW: AW: … Holly und Mark

Vielleicht sollten wir das in einem persönlichen Gespräch klären. Meine Überzeugungskraft kommt mündlich besser zur Entfaltung als schriftlich.

Cal

>>

Von: Jane Harris <jane@wondercat.com>
An: Cal Langdon <cal.langdon@thenyjournal.com>
Betreff: AW: AW: AW: AW: … Holly und Mark

Vergessen Sie es! Ich möchte nicht, dass Holly Wind davon bekommt, dass Sie nicht zu hundert Prozent hinter dieser Hochzeit stehen. Sie hat schon genug damit zu kämpfen, dass ihre Familie nicht dahintersteht. Wenn sie erfährt, dass der Trauzeuge des Bräutigams auch gegen eine Hochzeit ist, überlebt sie das nicht.

J

>>

Von: Cal Langdon <cal.langdon@thenyjournal.com>
An: Jane Harris <jane@wondercat.com>
Betreff: AW: AW: AW: AW: … Holly und Mark

Ich meinte unter vier Augen, ohne Holly und Mark.

Cal

>>>

Von: Jane Harris <jane@wondercat.com>
An: Cal Langdon <cal.langdon@thenyjournal.com>
Betreff: AW: AW: AW: AW: … Holly und Mark

Hm, ich wüsste nicht, wann sich eine solche Gelegenheit ergeben soll.

J

>>>

Von: Cal Langdon <cal.langdon@thenyjournal.com>
An: Jane Harris <jane@wondercat.com>
Betreff: AW: AW: AW: AW: … Holly und Mark

Sie gehen ernsthaft davon aus, dass wir in den kommenden sieben Tagen, die wir zusammen verbringen werden, keine Gelegenheit haben werden, um uns unter vier Augen zu unterhalten?

Cal

>>>

Von: Jane Harris <jane@wondercat.com>
An: Cal Langdon <cal.langdon@thenyjournal.com>
Betreff: AW: AW: AW: AW: … Holly und Mark

Gott, hoffentlich nicht. Ich meine, ja, davon gehe ich aus. Lassen Sie uns diese Unterhaltung schriftlich fortführen auf Papier. Oder per E-Mail. Oder was auch immer. Ich möchte, wie ich schon sagte, nicht, dass Holly etwas mitbekommt. Ich …

AAAAAAAAAAAAAAAAAAAAAH!

Reisetagebuch
von
~~Holly Caputo und Mark Levine~~
Jane Harris

Mann, das war vielleicht peinlich. Gerade als ich die letzte Nachricht an Cal neu schreiben wollte, begann Hollys Handy zu klingeln, und vor Schreck drückte ich versehentlich auf »Senden«.

Holly bat mich, an ihr Handy zu gehen, weil sie sich auf das Fahren konzentrieren musste. Außerdem lag ihre Handtasche auf dem Rücksitz bei Mark und mir (Cal saß natürlich vorne, weil er so GROSS ist), und das Handy klingelte weiter.

Also ging ich dran, und die seltsame Stimme einer alten Frau sagte: »Hallooo? Hallooo?«, und ich sagte: »Das ist der Anschluss von Holly Caputo«, und die alte Frau sagte: »Woas? Woas?« in starkem Akzent, und ich sagte: »Holly, da ist eine Ausländerin in der Leitung.«

Und Holly sagte: »Oh, das ist bestimmt Frau Schumacher, die Haushälterin von meinem Onkel. Sie wartet an der Ausfahrt, um uns zum Haus zu lotsen. Ich war nämlich nicht mehr dort, seit ich ein Kind war. Ich kann mich nicht mehr an den Weg erinnern, und Frau Schumacher meinte, der sei schwer zu erklären. Sag ihr, dass wir auf dem Weg sind.«

Also sagte ich: »Oh. Okay. Hallo, Frau Schumacher?«

Und Frau Schumacher erwiderte: »Hallooo, Holly?«

»Nein, hier ist Hollys Freundin, Jane«, sagte ich. »Holly kann nicht ans Telefon, weil sie gerade fährt. Aber ich soll Ihnen ausrichten, dass wir unterwegs sind.«

»Wo san Sie?«, wollte Frau Schumacher wissen.

Um ihr Auskunft zu geben, sah ich aus dem Fenster und

entdeckte eines dieser grünen Autobahnschilder, auf denen die nächste Stadt ausgeschildert ist.

»Wir sind kurz vor Carabinieri«, sagte ich.

Woraufhin Cal einen heftigen Lachanfall bekam. Dabei hatte ich meines Wissens nach nichts Komisches gesagt.

»Woas?« Frau Schumacher klang irritiert. Allerdings war das schwer zu sagen bei dem lauten Gelächter im Wagen. »Wo sans?«

»Wir sind gerade an Carabinieri vorbeigefahren«, antwortete ich. Holly prustete laut los. Ich beugte mich vor und gab ihr einen Klaps auf den Arm, während Mark verwirrt fragte: »Was ist denn so komisch?«

*»Jane«, brachte Holly mühsam zwischen ihren Lachattacken hervor. »**Carabinieri** ist keine Stadt. Das bedeutet Polizisten. Wir sind gerade an einer Polizeistation vorbeigefahren.«*

*Ich verstehe wirklich nicht, was daran so komisch ist. Ich meine, woher soll ich wissen, was **carabinieri** heißt? Bis jetzt kann ich nur **sì** (ja) und **grazie** (danke). Ich übe noch **buon giorno** (guten Morgen) und **buona sera** (guten Abend) … genau wie **Non ho votato per lui** (Ich habe ihn nicht gewählt) für den Fall, dass ein ausgedehnter Anti-Amerikanismus sein hässliches Haupt erhebt.*

*»Wo san die **carabinieri**?« Frau Schumacher klang jetzt ängstlich. »San's hinter eich her?«*

»Nein, nein«, sagte ich schnell. »Nein, tut mir leid, ich habe da was falsch verstanden.«

*»Die **carabinieri** glauben nämlich, denen g'hört die Stroaß!«, rief Frau Schumacher empört. »In Deitschland woaß die Polizei, woas sie darf und woas net.«*

*»Nein, keine **carabinieri**«, sagte ich. »Hier sind keine **carabinieri** … Ich habe da was falsch verstanden …«*

»Geben Sie mir das Handy.«

Plötzlich beugte sich der Modelizer nach hinten und versuchte, mir Hollys Handy aus der Hand zu reißen.

»Ich telefoniere«, sagte ich erbost und hielt das Handy aus seiner Reichweite.

»Hört auf!«, brüllte Holly, und der Wagen machte plötzlich einen Schlenker.

»Ich habe ja gleich gesagt, dass du mit einer Gangschaltung nicht umgehen kannst«, schimpfte Mark, als Hollys Koffer auf ihm landete.

Dann warf ich Cal, der mich vielsagend ansah – als ob Mark und Holly nicht füreinander bestimmt wären, nur weil Mark Hollys Fahrstil kritisierte –, das Handy zu.

»Hier, Sie Riesenbaby«, sagte ich, wobei ich wahrscheinlich selbst klang wie ein Baby. Aber das ist mir egal.

Cal schnappte sich das Handy und begann, mit der Haushälterin von Hollys Onkel in fließendem Deutsch zu reden. Während die beiden quasselten, tippte ich Holly auf die Schulter und fragte sie:

»Warum hat dein Onkel in Italien eigentlich eine deutsche Haushälterin?«

»Woher soll ich das wissen?« Wir hatten die Berge fast hinter uns gelassen, aber Holly achtete noch immer genauestens auf die Straße. »Sie wohnt schon seit einer Ewigkeit in dem Häuschen auf dem Nachbargrundstück, und irgendwann hat Onkel Matteo sie als Haushälterin eingestellt.«

Das war eine sehr unbefriedigende Erklärung.

Ungefähr so unbefriedigend wie der E-Mail-Austausch mit Cal. Für wen hält der sich eigentlich, dass er sich anmaßt zu behaupten, meine Freundin sei seinen Freund nicht wert? Und was meint er mit einem persönlichen Gespräch unter vier Augen? Ist der high? Ich werde auf jeden Fall verhindern, dass ich mich mit ihm allein in einem Raum aufhalte. Sonst könnte er seinen Riesending-Zauber an mir testen! So wie Curt Shipley damals! Frauen – und, wie ich inzwischen weiß, auch Männer – waren machtlos, wenn Curt Shipley ein Auge auf sie geworfen hatte. Cal Langdon könnte genauso sein! Männer, die aufgrund der Größe ihres Sie-wissen-schon-was sehr selbstbewusst auftreten, strahlen ein gewisses Etwas aus …

Obwohl, er ist so ein Wichtigtuer, dass ich mir nicht vorstellen kann, auf ihn hereinzufallen, egal, wie lang seine Gliedmaßen sind.

Trotzdem ist er irgendwie sexy, vor allem wenn ihm ein paar Haarsträhnen ins Gesicht fallen …

Wenn er nur nicht ständig von diesem blöden Saudi-Arabien brabbeln würde.

AAAAAAAAAAAAOOOOOOOOOOIIIIIIIIIIOOOOOOOOOO

Sorry. Wir fuhren gerade über diese Bergkuppe, und ich war einen Moment lang von dem Anblick, der sich vor uns ausbreitete, geblendet – tiefgrüne Täler, in denen an sonnenbeschienenen Hängen kleine Dörfer thronten (die historischen Kleinstädte aus dem Reiseführer), umgeben von Stadtmauern aus Stein … Burgruinen über einer Bauernhofsiedlung … Sonnenverwöhnte Häuser mit orangefarbenen Dächern und geschlossenen Fensterläden, pickende Hühner im Hof unter bunter Wäsche auf der Leine …

O mein Gott. Ich glaube, wir sind da! In Le Marche!

Und der Zollbeamte hatte übrigens Unrecht. Es ist hier WUNDERSCHÖN.

>>>

Von: Cal Langdon <cal.langdon@thenyjournal.com>
An: Graziella Fratiani <graziella@galleriefratiani.co.it>
Betreff: AW: Gestern

Wenn du tatsächlich kommen möchtest, bist du herzlich willkommen … jedenfalls von meiner Seite. Ich kann eine Verbündete brauchen. Mein Ego hat ziemlich viel einstecken müssen während dieser Reise. Die Brautjungfer ist, um es mal so zu formulieren, eine Zicke.

Freue mich auf dich.

Cal

>>

Von: Ruth Levine <r.levine@levinedentalgroup.com>
An: Cal Langdon <cal.langdon@thenyjournal.com>
Betreff: Hallo!

Cal, ich bin es, Marks Mutter. Wie geht es dir? Ich habe gehört, du begleitest Mark auf dieser kleinen Spritztour nach Europa. Ich habe auch gehört, dass Italien um diese Jahreszeit sehr schön sein soll. Ich hoffe, ihr erholt euch gut – du hast es sicher verdient, nach der ganzen harten Arbeit, die du in dein Buch gesteckt hast. Ich habe es neulich bei Barnes & Noble gesehen. Es steht auf Platz 6 der Bestsellerliste. Glückwunsch! Das ist großartig!

Marks Vater und ich haben immer gewusst, dass du zu Höherem bestimmt bist. Das war uns von Anfang an klar, als du und unser kleiner Markie auf dem Küchenboden den Staubsauger zerlegt habt, um zu sehen, wie er funktioniert. Er hat immer noch einwandfrei funktioniert, nachdem ihr ihn wieder zusammengebaut habt, obwohl ein paar Teile übrig blieben.

Nun, du wunderst dich sicher, warum ich dir nach all den Jahren schreibe, darum komme ich direkt zum Punkt.

Ich mache mir Sorgen um Mark. Ich bin mir sicher, diese Holly ist ein sehr nettes Mädchen. Aber ich bin mir nicht sicher, ob sie die Richtige für unseren Mark ist. Schließlich kommt sie aus dem künstlerischen Bereich. Ich weiß, sie hat eine sehr gute Stelle bei der Zeitung, für die Mark hin und wieder seine kleine Kolumne schreibt. Aber sehen wir den Tatsachen ins Gesicht: Sie verdient nicht das Geld, das einige von Marks Sandkastenfreundinnen verdienen, wie ich weiß – Susie Schramm zum Beispiel. Du erinnerst dich doch an Susie, nicht, Cal? Sie arbeitet jetzt als Anwältin in einer sehr renommierten Kanzlei. Ich denke, Susie wäre VIEL EHER Marks Typ als diese Holly. Und das sage ich nicht, weil Holly keine Jüdin ist. Du weißt, ich beurteile die Menschen nicht nach ihrer Religion. Schließlich ist deine Familie – was war es gleich … protestantisch? –, und das hat mich nie im Geringsten gestört! Uns haben die Cocktailpartys deiner Mutter an Heiligabend immer sehr gefallen.

Es ist nur so: Mark ist ein großer Romantiker. Ich bin mir sicher, dass er insgeheim denkt, Dinge wie religiöser Hintergrund spielen keine Rolle. Aber du warst schon immer stärker praktisch veranlagt, Cal, ganz zu schweigen davon, dass du die ganze Welt kennst und viel mehr gesehen hast als Mark. Daher weiß ich, dass du mich verstehst.

Außerdem, nachdem du selbst eine Scheidung hinter dir hast, hättest du dir damals sicher jemanden gewünscht, der dich zur Seite nimmt wie ein Bruder und dich gewarnt hätte, nichts zu überstürzen mit dieser Valerie. Sie war nicht gut für dich, das war offensichtlich. Ich wusste es vom ersten Moment an, als ich sie sah. Was hat sie sich dabei gedacht, ein schulterfreies Hochzeitskleid zu tragen? Mir ist bewusst, dass es Designermode von Oscar de la Renta war, eigens für sie entworfen. Trotzdem war es wohl unpassend für den hiesigen Country Club, oder etwa nicht?

Und was ist mit den Kindern? Die von Mark und Holly, meine ich, sollten sie welche haben, was Gott verhüten möge. Wie werden sie ihre Kinder erziehen? Ich möchte nicht, dass meine Enkelkinder mit Identitätsproblemen aufwachsen, weil sie nach ZWEI Religionen erzogen werden. Das ist schlimmer als gar keine!

Jedenfalls setze ich meine Hoffnung darauf, dass du dir Mark schnappst und versuchst, ihm etwas Vernunft einzureden. Er respektiert dich, und ich weiß genau, wenn du ihm rätst, nichts zu überstürzen – und Susie Schramm zu kontaktieren, sobald er zurück ist –, wird er auf dich hören. Ihr Unterbiss ist komplett herausgewachsen, weißt du. Es ist ein Wunder, was die moderne Kieferorthopädie alles vermag.

Ich danke dir, Cal. Und richte deinen Eltern bitte liebe Grüße von mir aus. Außer dem jährlichen Newsletter zu Weihnachten von deiner Mutter höre ich nicht mehr viel von ihnen, seit sie sich getrennt haben. Joans Hacienda in Tucson sieht übrigens hübsch aus – jedenfalls auf den

Fotos in ihrem Newsletter. Und ich hoffe, Hank amüsiert sich in Mexico City und dieses kleine Missverständnis damals auf der Rennbahn in Dayton hat sich aufgeklärt.

Herzliche Grüße
Ruth Levine

PDA von Cal Langdon

Also … das wird definitiv ein interessanter Urlaub werden.

Der Onkel der zukünftigen Braut beschäftigt zufällig eine senile Deutsche als Haushälterin, die mir bis zum Erbrechen erklärte, dass früher alles anders war in Le Marche, nach dem Krieg (unnötig, zu fragen, welcher Krieg … hier gab es nur einen), und dass die Amerikaner heute mit offenen Armen empfangen werden, obwohl sie damals Ancona zerbombten. Natürlich erwähnte sie mit keiner Silbe, dass ihr Heimatland den Krieg angefangen hat.

Die Mutter des Bräutigams wünscht sich eine andere Schwiegertochter.

Und die Brautjungfer kann mich scheinbar auf den Tod nicht ausstehen.

Das dürfte jede Menge gute Unterhaltung versprechen.

Sarkasmus beiseite, Le Marche ist ein außerordentlich schöner Flecken auf dieser Welt mit vielen kleinen Renaissancestädten, die praktisch unberührt von amerikanischen Einflüssen sind … kein McDonald's, keine 24h-Supermärkte, keine Einkaufshallen. Kein Wunder, dass die Italiener hier im Sommer in Scharen einfliegen. Die Unterkünfte am Meer sollen im Juli und August immer ausgebucht sein. Und bei Osimo soll es Strände geben, die die Côte d'Azur an Schönheit übertreffen.

Trotzdem, sieht man von der spektakulären Landschaft und den historischen Sehenswürdigkeiten wie Kirchen ab, wäre Le Marche sicher nicht der Ort, den ich mir für meine Hochzeit aussuchen würde. Vorausgesetzt, ich mache den Fehler, jemals wieder zu heiraten. Was natürlich ausgeschlossen ist.

Außerdem fühle ich mich als Freund verpflichtet, Mark davon abzuhalten, denselben Fehler zu begehen. Nicht weil ich glaube – auch wenn Jane Harris das vielleicht denken mag –, dass Holly eine zweite Valerie ist. Und auch nicht, weil Marks Mutter mich darum gebeten hat. Sondern weil der Kerl keine Lebenserfahrung hat! Er hat die Schule für – wie lange, zwanzig Jahre? – besucht und ist dann direkt in seinen ersten Vollzeitjob eingestiegen … Der Mann hat noch nichts erlebt. Er hat noch nie eine Rucksacktour in Nepal gemacht. Oder am Amazonas. Er hat noch nie den Wurm aus einer Tequilaflasche geschluckt in Belize. Für Mark bedeutet Abenteuer, eine Star Trek Convention zu besuchen.

Und er glaubt, er sei bereit für die Ehe? Er ist bereit für die Therapeutencouch, und sonst für gar nichts.

Holly ist ein tolles Mädchen – daran habe ich keine Zweifel. Aber sie heiraten? Nein. Nicht sofort. Der Kerl muss zuerst ein Leben haben. Und wenn Holly und er tatsächlich füreinander bestimmt sind, können sie auch später noch die Eisenkugel anlegen.

Offensichtlich muss ich vorsichtig vorgehen. Ms. Harris wird sicher Ausschau nach Anzeichen einer Meuterei halten. Was nicht zwingend schlecht ist. Sie sieht ganz niedlich aus, wenn sie ihr Kinn vor lauter Empörung vorschiebt.

Ich kann nicht glauben, dass ich das eben geschrieben habe. Zuerst reizend. Jetzt niedlich. Ich glaube, ich muss aus diesem Wagen raus. Und ich brauche einen Drink.

Sie hat von allen Frauen, denen ich je begegnet bin, die größten Probleme mit ihrem Schuhwerk. Zuerst blieb sie gestern mit ihren hohen Absätzen zwischen den Pflastersteinen stecken, und heute ist sie auf dem Kies ausgerutscht. Mir ist es ein Rätsel, wie sie es schafft, sich aufrecht zu halten.

Und sie hat diese nervige Angewohnheit, auf meinen Schoß zu starren. Ja, sie ist klein, aber nicht so klein, dass das ihrer natürlichen Augenhöhe entspricht.

Ah, wir erreichen jetzt die Ausfahrt, wo Frau Schumacher uns abholen wird. Sie hat gesagt, sie fährt einen silbernen Mercedes. Ihr Englisch hat sie offenbar aus den Untertiteln zu vieler Folgen von *Mord ist ihr Hobby* aufgeschnappt.

Das dürfte eine ausgesprochen unterhaltsame Woche werden.

Reisetagebuch
von
~~Holly Caputo und Mark Levine~~
Jane Harris

O mein Gott, wir sind da. In der Villa Beccacia!

Und es ist HIMMLISCH.

Ich muss gestehen, am Anfang hatte ich meine Zweifel. Diese Frau Schumacher … ich glaube, sie ist mindestens so alt wie einige der Burgen, an denen wir vorbeigefahren sind. Und … sie hat eine kleine Schwäche für Riesending. Ätzend! Bloß weil er deutsch spricht! Unten an der Ausfahrt stiegen wir aus, um sie zu begrüßen, und sie fragte sofort: »Wer ist Cal?«, und als er die Hand hob, konnte man sehen, wie sie praktisch dahinschmolz auf dem Asphalt.

Sie muss mindestens hundert Jahre alt sein! Wer hätte gedacht, dass der Riesending-Zauber bei Hundertjährigen wirkt?

Das Nächste, was ich weiß, ist, dass die beiden eine muntere Unterhaltung auf Deutsch begannen und uns aus dem Gespräch ausschlossen.

Zum Glück hatte Frau Schumacher ihren Urenkel Peter dabei. Er ist vierzehn und spricht Englisch … recht gut sogar. Fragen Sie mich nicht, warum er bei seiner Urgroßmutter in Italien ist, statt die Schule zu besuchen. Vielleicht unterrichtet sie ihn bei sich in Italien? Er sieht ein bisschen aus wie der klassische Prügelknabe an einer amerikanischen High School. Ich meine, er ist pummelig und redet sehr leise, und er trägt ein X-Men-T-Shirt unter seiner Jeansjacke.

Jedenfalls denke ich, dass es unhöflich wäre zu fragen. Warum er nicht in die Schule geht, meine ich.

Peter fragte uns Nichtdeutschsprechende, wie die Fahrt gewesen sei und ob wir Hunger hätten, und meinte, er und seine Uromi hätten den Kühlschrank in der Villa gefüllt, sodass bis zum nächsten Tag genug da sei, wenn die Läden wieder öffneten, da ja am Sonntag alles geschlossen sei.

Mark fragte nach Alkohol – man sah ihm an, dass es ihn die letzten Nerven gekostet hatte, während Holly fuhr, im Wagen zu sitzen –, worauf Peter verwirrt antwortete: »Ja, ich glaube, davon ist genug im Haus.«

Mark wirkte sichtlich erleichtert.

Dann sagte Frau Schumacher, wir sollten einsteigen und ihr folgen. Also stiegen wir ein. Während der Fahrt fiel mir unweigerlich die dunkle Wolkenwand auf, die sich dem nächsten Städtchen auf einem der Hügel näherte, und mir wurde bewusst, dass ich nicht mehr schwimmen gehen konnte, als Holly plötzlich rief: »Seht mal! Die Adria!«

Und da war es, dieses herrliche saphirblaue Band, genau vor uns! Der Strand war menschenleer, weil die Saison Mitte September natürlich vorbei ist … obwohl es oft immer noch über zwanzig Grad warm ist. Trotzdem hatte irgendwer gelb-weiß gestreifte Liegestühle aufgestellt, für alle Fälle.

Wenig später fuhren wir durch den herrlichen Küstenort Porto Recanati mit seinen niedlichen kleinen Läden – es gab eine Gelateria, einen italienischen Benetton und etwas, das sich Crazy Bar and Sexy Tattoo Shop nennt und wahrscheinlich nicht als niedlich durchgeht – und bogen links in eine Straße, bei der ich mir nicht einmal sicher war, ob es überhaupt eine Straße ist. Ich meine, sie war von Bäumen gesäumt, aber würde eher als Schotterpiste durchgehen. Der Wagen wirbelte so viel Staub auf, dass wir die Fenster schließen mussten.

Kurz darauf erspähten wir das Centro Ippico – eine Reitschule, nicht weit entfernt von der Villa Beccacia … allerdings nicht weit genug, wenn Sie mich fragen, denn selbst jetzt, während ich das hier schreibe, höre ich Wiehern. Und es liegt ein Hauch von Pferdemist in der Luft, je nachdem, wie der Wind steht.

Aber was soll's. Wir folgten Frau Schumacher bis zu einem elektrischen Holztor und warteten, während sie auf die Fernbedienung drückte und das Tor langsam aufschwang …

Und dann sahen wir sie. Die Villa Beccacia, die Hollys Onkel gehört und die schon sehr lange hier steht … seit mehreren hundert Jahren. Natürlich wurde sie seit damals mehrmals umgebaut. Aber das sieht man ihr von außen nicht an.

Wir fuhren die Auffahrt hoch, vorbei an Obstbäumen, vorbei an einem Teich, auf dessen Oberfläche Seerosen schwammen, vorbei an sanft gewölbten grasbewachsenen Hügeln, bis zu dem Steinhaus, das über und über mit Efeu bewachsen ist.

Und es war genau so, wie ich es mir vorgestellt habe!

Na schön, es hat keine Erker. Trotzdem ähnelt es einem Schloss. Ich meine, es ist uralt, und es hat innen diese hohen, holzvertäfelten Decken. Und an den Wänden hängen Teppiche, und in der altmodischen Küche steht ein Kaminofen, der nicht mehr benutzt werden kann. Inzwischen gibt es einen modernen Elektroherd zum Kochen. Aber der Kaminofen verbreitet so viel Charme.

Die Flügelfenster, die sich nach außen öffnen, sind tief ins Mauerwerk eingebaut, und auf den Fensterbänken kann man sitzen.

Der Pool hinter dem Haus ist nur wenige Schritte von der überdachten Steinveranda entfernt – der so genannten ***terrazza****, laut Peter. Dort steht ein uralter eingebauter Grill, neben dem ein großer Stapel Feuerholz liegt. Und das ist anscheinend der Ort, an dem Zio Matteo am liebsten seine Zeit verbringt, wenn er zu Hause ist, denn der schmiedeeiserne Tisch ist voller Kerzenwachs. Tatsächlich genießt er seine vie-*

len üppigen Mahlzeiten immer dort, wie uns Frau Schumacher später verriet (auf den Fotos, die überall im Haus hängen, sieht Zio Matteo tatsächlich wie ein Genussmensch aus).

Der Pool ist herrlich, ungefähr fünfzehn Meter lang und sechs Meter breit. Ringsum sind blau-weiß gestreifte Liegen aufgestellt, und Palmen stehen dort, deren Blätter sanft im Wind schaukeln (der stärker wird, während die Wolkenwand immer näher kommt). Ich werde mich nicht mehr von diesem Pool fortbewegen, sobald der Himmel wieder aufklart.

Oh, und die Sache mit der Hochzeit wird organisiert.

Holly teilte die Neuigkeit Frau Schumacher mit, als wir die alte Dame durch das Haus begleiteten und uns in ihrem gebrochenen Englisch anhörten, dass es genug frische Handtücher gebe, die aber immer noch auf der Leine drüben bei ihr auf dem Nachbargrundstück trockneten.

»Sie wern viele Handtiacher brauchen«, sagte Frau Schumacher. »Für den Puhl und den Stroand.«

»Nun«, begann Holly und warf einen liebevollen Blick zu Mark. »Eigentlich sind wir nicht hier, um Badeurlaub zu machen, Frau Schumacher. Mark und ich wollen diese Woche heiraten, drüben in Castelfidardo.«

Frau Schumacher reagierte wie ein normaler Mensch – sprich: nicht wie Cal Langdon –, der erfährt, dass ein junges, hübsches Paar wie Mark und Holly vor den Traualtar schreitet: Sie klatschte vor Freude in die Hände und wollte sofort alle Details wissen, zum Beispiel, wie Hollys Hochzeitskleid aussah und ob Hollys Onkel es wusste und wann ihre Eltern kommen würden.

Worauf Holly mit rotem Kopf entgegnete: »Ich habe es Zio Matteo nicht erzählt und auch meinen Eltern nicht. Wir wollen heimlich heiraten …«

Was bei Frau Schumacher einen wahren Begeisterungs-

anfall auslöste – nachdem Cal auf Deutsch übersetzt hatte, da weder sie noch Peter Holly richtig verstanden hatten. Sie rief in gebrochenem Englisch, dass sie den Bürgermeister von Castelfidardo sehr gut kenne, und falls es Probleme gebe, sollten wir ihr umgehend Bescheid geben. Und wo das Hochzeitsfrühstück stattfinden würde? Was? Wir hätten kein Hochzeitsfrühstück geplant? Nun, es müsse aber eins geben. Sie werde sich darum kümmern …

Dann fiel Frau Schumachers Blick auf Cal (von dem er nie lange abschweift, wie mir aufgefallen ist), bevor sie rasch zu mir sah und aufhörte zu lächeln. »Und Sie zwoa? Wolln's auch heiraten?«

Cal und ich beeilten uns, ihr zu versichern, dass wir das nicht vorhatten – Cal hatte es besonders eilig, was fast schon unhöflich war, um die Wahrheit zu sagen. Ich meine, auch wenn ihm das nicht bewusst ist, aber er könnte sich glücklich schätzen, eine Frau wie mich heiraten zu dürfen. Wenigstens bin ich in der Lage, meinen Lebensunterhalt ohne Daddys Hilfe oder die eines Investmentbankers zu finanzieren, im Gegensatz zu anderen Frauen, mit denen er bekannt ist.

Außerdem habe ich Normalgewicht und muss nicht den Finger in den Hals stecken, um nicht zuzunehmen.

Und ich habe zwei Fernseher. Wie viele hat Cal? Keinen. Ich habe ihn gefragt. Ja, Cal »glaubt« nicht ans Fernsehen. Das hat er tatsächlich gesagt.

Wissen Sie, woran ich nicht glaube? An Leute, die nicht ans Fernsehen glauben.

Und dann ist da noch der Dude. Jeder Mann könnte sich glücklich schätzen, sich mit dem Dude anfreunden zu dürfen.

Aber was soll's. Sein Pech.

Nicht, dass ich Cal heiraten würde. Oder sonst wen. Ich

meine, ich habe einen guten Honorarvertrag. Wofür brauche ich einen Ehemann?

Jedenfalls bestand Frau Schumacher darauf, uns ein paar Snacks zu machen, während Peter uns half, das Gepäck nach oben zu bringen. Mark schnappte sich Hollys Koffer und seinen eigenen, während Cal seinen dämlichen Rucksack nahm. Queen. Die einzige CD, die er immer dabeihat auf Reisen. QUEEN. Obwohl, wenn ich genauer darüber nachdenke, mag ich Queen sogar. Aber das wird er nie erfahren.

Meine Tasche war noch übrig, und als Peter sie herausholte, erstarrte er plötzlich und sagte: »WONDERCAT?« Dabei sah er mich ungläubig an.

Holly, die schon halb die Treppe hochgelaufen war, rief lachend herunter: »Ja, Peter, hast du das nicht gewusst? Janie ist die Erfinderin von WONDERCAT.«

Worauf Peter – zu meiner immensen Genugtuung – kreischte: »Sie sind Jane Harris? Die Comiczeichnerin? WONDERCAT ist mein absoluter Lieblingscomic! Ich habe die komplette WONDERCAT-Sammlung! Ich habe sogar eine Homepage für Fans von WONDERCAT eingerichtet!«

»Oh, tatsächlich?«

Ich konnte nicht anders, als verstohlen zu Cal zu schauen, der Holly und Mark die Treppe hochfolgte. Bildete ich mir das ein, oder lächelte er ein wenig zerknirscht? Ja, etwas Reue kann nicht schaden, Mr. »WONDERCAT ist mir kein Begriff«. WONDERCAT ist INTERNATIONAL BEKANNT. O ja. Sogar sonderbare, vermutlich heimunterrichtete deutsche Teenager in Italien kennen WONDERCAT! Mag sein, dass ich nicht weiß, was **carabinieri** *bedeutet, Kumpel, aber dafür kann ich wenigstens etwas zeichnen, was INTERNATIONAL ankommt.*

»Nun, während ich hier bin«, sagte ich, hauptsächlich um Cal zu ärgern, »kann ich dir gerne ein paar WONDER-

CATS zeichnen, Peter. Für deine Homepage oder was auch immer.«

Ein freudiges Strahlen breitete sich in Peters pausbäckigem Gesicht aus, und er stürmte mit meiner Tasche die Treppe hoch, während er ohne Pause von seinen Lieblingscartoons schwärmte. Ich sorgte dafür, dass er weiterplapperte, damit Cal Langdon jedes einzelne Wort mitbekam.

Die Villa Beccacia hat sieben Schlafzimmer. Holly sagte zu Cal und mir, wir sollten uns das Zimmer aussuchen, das uns am besten gefällt. Sechs der Schlafzimmer sind riesig, mit einem alten Himmelbett samt Baldachin, genau wie das Bett von Scrooge in ***Eine Weihnachtsgeschichte****, und die Wände sind mit dunklem Holz vertäfelt und haben eingebaute Bücherregale, in denen alles Mögliche steht, von Büchern über Vogelkunde bis hin zu* ***Das Tal der Puppen*** *auf Italienisch.*

Das siebte Schlafzimmer ist unter dem Dach. Das Mansardenfenster zeigt auf den Pool hinaus. Es handelt sich eindeutig um ein Jungenzimmer, mit der dunkelblauen Bettwäsche und den passenden dunkelblauen Fliesen im angrenzenden Bad. An den Wänden hängen Bilder von Schiffen. Unter dem ältesten stehen die eingravierten Worte ***A Sua Eccellenza il sig. Cav. Francesco Seratti****. Was immer das bedeutet.*

Ich wusste sofort, das war mein Zimmer.

Peter war entsetzt. Er sagte: »Nein, Sie wollen bestimmt nicht dieses Zimmer. Sie wollen das hübsche rosafarbene Zimmer.«

Ich entgegnete: »Das kann Cal nehmen.« (Ich weiß, er hat mich gehört, weil ich aus dem Flur ein Schnauben vernahm.)

Also stellte Peter grummelnd meine Tasche ab und ging nach unten, um zu sehen, was seine Urgroßmutter von ihm wollte, die gerade nach ihm schrie (sie hat recht kräftige Lungen für so eine zierliche alte Frau).

Und nun liege ich auf einem der beiden Einzelbetten und schreibe in das Tagebuch, während die anderen was auch immer treiben. Holly hat ihr ganzes Leben von der Villa Beccacia erzählt, ein finanzielles Grab, das ihr Onkel von seiner ersten Million kaufte ... womit auch immer er seine Millionen verdient. Und jetzt sehe ich die Villa endlich selbst! Und ich fühle mich hier wie zu Hause, als wäre Zio Matteo MEIN Onkel!

Ohhh, Frau Schumacher ruft nach uns. Die original italienischen (wenn auch von einer Deutschen zubereiteten) Snacks sind wohl fertig.

Mmhhhh!

>>>

Von: Malcolm Weatherly <malcolmw@snowstyle.com>
An: Jane Harris <jane@wondercat.com>
Betreff: Ciao

Hey, du! Wo treibst du dich rum? Hab lange nichts von dir gehört. Ich hoffe, es ist alles okay.

Weißt du zufällig, ob ich meine grüne Baseballkappe bei dir vergessen habe? Ich kann sie nämlich nirgendwo finden. Ich weiß, ich könnte mir eine neue kaufen, aber das ist meine Glückskappe. Wenn du weißt, wo sie liegt, kannst du mir kurz Bescheid geben? Und wenn du zurück bist aus Italien, kannst du sie mir schicken, falls du sie findest?

Das wäre cool.

Hau rein.

M

>>

Von: Peter Schumacher <webmaster@wondercatlives.com>
An: Listserv <Wondercat@wondercatlives.com>
Betreff: JANE HARRIS

Hört mal alle her, Leute! Ihr werdet nicht glauben, was passiert ist! JANE HARRIS, die Erfinderin unserer geliebten Wunderkatze, ist hier in Italien! Ja! IN DEM HAUS DIREKT NEBEN DEM VON MEINER UROMI!!! Sie ist wegen ihrer Freundin hier, die heimlich heiraten will in Castelfidardo!

Und ich habe mit Jane Harris PERSÖNLICH gesprochen! Sie hat gesagt, sie will mir ein paar Originalzeichnungen von unserer Lieblingskatze für unsere Homepage machen! YES!!!

Außerdem sieht Jane Harris echt geil aus! Sie hat dunkelbraune Haare (lang, worauf wir Jungs stehen), große braune Augen und eine süße Figur (sorry, girls!). Sie hat große Ähnlichkeit mit der schönen Vampirkriegerin Selene (gespielt von der atemberaubenden Kate Beckinsale) im besten Film aller Zeiten, *Underworld*!

Und die hat diesem Sterblichen das Herz gebrochen!

Ich werde euch über Jane Harris auf dem Laufenden halten, sobald es etwas Neues gibt!

Bis denne

WONDERCAT LIVES FOREVER!!!

P. Schumacher
Webmaster, www.wondercatlives.com

Reisetagebuch von ~~Holly Caputo und Mark Levine~~ Jane Harris

Okay, ich weiß, die Italiener haben viel zu unserer Gesellschaft beigetragen – mit da Vinci und Mike Piazza, ganz zu schweigen von **cannoli**.

Aber im Ernst, warum konnten Holly und Mark sich für ihre Hochzeit nicht ein Land aussuchen, in dem es Strom gibt?

Okay, okay, ich WEISS, dass Italien über Strom verfügt. Theoretisch zumindest. In den meisten Regionen. Nur offenbar nicht in der Villa Beccacia. Jedenfalls nicht, wenn der Herd an ist.

Denn in der Sekunde, in der Mark den Herd einschaltete, um Wasser für die Pasta, die Frau Schumacher für uns besorgt hatte, aufzusetzen, gingen alle Lichter aus.

Und als wir Frau Schumacher anriefen und fragten, ob bei ihr auch der Strom weg sei, meinte sie: »Na«, und nachdem wir ihr erklärt hatten, wie es zu dem Stromausfall gekommen war, meinte sie kichernd: »Oh, richtig. Sie können den Herd nur einschoalten, wenn koa Licht im Haus brennt.«

Im Ernst. Frau Schumacher lachte wie eine Verrückte bei der Vorstellung, dass die dummen Amerikaner den Herd bei voller Beleuchtung benutzen wollten.

Also fragten wir sie, wo wir den Sicherungskasten fänden, damit wir wieder Strom hätten (ich fand mich schon mal damit ab, mich an unserem ersten Abend mit kalten Antipasti zu begnügen), und sie antwortete: »Ach, gehen's einfach die Auffahrt runter bis zum Tor …«

Holly unterbrach sie: »Zum Eingangstor? An der Straße?«

Und Frau Schumacher sagte Ja wie in »Was für ein Tor

soll ich wohl sonst meinen, Dummerchen?« und fuhr fort: »Dann gehen's durch das Tor bis zur Statue von der Jungfrau Maria unter dem großen Baum …«

Im Ernst. DURCH das Tor. Meilen entfernt vom Haus. Na schön, aber immerhin ungefähr zweihundert Meter. ZU DER STATUE DER JUNGFRAU MARIA. Unter dem großen Baum.

»… dann machen's hinten die Klappe auf, und do sehen's dann scho den Sicherungskoasten.«

So einfach ist das. Der Strom wird eben wieder angestellt, wenn er ausfällt in Italien. Draußen an der Straße. Durch das Tor zu der Statue der Jungfrau Maria, hinten die Klappe aufmachen und die Sicherung reindrücken.

Ach ja, im Dunkeln. Bei strömendem Regen.

Da Holly dachte, sie habe Frau Schumacher nicht richtig verstanden, gab sie Cal den Hörer und bat ihn, sich das Ganze nochmals auf Deutsch erklären zu lassen.

Dieselbe Antwort.

Cal bot an, sich darum zu kümmern.

Was, wie ich sagen muss, das erste Anzeichen von Großzügigkeit war – na ja, abgesehen davon, dass er das Abendessen gestern bezahlt hat. Und das, obwohl Frau Schumacher anbot, Peter loszuschicken.

Aber Cal bestand darauf zu gehen. Er verschwand nach draußen, während Holly, Mark und ich eine Kerze anzündeten und im Halbdunkel dahockten und Witze über italienische Gefängnisausbrecher machten, die womöglich draußen auf der Lauer lagen und nur darauf warteten, dass irgendwo jemand den Herd einschaltete, damit die Lichter ausgingen und sie das Haus ausrauben konnten.

Nach einer kleinen Weile hörten wir die Haustür knallen, und Cal erschien auf der Bildfläche, triefend nass, und fluchte wie ein Matrose.

Aber die Lichter waren immer noch aus.

»Was war denn?«, fragte Mark.

Cal wollte nicht mit der Sprache herausrücken. Er stolperte zur Hausbar von Hollys Onkel, nahm eine Flasche Jack Daniel's heraus, goss einen ordentlichen Schluck ein und leerte das Glas in einem Zug. Dann setzte er sich und vergrub den Kopf in den Händen. Zio Matteos weiße Couch wurde ganz nass.

»Oh«, sagte Mark plötzlich, als wäre ihm ein Licht aufgegangen. »War da eine ...?«

Cal nickte nur, ohne den Kopf zu heben.

Mark meinte daraufhin: »Okay, nicht weiter schlimm. Dann gehe ich.«

Er schnappte sich die funzlige Taschenlampe, die wir in Zio Matteos Speisekammer gefunden hatten und machte sich auf den Weg. Natürlich konnte ich ihn nicht einfach so gehen lassen. Ich meine, ich musste unbedingt wissen, was den Modelizer derart aus der Fassung gebracht hatte.

Es stellte sich heraus, dass es eine winzig kleine Schlange war! Eine Minischlange, die sich auf dem Boden des Sicherungskastens, den irgendein schlauer Mensch im Rücken der Jungfrau Maria angebracht hat, zusammengerollt hatte. Mark sagte, Cal habe schon von klein auf eine Schlangenphobie.

Was irgendwie niedlich ist. Ich meine, dass er tatsächlich einen schwachen Punkt hat. Ich meine, ich bin fast geneigt, ihm die Sache mit dem Phenylethylamin zu verzeihen.

Aber nur fast.

Ich bin nämlich völlig durchnässt und mit einer meiner Steve-Madden-Sandalen im Schlamm stecken geblieben, sodass ich sie von Hand herausziehen musste, während Mark sich über mich totlachte. Und jetzt können wir uns noch immer kein warmes Essen zubereiten, weil wir's auch nicht ge-

schafft haben, die Sicherung wieder reinzukriegen – da muss Frau Schumacher sich dann eben morgen drum kümmern. Da gibt es bestimmt einen Trick. Also werden wir bei Kerzenschein essen. Cal, der die Begegnung mit der Schlange offenbar überwunden hat, versucht draußen auf der **terrazza***, oder wie das Ding heißt, den Grill anzuzünden, damit wir den Fisch grillen können, den Frau Schumacher für uns besorgt hat. Als würde uns das, falls es ihm gelingt, vergessen lassen, dass er panische Angst vor winzigen Schlangen hat. Aber das können Sie sich abschminken, Mr. »Eine Million Dollar Vorschuss für ein langweiliges Buch«!*

Und mir fehlt der Dude, selbst seine Mondscheinserenade, mit der er mich morgens um vier immer weckt.

Und irgendwie beschäftigt mich ständig der Gedanke, dass ich die letzte Folge von **Emergency Room** *verpasst habe, weil ich packen musste, und dass es eine Schande ist, dass Holly* **mich** *gebeten hat, ihre Trauzeugin zu sein, statt ihren Bruder Darrin. Ich bin mir sicher, Darrin würde nicht in seinem Zimmer sitzen und versuchen, seine nassen Haare mit einem feuchten Handtuch zu trocknen (Was soll das mit diesen winzigen italienischen Handtüchern? Die sind nicht größer als die heißen Tücher, die im Flugzeug verteilt wurden – natürlich nicht an uns, sondern nur in der First Class. Ich habe es rein zufällig mitbekommen, weil die Schlange vor den Toiletten so riesig war, dass ich mich heimlich nach vorne schlich.) und über Dr. Kovac nachdenken.*

Nein, zu diesem Zeitpunkt würde sich Darrin – zusammen mit seinem Freund Bobby – überlegen, was er Holly und Mark schenken soll. Sie wissen schon, zur Hochzeit. Zum Beispiel Bettwäsche aus ägyptischer Baumwolle oder einen handkolorierten Kunstdruck oder einen Designergrill oder etwas in diesem Stil.

Jedenfalls nicht ein popliges Reisetagebuch, das ich den

beiden darüber hinaus nicht einmal geben kann, weil die langen Gliedmaßen des Trauzeugen des Bräutigams zu oft erwähnt werden …

Holly hat eben an meine Tür geklopft, um mir zu sagen, Cal habe es geschafft, den Grill anzuzünden und er versuche, mit Mark den Fisch zu grillen. Es gehe sehr lustig zu, und ich solle nach unten kommen. Und dann fragte sie noch, ob Cal mir nun sympathischer sei, jetzt wo ich wisse, dass er eine Schlangenphobie hat?

Das sieht Holly mal wieder ähnlich, dass sie sich ausgerechnet jetzt, da ihre Hochzeit, die sie seit einem Jahr heimlich geplant hat, bevorsteht, Gedanken darüber macht, ob Cal der Richtige für mich ist.

Ich weiß ganz genau, dass sie hofft, Cal und ich würden uns verlieben und heiraten und ein Haus kaufen – direkt neben dem, das sie und Mark eines Tages bestimmt in Westchester (auch bekannt als Höllenschlund) kaufen werden, und dass wir unsere Kinder auf dieselbe Schule schicken und samstags zusammen im Garten grillen und Leichtbier trinken, während wir unsere Nachkommen mit Autan einreiben, damit sie kein West-Nil-Fieber bekommen.

Tja, das kannst du dir abschminken, Holl. Der Trauzeuge des Bräutigams glaubt nicht an die Liebe. Aber keine Sorge, ich bin mir sicher, seine Hochzeitsrede kommt von Herzen …

Oh, warte, doch nicht. Er hat ja gar kein Herz.

Nass und frierend sitze ich also in meinem Zimmer mit einem zu kleinen Handtuch um den Kopf und versuche, den Dreck von meinen Sandalen zu wischen, während ich mich frage, was mit mir nicht stimmt. Eigentlich sollte ich mich amüsieren. Das ist immerhin meine erste Auslandsreise. Und ich habe seit Monaten keinen richtigen Urlaub mehr gehabt, wenn nicht seit Jahren. Ich war nur die ganze Zeit zu Hause in meinem kleinen Apartment und habe dämliche Katzen gezeichnet.

Und ich weiß, trotz des Kommentars des Zollbeamten soll Le Marche ein magischer Ort sein, obwohl es seit unserer Ankunft wie aus Eimern schüttet. Die Regentropfen machen so ein seltsam hohles Geräusch auf den roten Terrakottaziegeln über meinem Fenster. Ich schwöre bei Gott, wenn Cal Langdon und ich eine Woche lang in diesem Haus eingepfercht sein sollten, weil es nicht aufhört zu regnen, wird nur einer von uns lebend herauskommen, und das werde ich sein, schließlich kenne ich jetzt seine Schwachstelle.

Aber meine Güte! Was soll das mit dem Matschweg und damit, dass am Sonntag alles zu ist und dass der Strom ausfällt, wenn man den Herd anmacht, und dass hier nirgendwo Englisch gesprochen wird? Und was soll das mit dem ganzen Fisch? Ich meine, ich mag Fisch, glaube ich jedenfalls, aber in kleinen Mengen, und selbstverständlich achte ich darauf, dass ich genügend Omega-3-Fettsäuren zu mir nehme. Wer tut das nicht?

Aber dafür sorge ich, indem ich mir dreimal die Woche bei H&H einen Bagel mit Lachs bestelle. Ich muss nicht morgens, mittags und abends Fisch essen wie diese Italiener es scheinbar tun.

Moment. Könnte das eine Erklärung sein dafür, dass sie alle so fit sind?

O Gott, was stimmt nicht mit mir? Ich bin in einem fremden, exotischen Land und wohne in einem bezaubernden Haus (sieht man davon ab, dass es keinen Fernseher gibt und diese Marienbilder überall – Hollys Onkel scheint sie zu sammeln, und zwar solche, deren Augen einem überall hin folgen, was so unheimlich ist, dass ich das Bild in meinem Zimmer abhängen und in den Schrank stellen musste; oh, und abgesehen von dem Umstand, dass es keine Badewanne im Haus gibt, nur Duschen; oh, und abgesehen davon, dass der Trauzeuge des Freundes meiner besten Freundin ständig Sprüche wie »Launen des Schicksals« benutzt und offenbar nach einer Gelegenheit sucht, mit mir ungestört zu sein, damit wir »reden« können. Aber sonst ist das Haus traumhaft) mit meiner besten Freundin, die bald heiraten wird, HEIRATEN, und zwar den Mann, den sie schon immer geliebt hat. Ich sollte mich für sie freuen.

Es ist nur so, dass wir bei diesem Sauwetter in diesem Haus festsitzen – mit nichts weiter als den Marienstatuen und dem Fisch, den Frau Schumacher uns besorgt hat. Ich kann an nichts anderes denken als daran, wie mies das Wetter und Marks Trauzeuge sind und wie viel Arbeit auf mich zu Hause wartet, und dass Julio wahrscheinlich sauer ist, weil der Dude ihn gebissen hat, und darum meine Serien nicht aufgenommen hat, und dann werde ich nur erfahren, was passiert ist, wenn ich Dolly Vargas frage, und die wird mir mitleidig erklären, dass eine Single-Frau, die so oft vor dem Fernseher hockt wie ich, kein Privatleben hat, und mich fragen, ob sie mir jemanden vorstellen darf.

Holly ruft mich. Das Essen ist fertig.

Ich schwöre bei Gott, sollte einer von den anderen Spielkarten finden, die irgendein vorheriger Gast, der auch vom Regen überschwemmt wurde, zurückgelassen hat, und eine Partie Bridge vorschlagen oder ein anderes Spiel, werde ich, Regen hin oder her, in den Pool springen und mich ersäufen.

>>

Von: Jane Harris <jane@wondercat.com>
An: Holly Caputo <holly.caputo@thenyjournal.com>
Betreff: Wo ist er?

Holly, ist Mark bei dir?

J

>>

Von: Holly Caputo <holly.caputo@thenyjournal.com>
An: Jane Harris <jane@wondercat.com>
Betreff: AW: Wo ist er?

O mein Gott, Jane, wo steckst du? Warum mailst du mir? Ich bin noch wach. Warum kommst du nicht zu mir und sprichst mit mir persönlich? Ich bin in unserem Zimmer. Es ist okay, Mark ist noch unten.

Holly

>>

Von: Jane Harris <jane@wondercat.com>
An: Holly Caputo <holly.caputo@thenyjournal.com>
Betreff: AW: AW: Wo ist er?

Ist Cal bei ihm? Bei Mark, meine ich?

J

>>

Von: Holly Caputo <holly.caputo@thenyjournal.com>

An: Jane Harris <jane@wondercat.com>

Betreff: AW: AW: AW: Wo ist er?

Woher soll ich das wissen? Ich habe dir gesagt, ich bin in meinem Zimmer. Ich habe mich hingelegt, weil ich hundemüde bin. Was ist los mit dir? Wo bist du? Warum benimmst du dich plötzlich so merkwürdig?

Holly

>>>

Von: Jane Harris <jane@wondercat.com>

An: Holly Caputo <holly.caputo@thenyjournal.com>

Betreff: AW: AW: AW: AW: Wo ist er?

Nichts ist los. Ich wollte auch gerade ins Bett. Im Moment bin ich unten in einem Wandschrank. Ich möchte vermeiden, Cal über den Weg zu laufen. Geh wieder schlafen. Sorry, dass ich dich geweckt habe.

J

>>

Von: Holly Caputo <holly.caputo@thenyjournal.com>
An: Jane Harris <jane@wondercat.com>
Betreff: AW: AW: AW: AW: … Wo ist er?

Als könnte ich jetzt weiterschlafen. Janie, was hast du in einem Wandschrank verloren? Und warum willst du Cal nicht begegnen? Sag es mir sofort, oder ich komme runter und hole dich persönlich aus diesem Wandschrank heraus.

Holly

>>

Von: Jane Harris <jane@wondercat.com>
An: Holly Caputo <holly.caputo@thenyjournal.com>
Betreff: AW: AW: AW: AW: … Wo ist er?

Es ist NICHTS, okay? Als du ins Bett bist und Mark sich auf die Suche nach einer Flasche Scotch gemacht hat, nachdem die eine leer war, meinte Cal, dass er mit mir unter vier Augen sprechen möchte, bevor ich ins Bett gehe. Das ist alles. Ich verstecke mich im Wandschrank, weil ich keine Lust habe, mit ihm zu reden. Okay? Nun zufrieden?

J

P.S.: Wenn du herausfinden kannst, wo er ist, gib mir Bescheid. Falls er weit genug von der Treppe weg ist, kann ich in mein Zimmer hochlaufen. Dann mache ich das Licht aus und tue so, als würde ich schlafen, wenn er anklopft.

>>

Von: Holly Caputo <holly.caputo@thenyjournal.com>
An: Jane Harris <jane@wondercat.com>
Betreff: AW: AW: AW: AW: ... Wo ist er?

Janie, stell dich nicht so an! Er mag dich. Muss er ja. Warum möchte er sich sonst mit dir unter vier Augen unterhalten? Wahrscheinlich will er ... du weißt schon.

Und warum auch nicht? Ihr seid schließlich beide im Urlaub, ihr seht beide gut aus, und ihr seid beide Single ... Warum solltet ihr also nicht miteinander rummachen?

Holly

>>

Von: Jane Harris <jane@wondercat.com>
An: Holly Caputo <holly.caputo@thenyjournal.com>
Betreff: AW: AW: AW: AW: ... Wo ist er?

Falsch! Warum sollten wir? Er ist ein Modelizer, falls du das vergessen hast.

Und glaub mir, Sex ist nicht das, was er von mir will.

J

>>

Von: Holly Caputo <holly.caputo@thenyjournal.com>
An: Jane Harris <jane@wondercat.com>
Betreff: AW: AW: AW: AW: ... Wo ist er?

Was will er dann? Was zum Teufel will er mit dir besprechen?

Holly

>>

Von: Jane Harris <jane@wondercat.com>
An: Holly Caputo <holly.caputo@thenyjournal.com>
Betreff: Was zum Teufel er mit mir besprechen will

Oh, das würde dich überraschen.

J

>>

Von: Holly Caputo <holly.caputo@thenyjournal.com>
An: Jane Harris <jane@wondercat.com>
Betreff: AW: Was zum Teufel er mit mir besprechen will

Janie, du musst wirklich diese absurden Vorurteile, die du Cal gegenüber hast, überwinden. Mark und ich haben vorhin über euch gesprochen, als du das Geschirr gespült hast und Cal den Grill saubergemacht hat. Ihr zwei habt wirklich viel gemeinsam. Ich meine, ihr kommt beide aus einer Kleinstadt. Ihr seid beide unheimlich erfolgreich, und ihr habt beide eure Karriere praktisch aus dem Nichts aufgebaut. Ihr seid beide attraktiv und kreativ. Und ihr seid beide mit uns befreundet! Ihr würdet ein großartiges Paar abgeben. Gib ihm einfach eine Chance. Ich weiß, er genügt nicht deinen üblichen Ansprüchen – schließlich hat er einen Job und ist über fünfundzwanzig –, aber er könnte dich positiv überraschen.

Holly

>>

Von: Jane Harris <jane@wondercat.com>
An: Holly Caputo <holly.caputo@thenyjournal.com>
Betreff: AW: AW: Was zum Teufel er mit mir besprechen will

Verzeihung, hast du eben das Wort GROSSARTIG benutzt?

J

>>

Von: Holly Caputo <holly.caputo@thenyjournal.com>
An: Jane Harris <jane@wondercat.com>
Betreff: AW: AW: AW: Was zum Teufel er mit mir besprechen will

---

Sei nicht albern. Komm raus aus deinem Wandschrank. Hör dir wenigstens an, was er dir sagen möchte!

Holly

>>>

Von: Jane Harris <jane@wondercat.com>
An: Holly Caputo <holly.caputo@thenyjournal.com>
Betreff: Was er mir sagen möchte

Glaub mir, das weiß ich auch so. Und ich werde den Teufel tun. Vertrau mir in dieser Sache, H. Es ist in deinem eigenen Interesse.

J

>>

Von: Holly Caputo <holly.caputo@thenyjournal.com>
An: Jane Harris <jane@wondercat.com>
Betreff: AW: Was er mir sagen möchte

Ich finde, du benimmst dich absolut lächerlich. Ich werde diese Unterhaltung jetzt beenden und mich wieder hinlegen. Morgen ist ein wichtiger Tag; du hast mir versprochen, dass du mit nach Castelfidardo aufs Standesamt kommst, um das Aufgebot zu bestellen. Ich weiß nicht, wie das mit dir ist, aber ich möchte morgen gut aussehen. Gute Nacht.

Holly

>>

Von: Jane Harris <jane@wondercat.com>
An: Holly Caputo <holly.caputo@thenyjournal.com>
Betreff: AW: AW: AW: Was er mir sagen möchte

Gut, leg dich schlafen. Verräterin. Ich tue das nur zu deinem Besten, weißt du!

Nein, weißt du wahrscheinlich nicht.

Und glaub mir, *ich* weiß genau, was ich tue!

Buona sera.

J

PDA von Cal Langdon

Gott segne Zio Matteo. Der Mann mag keinen großen Wert auf die Elektrizität in seinem Haus legen, aber wenigstens hat er eine gut sortierte Hausbar. Mark und ich haben uns kräftig bedient von einem zwölf Jahre alten Scotch. Das Tippen bereitet mir zwar Schwierigkeiten, da meine Finger sich ganz taub anfühlen, aber wenigstens ist das Bild von der Schlange aus meinem Kopf verschwunden.

Der Regen hat endlich aufgehört. Am Himmel funkeln Sterne, und es weht ein angenehm warmer Wind – in dem ein Hauch von Pferdeäpfeln mitschwingt. Der Pool und der nasse Beckenrand glitzern im Mondlicht, und irgendwo in der Ferne – über Marks Schnarchen hinweg, er ist neben mir mit dem Kopf auf dem Tisch eingenickt – schreit ein Esel. Das erinnert mich an die Nächte in Bagdad mit Barbara Bellerieve, bevor sie es schließlich aufgab, von mir einen Ring zu bekommen und Aaron Spender abschleppte – das arme Schwein.

Das ist etwas, das erschreckend regelmäßig vorkommt. Dass sich Frauen, mit denen ich geschlafen habe, einem anderen Mann zuwenden, meine ich.

Schätze, ich darf mich nicht beschweren. Gott weiß, dass ich bei keiner das Bedürfnis hatte, eine Geschenkeliste für die Hochzeit zu machen.

Trotzdem ist es schon ein bisschen seltsam, dass all meine Freunde in festen Beziehungen leben. Mark zum Beispiel. Nicht dass ich etwas anderes von ihm erwartet hätte – schließlich hat er sich in seinem Leben nicht gerade als unangepasster Individualist erwiesen. Trotzdem kann er keinen Fisch grillen.

Aber selbst Männer, die ich als ewige Junggesellen betrachtet habe – zum Beispiel John Trent vom *Chronicle*, oder Spender – haben den Sprung ins kalte Wasser gewagt.

Wie lange wird es dauern, bis ich der einzige unverheiratete Mann meines Alters weltweit sein werde? Und falls es so weit kommt… warum? Ist den Männern nicht klar, worauf sie sich einlassen?

Ich gebe zu, in Marks Fall ist die Lage wohl nicht so verheerend, wie ich zuerst dachte, egal, was Ruth Levine behauptet. Holly ist eine fröhliche, liebevolle Partnerin, die auch optisch was zu bieten hat. Und sie kann köstliche Antipasti-Kombinationen zaubern wie vorhin zu dem Fisch: eine kunstvoll angerichtete Platte mit marinierten Artischocken und Pilzen, Oliven, frischem Mozzarella, gerösteten roten Paprika, sonnengetrockneten Tomaten und Parmesan.

Und als Mark sich einmal selbstkritisch über seine Kolumne äußerte, schimpfte sie mit ihm und verkündete mir stolz, seine Beiträge seien bei den Lesern der Gesundheitsseiten am beliebtesten.

Und als wir uns an den Tisch setzten, den ihre Freundin Jane gedeckt hatte – und zwar ziemlich seltsam, da sie vermutlich jede im Haus verfügbare Kerze darauf verteilt hatte, damit wir *al fresco* unter den Steinbögen der Loggia dinieren konnten, während um uns herum der Regen herunterprasselte –, bestand Holly darauf, unser erstes gemeinsames Mahl in der Villa Beccacia fotografisch festzuhalten.

Aber Ms. Harris bestand recht unverblümt darauf, ausschließlich von Mark und Holly ein Foto zu machen – »Als Erinnerung an einen eurer letzten gemeinsamen Abende als unverheiratetes Paar« –, und die zwei schlangen die Arme umeinander…

Na ja, ich kann Janes Standpunkt, dass die beiden wie füreinander geschaffen sind, nachvollziehen. Sie sind wirklich ein hübsches Paar. Und Holly scheint mir – bis jetzt – nicht der Typ zu sein, der kurz nach der Hochzeit seinen Job aufgibt und die Tage mit Shoppen und Pilates im Fitnessstudio verbringt…

Ich muss endlich aufhören, alle Frauen mit Valerie zu vergleichen.

Hätte Valerie statt Holly an unserem Abendessen teilgenommen, dann hätte sie allein zwei Flaschen geleert von Zio Matteos hervorragendem Montepulciano. Und sie hätte dafür gesorgt, dass die Unterhaltung nicht um humorlose Themen wie den Herd oder das mögliche Liebesleben von Frau Schumacher kreist, sondern einzig und allein um sie.

Und danach wäre sie natürlich ins Bad getorkelt und hätte den Inhalt ihres Magens ausgekotzt.

Irgendwie kann ich mir nicht vorstellen, dass Holly Caputo sich jemals so aufführen würde. Was nicht heißt, dass Mark keine Gefahr droht. Ein Mann, der eine Ehe eingeht, hat bestimmte Vorstellungen, und dann kann es passieren, dass in Wirklichkeit etwas völlig anderes herauskommt. Holly mag für Mark in dieser Phase ihrer Beziehung die perfekte Partnerin sein, aber wer weiß, sobald die beiden zu Mann und Frau erklärt werden – beziehungsweise in diesem Fall zu *marito* und *moglie* –, könnte der Lack schnell ab sein. Vielleicht verwandelt sie sich dann in eine nervige Zicke, die ständig mehr Geld von ihm verlangt und immer teureren Schmuck und stellt sich mehrmals am Tag auf die Waage wie eine Besessene und dokumentiert jeden Bissen, den sie sich in den Mund steckt, in einem Ernährungstagebuch?

Ich denke, Mark sollte auf diese Möglichkeit vorbereitet sein.

Und wäre er im Moment bei Bewusstsein, würde ich dafür sorgen.

Aber so, wie die Dinge im Moment stehen, muss ich bis morgen warten und hoffen, dass sich eine Chance zu einem Gespräch unter vier Augen ergibt, bevor wir zum Standesamt aufbrechen.

Da wir gerade von einem Gespräch unter vier Augen reden – ich habe Ms. Harris gegenüber meinen Wunsch nach einer Privataudienz heute Abend bekundet, worauf sie prompt im Haus verschwand. Seitdem hat sie sich nicht mehr blicken lassen. Ich habe mich vor einer Weile auf die Suche nach ihr gemacht und vermute, dass sie sich in ihr Zimmer zurückgezogen hat. Falls es einen Schlüssel gibt, habe ich keinen Zweifel, dass sie die Tür von innen abgeschlossen hat.

Für eine Frau, die imstande ist, derart offen feindselige E-Mails zu senden, ist sie erstaunlich zurückhaltend, was Konfrontationen von Angesicht zu Angesicht betrifft. Ich habe bisher die Erfahrung gemacht, dass Frauen den Männern gerne befehlen, was sie zu tun haben. Auf Jane Harris scheint das nur zuzutreffen, wenn sie es schriftlich statt mündlich machen kann.

Sie scheint eine sehr merkwürdige Frau zu sein, insgesamt betrachtet.

Aber sie ist eine Künstlerin … und außerdem berühmt, wenn man dem schmachtenden, geistig minderbemittelten Nachbarjungen, der die Augen nicht von ihr abwenden kann, Glauben schenken mag.

Wie gut ich seine schmerzliche Sehnsucht kenne. Ich glaube, ich habe mit derselben Leidenschaft für Miss Huff, meine Lehrerin in der zehnten Klasse, geschwärmt.

Obwohl Miss Huff nicht über die körperlichen Vorzüge verfügte wie Jane Harris … diese schmalen Fußgelenke – der rechte hervorgehoben durch den grinsenden Katzenkopf – und dieses unbekümmerte Lächeln.

Unbekümmert. Gott. Wie zum Teufel habe ich es eigentlich geschafft, ein Buch zu veröffentlichen?

Und … worüber zum Teufel soll ich mein nächstes Buch schreiben?

Was soll's. Ich bin viel zu müde, und es ist viel zu spät, um sich jetzt darüber Gedanken zu machen. Werde es auf später verschieben und ins Bett gehen. Es muss schon nach Mitternacht sein, und ich bin noch an die New Yorker Zeit gewöhnt. Überlegungen zu dem Nachfolger von *Wüstenlandschaft* und weitere Spekulationen über Ms. Harris werden bis morgen warten müssen.

Eine letzte Sache noch:

Sie scheint nach wie vor seltsam fixiert auf meinen Hosenschlitz zu sein. Ich beginne, mich zu fragen, ob Mark dieses alberne Gerücht aus der Studienzeit, wonach ich angeblich einen Megadödel habe, wiederbelebt und Holly davon erzählt hat. Die wird es natürlich prompt an Ms. Harris weitergegeben haben. Wie soll ich mir sonst erklären, dass ich sie ständig dabei ertappe, dass sie auf meinen Schritt starrt?

Sollte mein Verdacht zutreffen, bin ich gezwungen, Mark zu töten. Eigentlich sollte man von einem Mann in seinem Alter erwarten können, dass er solche kindischen Streiche hinter sich hat.

Aber er ist Mediziner, und seinesgleichen scheint in Sachen Humor dem Rest der Menschheit hinterherzuhinken.

Ich muss ihn morgen mal fragen.

>>

Von: Peter Schumacher <webmaster@wondercatlives.com>
An: Listserv <Wondercat@wondercatlives.com>
Betreff: JANE HARRIS

Guten Morgen, ihr Fans von WONDERCAT! Ich werde gleich mit meinem Motorino in die Stadt fahren und Semmeln für Jane Harris besorgen! Sie schläft noch. Die Vorhänge in ihrem Schlafzimmer sind zugezogen.

Aber wenn sie aufsteht, wird sie feststellen, dass es frische Semmeln zum Kaffee gibt! Freundlicherweise zur Verfügung gestellt von mir, dem größten WONDERCAT-Fan aller Zeiten!

WONDERCAT lives – 4eva!

Peter

>>>

Von: Customer Service *New York Journal* Travel Privileges <TravelPrivcustser@thenyjournal.com>
An: Mark Levine <mark.levine@thenyjournal.com>
Betreff: AW: Mietwagen

Sehr geehrter Herr Levine,

wir möchten uns für das Missverständnis mit Ihrem Mietwagen entschuldigen. Unser Büro ist, wie Sie bereits festgestellt haben, sonntags nicht besetzt. Sie haben jedoch die Möglichkeit, Ihren Mietwagen am Montag in der

Agentur in Ancona, wo die gewünschte viertürige Limousine für Sie bereitsteht, umzutauschen.

Sally Marx
New York Journal Reisebuchung

Reisetagebuch
von
~~Holly Caputo und Mark Levine~~
Jane Harris

Okay, alles, was ich gestern Abend geschrieben habe – dass ich Italien hasse und am liebsten nach Hause fliegen würde, um **Emergency Room** *zu schauen –, können Sie streichen.*

Ich LIEBE Italien. Ich LIEBE dieses Land.

Als ich eben aufgestanden bin, zog ich die schweren Vorhänge auf und erwartete draußen wieder nasskaltes Regenwetter wie gestern …

Es hat aufgehört. Kein Regen mehr. Stattdessen ein wolkenloser, blauer Himmel. Und in der Ferne auf einer Hügelkuppe eine Burg wie aus dem Märchen. Und unter mir ein kristallfarben glitzernder Pool. Und der Geruch von frisch gemähtem Rasen. Und die sonnenüberfluteten Steinmauern der **terrazza***, überwuchert von dicken grünen Blättern und rot blühenden Bougainvillea, und Vögel, die in den Baumkronen singen …*

Was sollte ich sonst tun, als in meinen Badeanzug zu schlüpfen und ins Wasser zu springen?

Und es war so wahnsinnig …

KALT!!!

Das Wasser ist wirklich kalt. Kalt wie Eiswürfel. Ich schreibe das hier zitternd und halb erfroren auf einem der Liegestühle, eingehüllt in mehrere Handtücher.

Aber obwohl es erst ungefähr neun Uhr morgens ist, brennt die Sonne. Dampf steigt von den feuchten Handtüchern über meinen Beinen auf. Bald wird mir angenehm warm sein …

JA. Genau so habe ich mir immer einen Urlaub in Europa vorgestellt. Nur ich, Wasser, klarer, blauer Himmel, eine helle, starke Sonne und eine Flasche **acqua con gas** *(Mineralwasser, das ich im Kühlschrank entdeckt habe). Es ist so RUHIG hier. Keine Autoalarmanlagen. Keine Sirenen. Keine Nachbarn, die sich um die Fernbedienung streiten. Nur Vogelzwitschern und Pferdewiehern und das Rauschen des Windes in den Palmwedeln und dem Olivenbaum neben mir, dessen Zweige herabhängen unter dem Gewicht der kleinen runden Früchte in einem hübschen Hellgrün bis hin zu einem Dunkelbraun … Sie sind total bitter und ungenießbar. Ja, ich habe eine probiert. Wer weiß schon, dass Oliven vor dem Genuss eingelegt werden müssen oder was auch immer? Die Granatäpfel an dem Baum auf der anderen Seite des Pools sind dagegen lecker.*

In der Luft liegt der frische, saubere Geruch von Chlor aus dem Pool, der Duft von frisch gemähtem Gras auf der Wiese hinter der Hecke und … okay, der Geruch von Pferdeäpfeln, der vom Centro Ippico herüberweht, aber nur sehr schwach.

Und in der Ferne, auf einer tiefgrünen Anhöhe, thront eine befestigte Stadt, die von einer Burg überragt wird … Castelfidardo, wo wir heute hinfahren werden, damit Mark und Holly das Aufgebot bestellen können. Falls sie mich vom Pool wegbekommen. Was ich ernsthaft bezweifle. Ich werde mich nur von der Stelle bewegen, wenn …

AAAAAAAAAAAAAAAAAAAAAHHHHHHHHHHHHHHHHHHHHHHHHHHHHHH!!!

>>>

Von: Peter Schumacher <webmaster@wondercatlives.com>
An: Listserv <Wondercat@wondercatlives.com>
Betreff: JANE HARRIS

Grüß euch! Ich habe Jane Harris gerade Frühstück serviert! Ich habe sie total überrascht – mit Semmeln und frischem Kaffee! Sie hat eine Runde im Pool gedreht, als ich mit einem Frühstückstablett in den Garten kam, das meine Uromi vorbereitet hat. Jane hat ziemlich laut geschrien!

Aber dann hat sie gesehen, dass es nur ich war, und ich habe das Tablett neben ihre Liege gestellt, und wir haben zusammen gefrühstückt. Ich habe ihr auch Nutella mitgebracht, auf das sie ziemlich abfährt. Wir haben uns nett unterhalten, und ich habe ein paar WICHTIGE NEUIGKEITEN erfahren:

JANE HARRIS HAT EINEN VERTRAG MIT CARTOON NETWORK FÜR EINE MÖGLICHE ZEICHENTRICKSERIE MIT WONDERCAT!!!

Ja!!! Kann sein, dass wir WONDERCAT bald im Fernsehen schauen können!

Ich höre Jane Harris also begeistert zu, als einer aus ihrer Reisegruppe, Cal Langdon (keine Angst, Jungs, er ist nicht ihr Freund; oder mit ihren Worten: »Der? Mein Freund? No way!«), aus dem Haus kommt und sagt, er möchte unter vier Augen mit Jane Harris sprechen.

Also stehe ich auf, um zu gehen, aber Jane sagt: »Nein, Peter, du bleibst.« Also biete ich Cal Langdon Semmeln und Kaffee an, und wir sitzen zu dritt da und unterhalten uns sehr lange über Politik, bevor die Tochter von der Schwester von dem Mann, dem die Villa gehört, in der JANE HARRIS wohnt, herauskommt und sagt, sie müssten jetzt los nach Castelfidardo.

Ich denke, ich werde mit meinem Motorino auch nach Castelfidardo fahren. Vielleicht braucht JANE HARRIS ja wieder meine Hilfe.

Das war der aktuelle Bericht aus der WONDERCAT-Zentrale. Weitere Neuigkeiten demnächst!

Over and out

Peter, der größte WONDERCAT-Fan aller Zeiten

>>>

Von: Martin Schneck <m.schneck@comixunderground.com>
An: Peter Schumacher <webmaster@wondercatlives.com>
Betreff: AW: JANE HARRIS

Wie sieht JANE HARRIS im Badeanzug aus? Das hast du uns nicht verraten!

Martin Schneck

>>

Von: Jane Harris <jane@wondercat.com>
An: Claire Harris <charris2004@freemail.com>
Betreff: Hallo!

Im Moment sind wir mit dem Wagen auf dem Weg nach Castelfidardo, wo Holly und Mark das Aufgebot bestellen wollen. Das ist so aufregend!

Es ist wuuuuuuuuunderschön hier. Selbst die Reklametafeln sehen hier hübscher aus als bei uns zu Hause. Jedenfalls sind sie interessanter ... auch wenn ich nicht verstehe, was draufsteht.

Und dann das Essen! Ich hatte vorhin das beste Frühstück meines Lebens ... etwas, das sich Nutella nennt, auf frisch gebackenen Brötchen, die noch warm waren. O mein Gott, ich dachte, ich wäre gestorben und im Himmel gelandet.

Ich hoffe, dir und Dad geht es gut!

Ciao, bis später!

J

>>>

Von: Cal Langdon <cal.langdon@thenyjournal.com>
An: Jane Harris <jane@wondercat.com>
Betreff: Zeit zu reden

Da Sie sich vor einem persönlichen Gespräch scheuen, sehe ich keine andere Alternative, als unsere Unterhaltung per E-Mail fortzusetzen. Ich glaube, Sie haben neulich gesagt, ich soll mich um meinen eigenen Kram kümmern und mich aus Marks Herzensangelegenheiten heraushalten, worauf ich erwiderte, dass ich es für meine Pflicht halte als ein loyaler Freund, ihn vor der emotionalen und finanziellen Gefahr zu warnen, in die er sich begeben wird. Haben Sie sich weitere Gedanken gemacht in dieser Sache, oder sind Sie immer noch von der ganzen Romantik geblendet?

Cal

>>>

Von: Jane Harris <jane@wondercat.com>
An: Cal Langdon <cal.langdon@thenyjournal.com>
Betreff: AW: Zeit zu reden

O mein Gott, ich kann nicht glauben, dass Sie mir schon wieder E-Mails vom Beifahrersitz schicken. Lassen Sie das!

J

>>

Von: Cal Langdon <cal.langdon@thenyjournal.com>
An: Jane Harris <jane@wondercat.com>
Betreff: AW: AW: Zeit zu reden

Habe ich eine andere Wahl, wenn Sie nicht mit mir persönlich sprechen wollen? Mein Standpunkt lautet immer noch, dass die zwei einen Riesenfehler begehen. Können Sie sich inzwischen vielleicht meiner Meinung anschließen? Mir ist nämlich aufgefallen, dass Sie nur widerwillig den Pool verlassen haben, als Ihre Freundin Holly uns für die Fahrt nach Castelfidardo aufgescheucht hat …

Cal

>>

Von: Jane Harris <jane@wondercat.com>
An: Cal Langdon <cal.langdon@thenyjournal.com>
Betreff: AW: AW: AW: Zeit zu reden

Es war verdammt nett am Pool! Zumindest bis Sie auftauchten.

Und nein, ich habe meine Meinung nicht geändert. Holly und Mark gehören zusammen, und ich verstehe nicht, wie man anders darüber denken kann.

Und ich bin auch nicht »geblendet von der ganzen Romantik«, wie Sie es ausdrücken. Das mit den beiden ist süß, mehr nicht. Und sollten Sie irgendeinen Versuch wagen, die Sache zu ruinieren, sind Sie ein mieser Widerling!

J

>>

Von: Cal Langdon <cal.langdon@thenyjournal.com>
An: Jane Harris <jane@wondercat.com>
Betreff: AW: AW: AW: AW: Zeit zu reden

Ein mieser Widerling?

Cal

>>

Von: Jane Harris <jane@wondercat.com>
An: Cal Langdon <cal.langdon@thenyjournal.com>
Betreff: AW: AW: AW: AW: … Zeit zu reden

Sie haben richtig verstanden. Beziehungsweise richtig gelesen. Ein WIDERLING. Nur ein Widerling würde seinem besten Freund ausreden, die Frau seiner Träume zu heiraten. Erzählen Sie mir nicht, dass Sie das gestern nicht den ganzen Abend versucht haben.

J

>>>

Von: Cal Langdon <cal.langdon@thenyjournal.com>
An: Jane Harris <jane@wondercat.com>
Betreff: AW: AW: AW: AW: … Zeit zu reden

Woher wollen Sie wissen, was ich gestern Abend gemacht habe? Sie sind doch um zehn ins Bett gegangen.

Cal

>>>

Von: Jane Harris <jane@wondercat.com>
An: Cal Langdon <cal.langdon@thenyjournal.com>
Betreff: AW: AW: AW: AW: … Zeit zu reden

Zufällig bin ich noch mal aufgestanden, um mir was zu trinken zu holen, und da habe ich Sie draußen auf der *terrazza* gesehen. Zusammen mit Mark.

Aber offensichtlich hat es nicht geklappt, ihm die Heirat auszureden. Sonst würden wir ja wohl kaum diese Fahrt nach Castelfidardo machen, oder?

J

>>

Von: Cal Langdon <cal.langdon@thenyjournal.com>
An: Jane Harris <jane@wondercat.com>
Betreff: AW: AW: AW: AW: ... Zeit zu reden

Ich hatte keine Möglichkeit, mit Mark zu reden, aufgrund der Tatsache, dass er durch seinen exzessiven Alkoholgenuss während des Abends das Bewusstsein verlor. Nicht gerade ein Zeichen dafür, dass er sich auf die bevorstehende Hochzeit freut, wie ich hinzufügen möchte.

Cal

>>

Von: Jane Harris <jane@wondercat.com>
An: Cal Langdon <cal.langdon@thenyjournal.com>
Betreff: AW: AW: AW: AW: ... Zeit zu reden

Geht's noch? Selbst ich könnte Mark unter den Tisch saufen. Er verträgt eigentlich keinen Alkohol. Wahrscheinlich hat er nur versucht, mit Ihnen gleichzuziehen. Das hat nichts zu bedeuten.

Außerdem hat jeder Mann das Recht, ein bisschen über die Stränge zu schlagen, bevor er vor den Traualtar tritt.

J

>>

Von: Cal Langdon <cal.langdon@thenyjournal.com>
An: Jane Harris <jane@wondercat.com>
Betreff: AW: AW: AW: AW: …Zeit zu reden

»Außerdem hat jeder Mann das Recht, ein bisschen über die Stränge zu schlagen, bevor er vor den Traualtar tritt.«

Das bestätigt meine Überzeugung, dass die Ehe eine unnatürliche und antiquierte Institution ist, die man abschaffen sollte.

Die Tatsache, dass es bei Männern Tradition ist, sich am Abend vor der Hochzeit volllaufen zu lassen, zeigt nur, dass die Ehe ein Zustand ist, in den sie wider besseres Wissen eintreten.

FRAUEN wollen die Ehe, Männer nicht. Marks Verhalten gestern Abend beweist im Grunde nur, dass er das alles nicht will. Und das wissen Sie.

Cal

>>

Von: Jane Harris <jane@wondercat.com>
An: Cal Langdon <cal.langdon@thenyjournal.com>
Betreff: AW: AW: AW: AW: …Zeit zu reden

Sie sind echt seltsam. Ernsthaft. Sind Sie in allem so? Ich meine, müssen Sie jede Kleinigkeit abwägen? Tun Sie nichts spontan, ohne vorher darüber nachzudenken?

Oder ist es, weil Sie sich einmal getraut und prompt verbrannt haben, dass Sie so gegen die Ehe sind?

J

>>>

Von: Cal Langdon <cal.langdon@thenyjournal.com>
An: Jane Harris <jane@wondercat.com>
Betreff: AW: AW: AW: AW: … Zeit zu reden

Wollen Sie etwa behaupten, dass Sie nicht schon seit Ihrem siebten Lebensjahr von Ihrem Hochzeitstag träumen? Haben Sie nicht schon seit Ihrem neunten Lebensjahr Ihren Barbies Brautschleier angezogen und Hochzeit gespielt? Zeichnen Sie nicht schon seit der Pubertät Entwürfe für Ihr Brautkleid, und betrachten Sie nicht schon seit Ihrem zwanzigsten Lebensjahr jedes männliche Wesen als potenziellen Ehemann/Vater Ihrer Kinder und beurteilen es nach seinem finanziellen Leistungsvermögen, seinem Aussehen und den Chancen, ob es Ihnen treu bleibt?

Cal

>>>

Von: Jane Harris <jane@wondercat.com>
An: Cal Langdon <cal.langdon@thenyjournal.com>
Betreff: AW: AW: AW: AW: … Zeit zu reden

Sie haben meine Frage nicht beantwortet.

J

>>>

Von: Cal Langdon <cal.langdon@thenyjournal.com>
An: Jane Harris <jane@wondercat.com>
Betreff: AW: AW: AW: AW: ... Zeit zu reden

Sie meine auch nicht.

Cal

>>

Von: Jane Harris <jane@wondercat.com>
An: Cal Langdon <cal.langdon@thenyjournal.com>
Betreff: AW: AW: AW: AW: ... Zeit zu reden

Also schön. Ja, ich hatte Barbie-Hochzeiten. Und ich habe Entwürfe für mein Brautkleid gemacht. Und ja, ich habe potenzielle Männer abgecheckt, ob sie treu sind oder nicht.

Aber das finanzielle Leistungsvermögen hat mich nie interessiert. Das ist wahr. Sie können Holly fragen. Und was den Vater meiner Kinder betrifft: Warum soll ich mir Gedanken machen, wer der Vater meiner Kinder sein wird, wenn ich mir nicht einmal sicher bin, ob ich welche haben möchte? Meine Karriere kommt gerade in Schwung. Ich möchte erst sehen, wie es läuft, bevor ich versuche, eine weitere Lebensform zur Welt zu bringen.

Außerdem habe ich eine Katze. Das ist im Moment genug Verantwortung.

J

>>>

Von: Cal Langdon <cal.langdon@thenyjournal.com>
An: Jane Harris <jane@wondercat.com>
Betreff: AW: AW: AW: AW: … Zeit zu reden

Wollen Sie ernsthaft ein Haustier mit einem Kind vergleichen?

Cal

>>

Von: Jane Harris <jane@wondercat.com>
An: Cal Langdon <cal.langdon@thenyjournal.com>
Betreff: AW: AW: AW: AW: … Zeit zu reden

Oh, Sie kennen den Dude nicht.

J

>>

Von: Cal Langdon <cal.langdon@thenyjournal.com>
An: Jane Harris <jane@wondercat.com>
Betreff: AW: AW: AW: AW: … Zeit zu reden

Wer ist der Dude?

Cal

>>>

Von: Jane Harris <jane@wondercat.com>
An: Cal Langdon <cal.langdon@thenyjournal.com>
Betreff: AW: AW: AW: AW: ... Zeit zu reden

Mein Kater. Übrigens haben Sie MEINE Frage immer noch nicht beantwortet.

J

>>>

Von: Cal Langdon <cal.langdon@thenyjournal.com>
An: Jane Harris <jane@wondercat.com>
Betreff: AW: AW: AW: AW: ... Zeit zu reden

Ich habe vergessen, wie sie lautet.

Cal

>>>

Von: Jane Harris <jane@wondercat.com>
An: Cal Langdon <cal.langdon@thenyjournal.com>
Betreff: AW: AW: AW: AW: ... Zeit zu reden

Stimmt es, dass Sie nur deshalb ein Gegner von Liebe und Ehe sind, weil Ihre eigene gescheitert ist?

J

>>

Von: Cal Langdon <cal.langdon@thenyjournal.com>
An: Jane Harris <jane@wondercat.com>
Betreff: AW: AW: AW: AW: … Zeit zu reden

Keineswegs. Das Scheitern meiner Ehe spielt überhaupt keine Rolle für meine Überzeugung, dass der Mensch genetisch unfähig zur Monogamie ist. Ich denke vielmehr, wir sind dazu bestimmt, sieben oder acht verschiedene Partner im Leben zu haben statt nur einen. Der Umstand, dass unsere Gesellschaft Ehepaaren gratuliert, die es geschafft haben, vierzig, fünfzig Jahre zusammenzubleiben oder länger, ist einfach lächerlich. Es ist grundverkehrt, Hochzeitsjubiläen zu feiern. Es widerspricht einfach der Natur, so viel Zeit mit einem einzigen Menschen verbringen zu wollen.

Cal

>>

Von: Jane Harris <jane@wondercat.com>
An: Cal Langdon <cal.langdon@thenyjournal.com>
Betreff: AW: AW: AW: AW: … Zeit zu reden

Meine Eltern feiern nächstes Jahr ihren vierzigsten Hochzeitstag. Wollen Sie behaupten, dass sie grundverkehrt sind?

J

>>>

Von: Cal Langdon <cal.langdon@thenyjournal.com>
An: Jane Harris <jane@wondercat.com>
Betreff: AW: AW: AW: AW: … Zeit zu reden

Ohne Ihre Eltern beleidigen zu wollen, aber im Prinzip ja. Oder wollen Sie behaupten, dass sie sich in den vierzig Jahren nie gestritten oder gegenseitig betrogen haben?

Cal

>>>

Von: Jane Harris <jane@wondercat.com>
An: Cal Langdon <cal.langdon@thenyjournal.com>
Betreff: AW: AW: AW: AW: … Zeit zu reden

Sicher haben sie sich mal gestritten. Sie sind MENSCHEN. Aber betrogen? Niemals.

J

P. S.: Sie sind ein Arsch.

>>

Von: Cal Langdon <cal.langdon@thenyjournal.com>
An: Jane Harris <jane@wondercat.com>
Betreff: AW: AW: AW: AW: … Zeit zu reden

Ich habe nie behauptet, dass meine Theorie sehr beliebt ist. Aber zufällig entspricht sie der Wahrheit.

Cal

P. S.: Hat Ihnen schon einmal jemand gesagt, dass Sie ganz niedlich sind, wenn Sie sich aufregen?

>>

Von: Jane Harris <jane@wondercat.com>
An: Cal Langdon <cal.langdon@thenyjournal.com>
Betreff: AW: AW: AW: AW: … Zeit zu reden

Flirten Sie etwa mit mir?

Das können Sie sich schenken. Ich habe ein bisschen mehr Grips als die Frauen, die Sie sonst so gewöhnt sind.

Hören Sie auf, mir zu mailen, wir sind da.

J

P. S.: Sie sind immer noch ein Arsch.

Eheschließung
zwischen amerikanischen Staatsbürgern in Italien

Amerikanische Staatsbürger, die beabsichtigen, in Italien zu heiraten, müssen vor dem italienischen Konsulat eine Erklärung (Certificato di **stato libero**) abgeben, bestätigt von vier (4) Zeugen, in der sie eidesstattlich versichern, dass es nach gültigem Familienrecht der Vereinigten Staaten keine Hindernisse für die Eheschließung gibt. Zu diesem Zweck ist eine persönliche Vorsprache des/der Verlobten im Generalkonsulat erforderlich in Anwesenheit von vier Zeugen, die mit dem/der Verlobten weder verwandt noch verschwägert sein dürfen. Alle Zeugen haben ein gültiges Ausweisdokument vorzulegen (Reisepass oder Führerschein).

Der/die Verlobte muss sich ebenfalls ausweisen sowie gegebenenfalls die Aufhebung früherer Eheschließungen nachweisen (Scheidungsurkunde oder Sterbeurkunde) in italienischer Übersetzung, beglaubigt durch die zuständige Auslandsvertretung des State Department mit einer Apostille (siehe Seite 2). Die eidesstattliche Erklärung hat eine Gültigkeit von drei Monaten.

Reisetagebuch von ~~Holly Caputo und Mark Levine~~ Jane Harris

Cal Langdon ist ein Blödmann.

Er ist der König aller Blödmänner. Er ist der unbestrittene Meister aller Vollzeitblödmänner. Wie kann Mark nur mit ihm befreundet sein? Wie?

Ich meine, ich schätze, er kann ganz interessant und sogar geistreich sein, wenn er über ein obskures Thema wie die Akkordeonherstellung spricht. Was wenigstens einigermaßen nützlich ist, bedenkt man, dass Castelfidardo offenbar die Weltstadt des Akkordeons ist. Wer hätte geahnt, dass Zio Matteo ein weltberühmter Akkordeonspieler ist und aus diesem Grund eine Villa in der Nähe der Stadt, in der sein Instrument gebaut wird, gekauft hat?

Es gibt hier sogar ein Akkordeonmuseum, in dem man – was sonst? – das weltweit größte bespielbare Akkordeon bestaunen kann. Es ist so groß wie Cal Langdon.

Außerdem steht auf dem Marktplatz die Statue eines Akkordeonspielers, seltsamerweise im Adamskostüm. Ich bin mir nicht sicher, ob das in Amerika erlaubt wäre. Ich meine, die Statue eines nackten Akkordeonspielers auf dem Marktplatz.

Trotzdem, Themen, die nichts mit zwischenmenschlichen Beziehungen zu tun haben, wie Saudi-Arabiens zur Neige gehende Ölreserven oder die Geschichte des Akkordeonbaus, sollten gesetzlich untermauert die einzigen Themen sein, über die Cal Langdon reden darf. Denn sobald es um Menschen geht, hat er null Ahnung.

Kein Wunder, dass seine Frau ihn verlassen hat.

Ehrlich, mir ist schleierhaft, wie er so lange als Auslands-

reporter durchgehalten hat. Ich meine, Cal Langdon ist um die ganze Welt geflogen – wenn er nicht gerade in einem Jeep durch die Welt holperte –, um Würdenträger und Weltführer und Guerillakämpfer zu interviewen.

Trotzdem scheint er weniger Menschenkenntnis zu haben als ich, und ich habe in den letzten fünf Jahren kaum meine Wohnung verlassen, weil ich so beschäftigt mit Zeichnen war. Wie kann jemand, der so vielen Menschen begegnet ist, so wenig über sie wissen? Das würde mich interessieren.

Egal. Ich werde nicht zulassen, dass er mir diesen schönen Moment verdirbt. Wir sitzen vor dem Generalsekretariat von Castelfidardo, wo man das Aufgebot bestellen kann und einen Termin für die Trauung bekommt. Mark und Holly stehen am Schalter und versuchen, ihr Anliegen verständlich zu machen. Sie zeigen ihre ganzen Unterlagen vor, die sie bereits auf dem italienischen Konsulat in New York ausgefüllt haben. Es ist nämlich so: Wenn amerikanische Staatsbürger im Ausland heiraten möchten, geht das nicht aufs Geratewohl. Zuerst muss man einen Haufen Formulare ausfüllen, noch in der Heimat. Für eines dieser Formulare mussten Holly und Mark gleich vier Zeugen anschleppen – die nicht mit ihnen verwandt oder verschwägert sein durften – und auf dem italienischen Konsulat eidesstattlich erklären, dass sie nicht schon mit jemand anderem verheiratet sind (Holly und Mark, meine ich).

Ich habe keine Ahnung, warum das so lange dauert. Oder warum Cal Langdon sich veranlasst fühlte, sich dazuzustellen und mitzuhören. Ich behalte ihn im Auge, um sicherzugehen, dass er den weiteren Ablauf nicht sabotiert. Nun schaltet sich der Generalsekretär persönlich in das Gespräch ein.

*Er sagt: »**Non**«.*

*Das klingt nicht gut. Sollte er nicht »**Sì**« sagen?*

Holly zeigt immer wieder auf die Formulare vom italienischen Konsulat und beteuert: »Aber in New York hat man uns gesagt …«

Und der **segretario** *erwidert immer wieder mit starkem Akzent: »***Sì***, aber in New Yorka ist andere Sistema als hier in Italia.«*

Hmmm. Holly sieht gestresst aus. Das riecht nach Ärger.

Der **segretario** *wirkt leicht genervt.*

»Ich nix verstehe«, sagt er. »Warum sie mussen ausgerechnet heiraten hier in Castelfidardo? Warum nicht in Las Vegas wie normale Americani?«

Oh-oh. Holly ist jetzt richtig sauer.

»Weil wir keine normalen Amerikaner sind«, entgegnet sie. »Wir möchten hier heiraten, in Castelfidardo. Wir haben die nötigen Formulare. Wo liegt das Problem? Sehen Sie einfach in Ihrem Kalender nach, wann der Bürgermeister Zeit hat, die Trauung vorzunehmen, und wir werden …«

Du meine Güte. Peter Schumacher kommt gerade herein. Er muss uns auf seinem kleinen Motorino gefolgt sein. Der arme Junge. Offenbar hat er wirklich nichts Besseres zu tun …

Oh, der **segretario** *gibt Holly irgendein Merkblatt …*

Haager Übereinkommen zur Befreiung ausländischer öffentlicher Urkunden von der Legalisation

Die Vereinigten Staaten von Amerika, Italien und weitere Länder haben ein Übereinkommen unterzeichnet zu dem Zweck, öffentliche Urkunden, die in dem Hoheitsgebiet eines Vertragsstaates errichtet worden sind und die in dem Hoheitsgebiet eines anderen Vertragsstaates vorgelegt werden sollen, von der diplomatischen oder konsularischen Legalisation zu befreien.

Dieses Generalkonsulat wird daher künftig ausländische öffentliche Urkunden wie notarielle Dokumente, Vertragsurkunden, bevölkerungsstatistische Zertifikate, Testamente, Gerichtsurteile etc. weder anerkennen noch legalisieren.

Zur Bestätigung der Echtheit einer ausländischen öffentlichen Urkunde muss eine APOSTILLE angebracht werden, welche die zuständige Behörde des Staates ausstellt, in dem die Urkunde errichtet worden ist.

Um die APOSTILLE in einem der amerikanischen Bundesstaaten zu erhalten, muss zunächst von einem dort zugelassenen öffentlichen Notar eine Urkunde beglaubigt sowie anschließend von einem Standesbeamten des Bezirks, in dem der Notar öffentlich bestellt ist, gegengezeichnet werden.

>>>

Von: Peter Schumacher <webmaster@wondercatlives.com>
An: Listserv <Wondercat@wondercatlives.com>
Betreff: JANE HARRIS

ES GIBT NEUIGKEITEN! JANE HARRIS ist hier in Italien als Trauzeugin, weil ihre Freunde heiraten. Heute waren sie alle im Ufficio del Segretario in Castelfidardo, um das Aufgebot zu bestellen, aber der *segretario* hat *NON* gesagt! Er weigert sich, weil die Freunde von Jane Harris keine APOSTILLE vom amerikanischen Konsulat in Rom haben!

Ich bin sofort, als ich das herausfand, auf mein Motorino gestiegen, um euch die neue Meldung durchzugeben und es meiner Uromi zu sagen. Sie will nach der Mittagspause persönlich beim *segretario* vorsprechen, schließlich kennt sie seine Mutter. Uromi sagt, seine Mutter wird ziemlich sauer sein, wenn sie erfährt, dass ihr Sohn das amerikanische Liebespaar nicht heiraten lässt. Uromi sagt, notfalls geht sie sogar zu Bürgermeister Torelli, wenn es sein muss!

Im Ufficio del Segretario trug Jane ein pinkfarbenes Shirt mit kurzen Ärmeln, eine schwarze Baumwollhose und pinkfarbene Sandalen! Und ihre Zehennägel waren passend dazu in Pink lackiert! JANE HARRIS sieht einfach unheimlich süß aus!

Später mehr vom allergrößten Fan von WONDERCAT!

WONDERCAT lives – 4eva!

Peter

>>>

Von: Jane Harris <jane@wondercat.com>

An: Claire Harris <charris2004@freemail.com>

Betreff: AW: Du

Große Katastrophe! Das Standesamt in Castelfidardo will Holly und Mark nicht trauen! Nicht ohne irgend so einen Stempel vom amerikanischen Konsulat in Rom!

Was bedeutet, dass wir die lange Fahrt nach Rom und zurück machen müssen, nur um diesen Stempel zu bekommen. Das sind vier Stunden hin und vier zurück! Und wir haben das Haus nur bis Freitag. Dann kommt Hollys Onkel von seiner Akkordeontournee zurück. Außerdem behauptet der *segretario*, dass der Bürgermeister keine Termine mehr frei hat, und er ist der Einzige, der Trauungen vollziehen darf. Wir sind alle ziemlich deprimiert. Außer Cal natürlich. Er ist grundsätzlich gegen das Heiraten. Er glaubt, mit dir und Dad stimmt etwas nicht, weil ihr schon so lange verheiratet seid. Er hat null Ahnung von Menschen. Gut möglich, dass er ein Roboter ist. Egal, wir gehen jetzt in die Stadt etwas essen, danach wieder aufs Standesamt. Vielleicht kann die Haushälterin von Hollys Onkel etwas ausrichten, sagt jedenfalls ihr Urenkel. Anscheinend kennt sie hier jedermanns Mutter und kann so moralischen Druck ausüben, damit sie bekommt, was sie will.

Ich hoffe, Dad geht es besser! Feine Sache, diese Schutzhandschuhe.

Liebe Grüße
Jane

PDA von Cal Langdon

Habe darauf bestanden, die anderen zum Mittagessen einzuladen, weil alle völlig deprimiert sind (außer mir natürlich).

Es scheint, als würde die italienische Bürokratie mir die Arbeit abnehmen, indem sie Mark und Holly den Ehesegen (beziehungsweise -fluch) verwehrt. Offenbar kann das junge Paar ohne einen speziellen Stempel auf einem bestimmten Formular, das nur von der amerikanischen Botschaft in Rom ausgestellt werden kann, nicht getraut werden. Die beiden haben nun die Wahl, die ganze Sache abzublasen oder morgen früh ins Auto zu steigen und nach Rom zu fahren.

Im Moment tendiert Mark scheinbar dazu, die Fahrt auf sich zu nehmen. Überraschenderweise ist es seine Holde, deren Entschlossenheit zu wanken scheint. Ich frage mich, ob Holly tatsächlich so begeistert ist von dem Plan, Mark zu heiraten, wie ich – und ihre Freundin Jane – bisher angenommen haben.

Das erklärt zumindest, warum Ms. Harris darauf besteht, unsere Unterhaltung via E-Mail fortzuführen. Sie muss gewusst haben, dass die Begeisterung ihrer Freundin nicht so groß ist, wie sie sein sollte.

Und ich muss sagen, wenn schon Kleinigkeiten wie ein offizieller Stempel und eine achtstündige Fahrt reichen, um Ms. Caputo derart aus der Fassung zu bringen, ist Mark wahrscheinlich besser dran als Single.

Die Frauen sind gerade auf der Toilette, wo sie das tun, was auch immer Frauen auf solchen Örtlichkeiten zusammen tun. Mark telefoniert mit der Mietwagenagentur in Ancona. Offenbar ist das Ersatzfahrzeug, das ihm das *New York Journal* zugesagt hat, nicht mehr verfügbar. Gut, dass er angerufen hat, bevor wir dorthin gefahren wären.

Das Essen war übrigens köstlich. Wir entdeckten ein kleines, familienbetriebenes Restaurant, das bei den vielen Akkordeonbauern in der Stadt sehr beliebt ist. Für insgesamt zwanzig Euro genossen wir exquisit zubereitete *Pasta al limone*, gegrillte Jakobsmuscheln, *Insalata caprese* und eine Karaffe *Frizzante Bianco*. Natürlich ernteten wir viele seltsame Blicke von den Einheimischen. Es handelt sich offenkundig um ein Lokal, in dem nicht viele Amerikaner verkehren.

Und in dem man offenkundig noch nie etwas von einem Nichtraucherbereich gehört hat.

Trotzdem, das Essen war köstlich, alles in allem.

Ich nehme an, dass wir nun ins Rathaus zurückkehren, um mit den zuständigen Behördenvertretern weiterzudiskutieren. Mit etwas Glück bekommen wir Verstärkung von Inge Schumacher – was diese Tragikomödie auf eine ganz neue Ebene der Heiterkeit hebt – und ihrem Urenkel, der uns nicht mehr von der Seite zu weichen scheint … nicht, dass seine beinahe ständige Anwesenheit Ms. Harris stören würde. Tatsächlich glaube ich allmählich, dass sie diesen Burschen gerne um sich hat. Peters Dauerpräsenz macht es mir sehr schwer, all die Dinge zu sagen, die ich seinem Objekt der Verehrung gerne sagen würde …

Aber vielleicht ist das ja gut so. Ich scheine nämlich ständig die merkwürdigsten Dinge zu denken – und zu sagen – in Gegenwart dieser Frau. Ich sagte ihr, sie sei niedlich, wenn sie sich aufregt. Was habe ich mir dabei gedacht? Ich sage sonst NIE so etwas, geschweige denn, dass ich es schreibe.

Richtig. Sie hat es schriftlich, den ewigen Beweis meiner Idiotie.

Man sollte mich erschießen.

Vor allem, seit sie mir unmissverständlich klargemacht hat, sie halte mich für einen … was war es noch? O ja. Einen Arsch. Wie reizend, von einer Frau, die ihren Lebensunterhalt mit einem Katzencomic verdient, für einen Arsch gehalten zu werden. Verzeihung, aber habe ich etwas erfunden, mit dem ich ständig konfrontiert werde, weil es mit Saugnäpfen befestigt an Autoscheiben hängt? Nein, habe ich nicht.

Das liegt nur an diesem verdammten Perlwein. Genau das ist der Grund. Ich brauche einfach ein Bier. Da es nicht so aussieht, als könnten wir den Wagen in Ancona umtauschen, überrede ich Mark vielleicht zu einem Kneipenbesuch heute Nachmittag – in Porto Recanati gibt es diese Crazy Bar – und rede ihm die Sache mit der Hochzeit bei einem kühlen Blonden aus …

Obwohl ich denke, dass ich meine Ansichten über Ms. Harris für mich behalten werde. Genau wie die Tatsache, dass sie heute Schuhe trägt, die ich noch nie gesehen habe. Offene Schuhe natürlich, mit pinkfarbenen Riemchen, die kreuz und quer über das Katzentattoo laufen …

Ich brauche dringend frische Luft.

Reisetagebuch von ~~Holly Caputo und Mark Levine~~ Jane Harris

Arme Holly. Sie ist am Boden zerstört.

Dieser bescheuerte ***segretario****. Und dieses bescheuerte Italien. Ich hasse es doch! Warum sind die hier so gemein? Sehen die nicht, dass sie eine der süßesten, liebsten Frauen der Welt mit ihrer albernen Bürokratie fertigmachen?*

Wenigstens versteht Frau Schumacher uns. Sie gibt dem ***segretario*** *wirklich Saures. Er sieht aus, als hätte er Angst. Er brabbelt ständig etwas vom Bürgermeister. Anscheinend hat er nicht die Befugnis, etwas … in die Wege zu leiten.*

Aber der Bürgermeister schon.

Ich glaube, Frau Schumacher hat dem ***segretario*** *eben gesagt, dass er uns zum Bürgermeister bringen soll. Für eine alte Dame kann Frau Schumacher ganz schön einschüchternd wirken!*

Gott sei Dank ist Peter nach Hause gesaust, um sie zu holen. Und Gott sei Dank gibt es WONDERCAT. Denn ohne sie hätte Peter nichts von unserem Problem erfahren und seine Urgroßmutter wäre nicht hier.

Und natürlich würde es WONDERCAT nicht geben ohne den Dude. Folglich würde nichts von dem hier geschehen, wenn mein Kater nicht wäre.

Wie üblich nur ein weiterer Beweis, dass der Dude, wie ich immer vermutet habe, tatsächlich Gott ist.

Jetzt verlässt der ***segretario*** *das Büro. Frau Schumacher macht einen sehr zufriedenen Eindruck. Ich habe Peter gefragt, was jetzt passiert, und er antwortete: »Der* ***segretario*** *schaut nach, ob der Bürgermeister seinen Terminplan än-*

dert, damit Ihre Freunde am Mittwoch heiraten können. Vielleicht kann er sie ja noch dazwischenquetschen.«

Als ich meinte, das höre sich positiv an, nickte Peter und sagte: »Ja. Die haben alle tierisch Schiss vor meiner Uromi. Sie würde zur Mutter vom Bürgermeister gehen, wenn es nicht klappt, und das wollen die verhindern.«

Ja! Jippieh!

Man könnte annehmen, Holly sollte fröhlicher reagieren auf diese gute Neuigkeit. Aber sie sitzt nur ganz blass neben mir und hält sich den Bauch.

Ich schätze, ich kann ihr keinen Vorwurf machen. Sie freut sich schon so lange auf die Hochzeit, dass diese ganzen Verzögerungen ihr auf den M…

Der ***segretario*** *kommt zurück. Oh, Wahnsinn! Wir werden im Büro des Bürgermeisters erwartet!*

>>

Von: Claire Harris <charris2004@freemail.com>
An: Jane Harris <jane@wondercat.com>
Betreff: AW: AW: Du

Oh, Schatz, das sind ja schreckliche Neuigkeiten von der armen Holly! Sorry, dass ich so lange gebraucht habe, um zu antworten, aber dein Vater hat einen Bilderrahmen fallen lassen, und wir kommen gerade von der Unfallstation, wo sein großer Zeh geröntgt wurde. Er ist Gott sei Dank nicht gebrochen, nur ziemlich dick angeschwollen. Ich habe deinen Vater mit einem Riesenbecher Eis ins Bett gesteckt.

Ich hoffe, euch fällt etwas ein wegen Holly. Es wäre unheimlich schade für sie und Mark – nun ja, eigentlich für euch alle –, wenn ihr den ganzen weiten Weg für die heimliche Hochzeit umsonst gemacht hättet. Wie schrecklich.

Aber selbst wenn die zwei nicht heiraten dürfen, ihr könnt doch immer noch einen schönen Urlaub verbringen, oder? Wie sieht das Haus von Hollys Onkel eigentlich aus? Ist es hübsch eingerichtet? Kann man die Fenster richtig schließen? Weißt du, ich habe nämlich neulich im Fernsehen gesehen, dass die Leute in vielen Küstenorten nachts das Fenster offen lassen, um die Meeresbrise hereinzulassen. Das ist eine förmliche Einladung an alle Diebe und Vergewaltiger! Die brauchen bloß durch das offene Fenster zu klettern und sich zu nehmen, worauf sie aus sind. Ich hoffe, du achtest darauf, dass dein Fenster nachts geschlossen ist.

Und ich hoffe, du bist nicht zu garstig zu diesem attraktiven Cal Langdon. Janie, du bist ein sehr lebhaftes und hübsches Mädchen, und du weißt, dass die Männer sich unweigerlich in dich verlieben, wenn sie dich kennenlernen. Weißt du noch, wie viele Jungs dich gefragt haben, ob sie dich zum Abschlussball begleiten dürfen? Zugegeben, die meisten davon waren Erstsemester, die gar keinen Zutritt hatten …

Und wie sie immer vor dem Haus herumlungerten und deinem Vater anboten, den Rasen zu mähen, obwohl wir genau wussten, dass es ihnen nur darum ging, einen Blick auf dich zu erhaschen. Denk daran, manche dieser Jungs, denen du früher nicht einmal die Tageszeit gesagt hättest, haben heute gut bezahlte Jobs.

Und Helen Shipley hat mir erzählt, dass ihr Sohn Curt in der Kreuzfahrtindustrie sechsstellig verdient!

Warum du immer noch darauf beharrst, dass Curt einer von diesen Bisexuellen ist, ist mir ein Rätsel. Curt hat nicht geheiratet, weil er noch nicht die Richtige kennengelernt hat, sagt Helen. Wahrscheinlich wärst DU die Richtige für ihn. Er wartet darauf, dass du dich mal bei ihm meldest.

Außerdem, laut Charlie Rose hat Cal Langdon einen ziemlich hohen Vorschuss für das kleine Buch, das er geschrieben hat, bekommen. Das ist nichts, worüber man die Nase rümpfen sollte, weißt du. WONDERCAT ist goldig, aber sie wird nicht immer so beliebt sein wie jetzt. Du musst an deine Zukunft denken, weißt du, Janie.

Liebe Grüße
Mom

P. S.: Dein Vater sagt, ich soll dir ausrichten, es sehe so aus, als ob die Zeichentrickserie mit dem fliegenden Besteck abgesetzt würde. Das könnte ein freier Sendeplatz für die WONDERCAT-Serie sein, meinst du nicht auch?

>>>

Von: Peter Schumacher <webmaster@wondercatlives.com>
An: Listserv <Wondercat@wondercatlives.com>
Betreff: JANE HARRIS

STRIKE!!! Meine Uromi hat alles gemanagt. Die Freunde von JANE HARRIS werden am Mittwochmorgen um neun Uhr getraut. Danach muss der Bürgermeister sofort in die Grundschule, um die Fußballmannschaft zu trainieren. Er ist nämlich Sportlehrer, wenn er nicht gerade Bürgermeister ist.

Aber sie müssen den Stempel vom amerikanischen Konsulat besorgen, damit sie heiraten dürfen. Darum werden sie morgen nach Rom fahren.

Alles paletti, dank meiner Uromi! Alle haben sich sehr gefreut. Außer dem *segretario* und dem Bürgermeister.

Aber das Beste war …

JANE HARRIS HAT MICH GEKÜSST!!! JA!!! Um sich zu bedanken, weil ich ihren Freunden dazu verholfen habe, dass sie heiraten können!

Ich werde mir nie wieder das Gesicht waschen.

Das ist für den Moment alles. Ich bin Peter Schumacher, allergrößter Fan von WONDERCAT.

SERVUS!

WONDERCAT lives – 4eva!

Peter

GE.SP.AL. S.N.C
Viale Europa 44
Porto Recanati (MC)
ALIMENTARI

	EURO
PelliCola Co	0.50
6 Minibiscot	2.50
Olive Bella	2.50
Kinder Überr	1.80
Birra Peroni, 24	12.76
Insalata Rom	0.66
Tomato Ketch	2.23
Uva Italia P	1.95
The Twinings	1.90
Insalata Tro	0.41
Puro Succo	1.33
Maionese Cal	1.22
Latte Fr.A.Q.	1.37
Insalata Gen	0.38
Latte Fr. Int	1.30
Oro Duepic'c	2.34
637 Pom.Ross	1.90
Banco Taglio	1.01
Oro Piu'caca	1.53
Olive verdi	0.78
Bisc. Conad G	0.89
Pane Dolce I	0.55
Pomodori Pel	0.55
Doricream	0.65
Mais Pop Cor	0.60
Banco Taglio	27.21
Caffe Classi	2.09
Caffe Classi	2.09
Arance Taroc	2.55
TOTALE	77.55
Contanti	100.00
Resto	22.45

N.Pezzi 50
Oper: 10
Cassa 1 1
Regalo Bollini: 15
Codice: Bollini

Arrivederci e Grazie!

La Cantinetta
Enoteca
Ricrea di Morresi G. & C.
SNC Viale Europa 36
Porto Recanati

		EURO
Vino	1	8.66
Vino	1	7.80
Vino	1	7.40
Vino	1	5.40
Vino	1	7.00
Vino	1	9.00
Vino	1	9.00
Vino	1	6.50
Vino	1	6.50
Vino	1	5.00
Vino	1	5.00
Vino	1	10.20
Vino	1	9.00
Vino	1	14.00
TOTALE		110.46

GRAZIE!

Reisetagebuch
von
~~Holly Caputo und Mark Levine~~
Jane Harris

Der Bürgermeister hat Ja gesagt!!!

Eine ganze Weile stand die Sache auf des Messers Schneide, aber Frau Schumacher hat sich schließlich durchgesetzt! Ich konnte nicht verstehen, was sie zu dem großen, einschüchternden Mann hinter dem Schreibtisch sagte. Auch der Tisch war einschüchternd. Viele wichtige Dokumente lagen darauf – für den Bürgermeister, der eine breite grün-glänzende Schärpe über seinem Trainingsanzug trug.

Cal übersetzte später, dass sie im Wesentlichen gesagt hatte: »Entweder du traust diese zwei reizenden jungen Menschen, oder du wirst es bitter bereuen.«

Cal weiß nicht, womit Frau Schumacher dem Bürgermeister drohte, aber dieser ließ sich davon offenbar genug beeindrucken, um einen freien Termin für Holly und Mark zu suchen.

Na schön, für eine Hochzeit ist morgens neun Uhr superfrüh, aber besser als gar kein Termin! Frau Schumacher hat Recht mit dem Hochzeitsfrühstück. Das ist hier wohl so üblich an Stelle von Hochzeitsempfängen.

Jetzt müssen wir nur noch morgen früh nach Rom fahren, um diesen Stempel zu besorgen.

Wenigstens können wir uns heute ein wenig ausruhen. Wir haben uns mit Lebensmitteln für den Rest der Woche eingedeckt. Cal und Mark waren in einem Spirituosengeschäft, ein niedlicher, kleiner Laden in Porto Recanati, der La Cantinetta heißt. Offen gesagt, finde ich vierzehn Flaschen Wein, Champagner, J&B und etwas, das sich Limoncello nennt, vielleicht ein bisschen viel, aber schließlich feiern wir eine Hochzeit, auch wenn nur wir vier daran teilnehmen.

Als wir wieder zu Hause waren, haben wir uns an den Pool gelegt. Jedenfalls Holly, Mark, Peter und ich. Cal hat einen Anruf von seinem Lektor oder so und sitzt auf der **terrazza**, *während er in sein Handy quasselt und Sätze sagt wie: »Aber ich habe doch gesagt, du bekommst es nächsten Monat. Nein, das habe ich nie gesagt.«*

Hört sich an, als wäre da jemand in Verzug mit seinem Projekt.

Ich habe auch mehr über Peter erfahren, während wir beim Bürgermeister waren. Als wir das Büro betraten, saß am Schreibtisch ein Mädchen in Peters Alter, das flehentlich »Papa« in dem schmeichelnden Ton einer pubertierenden Tochter sagte. Sie war ein hübsches kleines Ding namens Annika – große blaue Augen, blonde Ringellocken und knochige Knie –, und als sie Peter sah, vergaß sie sofort den Gefallen, um den sie ihren Vater bitten wollte. Ihre Augen wurden schmal und unfreundlich, wie das nur Teenagermädchen beherrschen, und sie sagte: »Was machst du denn hier?«

Und Peter antwortete: »Ich bin hier beim Bürgermeister in einer offiziellen Angelegenheit.«

Und das Mädchen lachte und sagte: »Du? Bei meinem Vater, in einer offiziellen Angelegenheit?«

Und plötzlich war mir alles sonnenklar, nur durch diese – lassen Sie mich zählen – acht kleinen Worte. Wissen Sie, Peter vergöttert diese Annika mit einer unübersehbaren Leidenschaft, und sie will ihn auch, aber Peter ist nicht cool genug für Annikas soziales Umfeld, und aus diesem Grund muss sie ihn herablassend behandeln.

Es war alles so offensichtlich und traurig.

Gleich darauf legte der Bürgermeister den Telefonhörer auf und sagte: »Annika. Sei still.«

Dann begannen er und Frau Schumacher, italienisch zu reden, also nutzte ich die Gelegenheit, um Peter zu fragen, wer das Mädchen sei, natürlich **sotto voce** *(italienisch für »in gedämpftem Ton«; langsam komme ich immer besser in diese Sprache hinein, wenn ich das so sagen darf).*

Und Peter antwortete, die Stimme voller (natürlich gespielter) Verachtung: »Das ist Annika. Sie ist die Tochter vom Bürgermeister. Sie hält sich für die Königin von Castelfidardo, aber das ist sie nicht.«

Ich fragte Peter weiter, ob er und Annika dieselbe Schule besuchten, worauf er erwiderte, er würde auf der »Internetschule« unterrichtet, weil die Schulen in Castelfidardo nicht modern genug für ihn seien, und dass er auf seine alte Schule in Deutschland nicht zurückgehen könne, weil dort niemand sei, der sich um ihn kümmere, da sein Vater momentan im Knast sitze.

Im Knast! Peters Vater – Frau Schumachers Enkel – sitzt im Knast!

Weshalb, weiß ich nicht. Aber nun verstehe ich, warum Peter den ganzen Tag bei uns herumhängt. Annika hat wahrscheinlich gerade ihre (dreistündige) Mittagspause in der Schule. Können Sie sich vorstellen, was amerikanische Teenager alles anstellen könnten, wenn sie drei Stunden Mittagspause hätten? Und alle Läden in dieser Zeit geschlossen sind? Mein Gott, es gäbe keine Zivilisation mehr.

Jedenfalls, nachdem der Bürgermeister und Frau S. ihren kleinen Kompromiss geschlossen hatten, gab es viel Jubel und erleichterte Stoßseufzer (und ein Stirnrunzeln, von Cal Langdon), also nutzte ich die Gelegenheit und beugte mich zu Peter herunter, um ihm ein Küsschen auf die Wange zu geben – wissen Sie, ich wollte mich bedanken, denn wenn er nicht seine Urgroßmutter geholt hätte, wäre es nicht gut ausgegangen.

Und während Peter knallrot wurde, hatte ich das Ver-

gnügen, Annika dabei zu beobachten, wie sie uns beobachtete. Sie machte ein finsteres Gesicht. Ein sehr finsteres.

1:0 für Peter.

Arme Annika. Eines Tages wird sie wach werden und erkennen, dass Peter der Richtige für sie ist. Aber dann wird Peter bereits seine eigene Software-Firma besitzen und Millionen verdienen und mit einem Seriensternchen zusammen sein … die es ja auch in Italien gibt.

Cal Langdon bellt jetzt in sein Handy: »Du kriegst es schon, Art.«

Gott. Ein klassischer A-Typ. Er muss lernen, gelassener zu werden, so wie ich, oder er wird einen Herzinfarkt haben, bevor er vierzig ist.

Und wie kommt er eigentlich zu der Annahme, dass etwas nicht stimmt mit MEINEN Eltern, nur weil sie so lange zusammen sind? Draußen im Flur vor dem Büro des Bürgermeisters, außer Hörweite von Holly, fragte ich ihn, wie lange SEINE Eltern zusammen waren, und er antwortete: »Sie waren zwanzig Jahre verheiratet. Sie sind viel glücklichere Menschen, seit sie getrennte Wege gehen.«

Was alles gut und schön ist für seine Eltern, aber wäre Cal Langdon mein Sohn, würde ich auch vor ihm die Flucht ergreifen. Kein Wunder, dass die Eltern sich getrennt haben. Nicht einmal der Nordpol und die Antarktis sind weit genug weg von dieser Stimme: »Ich sage dir doch, Arthur, du bekommst den Entwurf, wenn ich wieder da bin. Nein, nicht sofort nach meiner Rückkehr. Ein paar Wochen später … ja, nein, ich weiß eben immer noch nicht genau, worüber ich schreiben werde. Nein, keine Blutdiamanten. Nein, ich gehe nicht nach Angola …«

Ich vermute, manche Frauen finden Cal Langdons Stimme sexy. Ist sie auch, tief und rau klingend, ähnlich der Stimme von Robert Redford.

Aber WAS diese Stimme äußert! Brr!

Na schön, er sieht gut aus. Ich meine, ich werde nicht das Gegenteil behaupten. Denn das wäre gelogen, wie ich selbst schnell feststellen kann, indem ich zum Anfang dieses Tagebuchs vorblättere und die Stelle lese, als ich ihm zum ersten Mal begegnete – Gott, ist das wirklich erst vier Tage her? Kommt mir vor wie Monate. Dort steht, dass ich Cal Langdon auf den ersten Blick scharf fand.

Und es ist wahr, dass er ab und zu auch gute Momente hat. Wie zum Beispiel, als er meinen Schuh befreite, der zwischen den Pflastersteinen stecken blieb, und mit einer Hand meinen Fußknöchel umfasste.

Und manchmal, wenn er mich ansieht mit diesen zu blauen Augen, kommt es mir vor, als würde ein Licht aus seinem Kopf scheinen – ein Licht, das nur ich sehen kann und das es mir sehr schwer macht, seinem Blick standzuhalten.

Trotzdem. Im Wagen auf der Rückfahrt von Castelfidardo wurde mir bewusst, wie absurd es ist, dass alles in diesem Land täglich zwischen eins und vier dichtmacht, manchmal sogar bis fünf, und dass man sich wirklich nicht wundern muss, dass Amerika eine Supermacht ist und Italien nicht. Schließlich dauert die Mittagspause bei uns in der Regel nur eine halbe Stunde.

Und Mr. »Ich weiß alles, was es im gesamten Universum zu wissen gibt« hatte doch glatt den Nerv, zu erwidern: »Glauben Sie mir, hätten wir in Amerika in den Sommermonaten eine Durchschnittstemperatur von vierzig Grad Celsius, würde bei uns auch alles dichtmachen zwischen eins und vier.«

Tut mir leid, aber das war pure Angeberei. CELSIUS? Welcher Amerikaner kennt sich mit Grad Celsius aus?

Okay, genug geschimpft über Cal Langdon. Vor allem,

wenn das Wetter so toll ist und man sich in der Sonne aalen kann. Wissen Sie, im Grunde ist es ziemlich schwer, sich über etwas aufzuregen, wenn die Sonne am Himmel lacht und die Palmblätter sanft in der Meeresbrise – die natürlich wie immer einen Hauch von Pferdeäpfeln herüberweht – schaukeln, und man nichts weiter hört als das Summen der Bienen und das sanfte Kräuseln des kristallblauen Wassers im Pool und Cal, der auf seinem BlackBerry herumhackt.

Die Sonne hat so viel Kraft, dass sie wie eine dickflüssige Lotion in die Haut zu sickern scheint. Wirklich schwer zu sagen, ob es an dem **Frizzante Bianco** *(gemischt mit Orangina, absolut lecker!) liegt oder an der Sonne, aber ich fühle mich, keine Ahnung, als wäre im Moment alles egal … sogar was aus Dr. Kovac in* **Emergency Room** *wird. Ich habe das Gefühl, ich könnte hier liegen bis in alle Ewigkeit …*

>>

Von: Arthur Pendergast
<a.pendergast@rawlingspress.com>
An: Cal Langdon <cal.langdon@thenyjournal.com>
Betreff: Das Buch

Würdest du dich wieder beruhigen? Ich will dir nicht auf die Nerven gehen. Ich weiß ja, dass du im Moment viel um die Ohren hast. Teufel, wenn ich nach zehnjähriger Abwesenheit in die Staaten zurückkehren würde und eine Wohnung finden müsste und Möbel und einen Wagen und so weiter, würde ich völlig durchdrehen.

Na ja, nicht wirklich, schließlich überlasse ich das alles meiner Frau. Aber du hast keine Frau. Also mach dir keine Gedanken.

Trotzdem wäre es schön, wenn du mir grob schildern könntest, worum es in deinem nächsten Buch geht.

Arthur Pendergast
Herausgeber
Rawlings Press
1418 Avenue of the Americas
New York, NY 10019
212-555-8764

>>>

Von: Holly Caputo <holly.caputo@thenyjournal.com>
An: Jane Harris <jane@wondercat.com>
Betreff: Hast du das gesehen?

?????????????????

Holly

>>

Von: Jane Harris <jane@wondercat.com>
An: Holly Caputo <holly.caputo@thenyjournal.com>
Betreff: AW: Hast du das gesehen?

Hallo, heiratest du nicht übermorgen? Warum starrst du dann auf eine fremde, nackte Männerbrust?

J

>>

Von: Holly Caputo <holly.caputo@thenyjournal.com>
An: Jane Harris <jane@wondercat.com>
Betreff: AW: AW: Hast du das gesehen?

Ich bin zwar bald verheiratet, aber nicht tot. Meine Güte, wer hätte geahnt, dass sich unter diesem lässigen Oxford Shirt ein derart wohlproportionierter Oberkörper verbirgt? Hast du das Sixpack gesehen?

Holly

>>

Von: Jane Harris <jane@wondercat.com>
An: Holly Caputo <holly.caputo@thenyjournal.com>
Betreff: AW: AW: AW: Hast du das gesehen?

Das ist wohl kaum zu übersehen. Fandest du es nicht auch ein bisschen angeberisch, wie er sich das Hemd vom Leib gerissen hat und mit einem Kopfsprung ins Wasser gehechtet ist? Ich meine, nur ein bisschen?

J

>>

Von: Holly Caputo <holly.caputo@thenyjournal.com>
An: Jane Harris <jane@wondercat.com>
Betreff: AW: AW: AW: AW: Hast du das gesehen?

Nun, er hat gearbeitet, während wir hier faul herumlagen. Ich denke, er hatte Frust und gab es schließlich auf. Dann schaltete er das Smartphone aus und ging sich abkühlen. Ich kann darin nichts Angeberisches sehen.

Wow, schau mal, wie schnell er schwimmt. Das waren schon einige Bahnen. Bestimmt hat er sich über irgendetwas geärgert – oder über irgendwen, dass er sich so auspowert.

Holly

>>>

Von: Jane Harris <jane@wondercat.com>
An: Holly Caputo <holly.caputo@thenyjournal.com>
Betreff: AW: AW: AW: AW: … Hast du das gesehen?

Er versaut mir meinen Nachmittag. Wie soll ich mich entspannen, wenn sich einer derart vor meiner Nase verausgabt? Er macht mir ein schlechtes Gewissen!

J

>>>

Von: Holly Caputo <holly.caputo@thenyjournal.com>
An: Jane Harris <jane@wondercat.com>
Betreff: AW: AW: AW: AW: … Hast du das gesehen?

Er wird gleich aufhören. Siehst du? Na bitte. Oh, schau mal, wie süß. Er kommt rüber, um sich neben dich zu setzen, Janie! Ich hab dir ja gesagt, dass er dich mag.

Holly

>>>

Von: Jane Harris <jane@wondercat.com>
An: Holly Caputo <holly.caputo@thenyjournal.com>
Betreff: AW: AW: AW: AW: … Hast du das gesehen?

Ich hasse dich.

J

Reisetagebuch
von
~~Holly Caputo und Mark Levine~~
Jane Harris

Warum sind Männer – und Jungs – so seltsam?

Ich meine, sicher, sie sehen ganz gut aus, jedenfalls die meisten. Cal Langdon ganz besonders, obwohl ich es nur sehr ungern zugebe. Ich meine, man braucht ihn nur anzuschauen, wie er da in seinem Liegestuhl sitzt und die Sonne die Wassertropfen wegblinzelt, die zwischen seinen goldblonden Körperhaaren hängen.

O mein Gott, ich kann nicht glauben, dass ich »goldblond« geschrieben habe! Dass ich überhaupt etwas über seine Körperhaare geschrieben habe. Er hat nämlich gar nicht so viele. Gerade genug, wirklich.

Gerade genug, um mich ins Grübeln zu bringen, wie viele er wohl hat, Sie wissen schon, unterhalb der Gürtellinie.

Ich kann nicht fassen, dass ich auch das geschrieben habe!!!

Trotzdem. Es spielt keine Rolle, wie gut einer aussieht – ich frage mich allerdings, woher ein Mann, der beruflich bedingt meistens am Schreibtisch vor dem Computer sitzt, einen so beeindruckenden Bizeps hat. Männer sind einfach seltsam.

Ernsthaft. Man braucht nur die anwesenden Beispiele zu betrachten. Der Modelizer, Mark und Peter führen eine tiefschürfende und stinklangweilige Unterhaltung über das Hubble-Teleskop und dunkle Energie – was immer das ist –, und das schon seit einer geraumen Weile. Ich meine, so tiefschürfend wie die Gespräche zwischen Holly und mir über ***Emergency Room****.*

Die Unterhaltung kreist darum, dass dunkle Energie – was auch immer das ist – zusammen mit dunkler Materie den größten Teil des Universums füllt, und dass niemand genau weiß, was es damit auf sich hat (das höre ich mit einer gewissen Erleichterung, da ich bereits dachte, ich hätte etwas verpasst), aber dass dunkle Energie verantwortlich ist für die Antigravitation, die die Expansion des Universums beschleunigt, statt es zu schrumpfen wie alles andere, das der Schwerkraft ausgesetzt ist.

Hallo, haben die noch nicht gemerkt, dass wir in Italien sind? Können die nicht mal fünf Minuten die Klappe halten und schweigend die Strahlen der untergehenden Sonne, die zwischen den grünen Blättern hindurchblinzelt und den Pool und die Veranda in goldenes Dämmerlicht taucht, genießen? Oder die riesigen schwarzroten Wolken, die sich als Folge eines abziehenden Gewitters am Horizont auftürmen?

Darüber sollten sie sich unterhalten. Über die Wunder der Natur direkt vor ihren Augen. Und nicht über irgendeine blöde dunkle Energie, die Millionen von Meilen weg ist.

Oh, super. Das Gewitter, von dem ich dachte, es würde abziehen, kommt direkt auf uns zu. Es wird gleich anfangen zu regnen.

Ach, scheiß drauf. Es ist ohnehin Zeit fürs Abendessen.

>>

Von: Joan Langdon <joan.langdon@artintucson.com>
An: Cal Langdon <cal.langdon@thenyjournal.com>
Betreff: Mary

Hallo, Calvin!

Ich bin es, Mom. Ich weiß nicht, wo du dich zurzeit aufhältst – immer noch in Riad? Ich weiß aber, dass du einen Auftritt bei Charlie Rose hattest. Das hat mir einer der Nachbarn erzählt. Aber leider habe ich die Sendung verpasst, da ich, wie du weißt, keinen Fernseher besitze. Jedenfalls bedeutet das, dass du wieder in den USA gewesen sein musst.

Ich habe dein neues Buch gekauft. Es ist sehr dick.

Aber es steht im Schaufenster von Books-A-Million, darum wird es sich sicher gut verkaufen.

Jedenfalls hoffe ich, dass es dir gut geht und du nicht zu viel arbeitest… aber wie ich dich kenne, tust du das bestimmt. Du warst schon immer ein Workaholic. Weißt du noch, in der High School, als du wild entschlossen warst, an der Yale aufgenommen zu werden? Dein Vater und ich konnten das nicht verstehen. Was ist so falsch an einer staatlichen Universität? Wir haben eine besucht, und aus uns ist trotzdem was geworden.

Aber du hast am Ende deinen Kopf durchgesetzt. Wie immer. Du hast deinen Platz auf der Yale bekommen. Nur schade, dass wir keine finanzielle Unterstützung erhielten, um dein Studium zu finanzieren. Aber hey, aus dir ist trotzdem etwas geworden! Sieht so aus, als hätte dir die Ohio State nicht allzu sehr geschadet.

Bei mir läuft es beruflich im Moment sehr gut. Nächsten Monat habe ich eine Ausstellung im Altenheim in Tucson mit meiner aktuellen Mullmännchenserie. Ich bin überzeugt, dass ich mir damit einen Namen in der Kunstwelt verschaffen werde. Ich sehe mich selbst als eine Art weiblichen Matthew Barney in fortgeschrittenem Alter. Du weißt schon, der Künstler, der mit Vaselineskulpturen bekannt geworden ist.

Cal, ich kann dir gar nicht sagen, wie gut sich das anfühlt, endlich seine kreative Seite auszuleben. Ich war wie erstickt in all den Jahren, in denen ich meine künstlerische Seele ignorierte. Ich hoffe wirklich, du findest einen Weg, deine eigene Kreativität fließen zu lassen, Cal. Ich weiß, manche Leute nennen Schreiben Kunst, aber deine Texte … nun, ich glaube nicht, dass Sachbücher dazu zählen. Ich weiß, du hast immer auf deine Schwester und mich herabgesehen und uns exzentrisch genannt.

Aber kreativer Ausdruck hat nichts mit Exzentrik zu tun, Cal. Nicht im Geringsten.

Da wir gerade von deiner Schwester sprechen, ich habe mich gefragt, ob du etwas von ihr gehört hast. Ich frage nur, weil ich letzte Nacht einen sehr seltsamen Traum hatte. Du, dein Vater, Mary und ich saßen auf einem gefrorenen See fest, und das Eis begann, immer mehr Risse zu bilden. Seltsamerweise warst du der Einzige, dem es gelang, sich in Sicherheit zu bringen.

Darum wollte ich nur fragen, ob du weißt, wie es Mary geht.

Das ist alles.

Mom

>>>

Von: Hank Langdon <hank.langdon@expat.net>
An: Cal Langdon <cal.langdon@thenyjournal.com>
Betreff: Hey

Hey, was sagst du? Ich bin online! Yeah! Ich weiß, es ist ein Wunder!

Wann kommst du mich mal besuchen? Ich habe einen zweiten Satz Schläger besorgt. Die Plätze hier sind nicht übel. Tja, sieht man mal von den Bohnenfressern ab. Aber mit denen muss man sich wohl abfinden in Mexico City!

Hey, ich hab gehört, du hast ein saftiges Buchhonorar eingestrichen. Meinst du, du könntest deinem alten Herrn vielleicht zehn Riesen leihen? Ich stehe ein bisschen in der Kreide bei diesem Buchmacher, weil ich auf den falschen Gaul gesetzt habe … Gut, gib mir einfach Bescheid. Und falls du mit deiner Mutter oder Schwester sprichst, sag ihnen, sie sollen mich in Ruhe lassen. Die beiden haben mich komplett ausgenommen. Ich habe nicht einmal mehr zwei Pesos, die ich aneinanderreiben kann.

Adiós
Dad

>>>

Von: Mary Langdon <m.langdon@internetcafenetwork.com>
An: Cal Langdon <cal.langdon@thenyjournal.com>
Betreff: Du

Nachdem du meine Mail nicht beantwortet hast, schließe ich daraus, dass du null Interesse hast an mir und meinem Leben. Ich nehme an, der Begriff FAMILIE bedeutet dir überhaupt nichts.

Egal. Ich komme auch ohne dich zurecht – sonst hätte mich der Richter damals wohl kaum für geschäftsfähig erklärt, obwohl ich noch minderjährig war.

Ich bin zurzeit in Kanada, falls es dich interessiert. Nicht, dass MEINE Reisen einen Jetsetter wie dich beeindrucken könnten. Wo steckst du eigentlich? In Gstaad? Wagadugu? Bestimmt an einem exotischeren Ort als ich.

Mach dir keine Sorgen (als würdest du!), ich bin mir sicher, dass ich klarkomme. Noch ist es nicht so kalt hier. Außer nachts. Ich schlafe in einem Kleinbus. Schade, dass Jeff die Heizung nicht laufen lassen kann über Nacht, aber davon geht die Batterie leer.

Wir sehen uns im nächsten Leben.

Mary

>>

Von: Cal Langdon <cal.langdon@thenyjournal.com>
An: Mary Langdon <m.langdon@internetcafenetwork.com>
Betreff: AW: Du

Was ist los mit dir? Warum schläfst du in einem Kleinbus bei irgendeinem Typen? Ich dachte, du hättest deine Lektion beim letzten Mal gelernt.

Und ich habe sehr wohl auf deine Mail geantwortet. Wenn du deine E-Mail-Adresse nicht alle zwei Tage ändern würdest, könntest du sehen, dass die Leute, denen du mailst, hin und wieder auch zurückschreiben.

Ich kann dir weitere Tausend geben, wenn du mir sagst, wohin ich sie schicken soll. Aber was hast du mit dem Riesen angestellt, den du letzten Monat von mir bekommen hast? Was machst du überhaupt mit der ganzen Kohle? Sollte ich erfahren, dass du mein ganzes Geld für Drogen verplemperst, dann sind wir geschiedene Leute, Mary. Hast du mich verstanden? Ich habe nämlich Zweifel an deiner Geschäftsfähigkeit. Obwohl du gar nicht mehr minderjährig bist mit fünfundzwanzig.

Cal

>>>

Von: Mary Langdon <m.langdon@internetcafenetwork.com>
An: Cal Langdon <cal.langdon@thenyjournal.com>
Betreff: AW: AW: Du

O mein Gott, du bist der beste große Bruder, den man sich als Schwester wünschen kann! Schick das Geld an die Western Union hier in Whistler, British Columbia.

Und wir müssen im Bus übernachten, weil alle billigen Unterkünfte im Moment von Snowboardern, die wegen der Winter-X-Games hier sind, belegt sind. Aber das ist auch cool, denn wir verkaufen jede Menge von dem Batikscheiß. Wir kommen mit dem Färben gar nicht hinterher.

Und die Kohle brauche ich für das Notwendigste wie Tampons und Essen und so Zeugs, bis das Batikgeschäft Gewinn abwirft. Himmel, Cal, ich würde nie Drogen nehmen. Ich brauche meine Gehirnzellen für meine KUNST.

Danke – du bist der Beste!

Ganz liebe Grüße
Deine kleine Schwester

>>

Von: Ruth Levine <r.levine@levinedentalgroup.com>
An: Mark Levine <mark.levine@thenyjournal.com>
Betreff: Hallo!

Liebling,

tut mir leid, wenn ich dich störe, schließlich weiß ich, dass du dich gerade in Europa vergnügst, aber ich muss dich etwas Dringendes fragen: Was für eine Pullovergröße hast du jetzt? Ich weiß, normalerweise trägst du L, aber du gehst doch regelmäßig in dieses Fitnessstudio, nicht? Kann ja sein, dass du ein bisschen breiter geworden bist und jetzt XL brauchst.

Ich frage nur, weil Susie Schramm – du erinnerst dich, ich habe dir von ihr berichtet in meiner letzten E-Mail – stricken kann! Ja! Sie ist nicht nur eine Topanwältin mit Kleidergröße 34, sondern sie strickt auch noch in ihrer Freizeit (ich meine natürlich die Zeit, die ihr bleibt neben ihrer Arbeit und ihrem freiwilligem Engagement für B'nai B'rith).

Ich habe sie beauftragt, einen Pullover für dich zu stricken. Offenbar scheut sie sich nicht vor kräftigen Farben. Da ich weiß, wie sehr du Gelb liebst, bekommst du einen gelben Pullover …

Ups, das sollte eigentlich eine Überraschung zu Chanukka werden! Was soll's. Antworte rasch und gib mir deine Größe durch.

Liebe Grüße
Mom

>>>

Von: Darrin Caputo <darrin.caputo@caputographics.com>
An: Holly Caputo <holly.caputo@thenyjournal.com>
Betreff: Hallo, hier ist deine Mutter

Holly, hier ist wieder deine Mutter. Darrin will zwar nicht, dass ich dir von seinem Computer E-Mails schicke, aber du gehst nicht an dein Handy. Entweder funktioniert es nicht in Europa, oder du drückst mich weg, wenn du meine Nummer im Display siehst.

Was in Ordnung ist. Ich verstehe, dass du nicht mit deiner Mutter sprechen möchtest. Auch wenn ich diejenige bin, die dich zur Welt brachte und vor Freude weinte, als der Arzt mir sagte, es sei ein Mädchen. Eine kleine Tochter – und ich hatte schon fast die Hoffnung aufgegeben nach vier Jungs hintereinander.

Ich schreibe dir, weil ich die Mutter von Jane Harris beim Einkaufen getroffen habe. Sie hat etwas gesagt, was mich zutiefst beunruhigt hat. Dein Vater meint zwar, ich soll nichts darauf geben, aber ich bin anderer Meinung. Ich habe Mrs. Harris gegenüber bemerkt, dass sie sich glücklich schätzen kann mit einer Tochter wie Jane, die sich nur mit netten christlichen Männern verabredet, wie diesem sehr freundlichen jungen Engländer, Dave, und dem Investmentbanker, Malcolm.

Worauf Mrs. Harris erwiderte: »Aber Mark Levine ist auch ein sehr netter junger Mann. Hören Sie, Marie, Sie dürfen nicht denken, dass Sie eine Tochter verlieren, Sie werden einen Sohn gewinnen.«

Was meinte Mrs. Harris damit? Wie kommt sie darauf, dass ich einen Sohn gewinne? Ich brauche keinen mehr, ich habe bereits vier Söhne… fünf, wenn man Darrins Bobby dazuzählt. Holly, du planst doch nicht irgendwelche Dummheiten, während du in Italien bist, oder?

Du weißt hoffentlich, wenn du diesen Mark heiratest, wird er nie ein Sohn für mich sein. Und du wirst nicht länger meine Tochter sein. Ich bitte dich, denk darüber nach.

Ich werde für dich beten.

Deine Mutter

Reisetagebuch von ~~Holly Caputo und Mark Levine~~ Jane Harris

Irgendwer muss Cal Langdon zur Seite nehmen und ihm sagen, dass sein Hemd, das er bestimmt für den neuesten Schrei in Manhattan hält, schwul aussieht. Wie kann man das als Heteromann nicht sehen?

Und ich weiß sicher, dass Cal hetero ist. Nicht nur, weil er verheiratet war oder weil ich diese Schlampe aus seinem Hotelzimmer huschen sah, denn wissen Sie, das beweist heutzutage gar nichts mehr (siehe Curt Shipley). Ich weiß es vor allem wegen dem, was gerade in dem Restaurant vorgefallen ist, in dem wir zu Abend essen, da es wieder regnet (was stimmt nicht mit diesem Land?) und keiner Lust hatte, draußen zu grillen, geschweige denn zu riskieren, dass die Sicherungen wieder herausfliegen, wenn man den E-Herd anschaltet. Außerdem scheinen alle schlechte Laune zu haben, obwohl mir keiner sagen will, warum.

Das muss am Regen liegen.

Egal, jedenfalls ließ man uns erst in das Restaurant, nachdem wir zehn Minuten vor der Tür gewartet hatten und die Inhaber in gebrochenem Italienisch anflehten, uns bitte, bitte einen Tisch zu geben. Den Restaurantbesitzern Porto Recanatis (die Crazy Bar ausgenommen) widerstrebt es scheinbar, außerhalb der Hauptsaison zu arbeiten. Sie machen sich nicht mal die Mühe, ihre Lokale zu schließen. Offenbar laden sie ihren gesamten betagten Freundeskreis abends dorthin ein, um sich ***Magnum*** *anzuschauen – auf Italienisch natürlich – und ignorieren jeden zahlenden Gast, der sich zu ihnen verirrt.*

Zum Glück kann Mark ein Nein nicht akzeptieren, sonst

hätten wir nie etwas zu essen bekommen. Er schleppt ständig diesen Reiseführer mit sich herum und möchte unbedingt alle Lokale ausprobieren, die Hollys Onkel darin für uns angestrichen hat. Er zeigte den Restaurantbesitzern sogar ihre Bewertung und bestand darauf, die Küche zu testen. Vielleicht liegt es daran, dass Mark den ganzen Tag mit kranken Patienten zu tun hat, aber er strahlt einfach dieses »Seid nett zu mir« aus, das bei den Menschen sehr gut ankommt.

Ich meine, außer bei Hollys Mutter.

Und es ist nicht so schleimig, wie es klingt. Bei Mark passt es, und man hat nicht das Bedürfnis, dass man ihn am liebsten mit einem Queue oder so verprügeln möchte.

Jedenfalls weiß ich, dass Cal nicht schwul ist, trotz dieses Hemds und seiner Exfrau, weil nach **Magnum Ein Schweinchen namens Babe** *lief. Das ist dieser Film mit dem kleinen Schwein, das Schafe hütet. Die ganzen Einheimischen oder was auch immer saßen gerührt da, während Cal nicht einmal mit der Wimper zuckte. Er trank einfach seinen Grappa, als würde er gut schmecken und nicht wie etwas, das man nur als Gesichtswasser verkaufen sollte.*

Kein Schwuler kann Schweinchen Babe widerstehen. Nicht, dass ich den Restaurantbesitzer und alle seine betagten Freunde für schwul halten würde. Es sind halt Fremde. Wahrscheinlich haben sie bereits nach **Magnum** *Tränen vergossen, nur dass ich es nicht mitbekommen habe, weil ich auf dem Männerklo war, um eine Rolle Toilettenpapier zu klauen, da es auf dem Damenklo natürlich keins gab. Genauso wenig wie eine Klobrille.*

Übrigens frage ich mich, was es damit auf sich hat. Italienerinnen gehen bestimmt niemals auf fremde Klos. Das ist die einzige Erklärung für den Zustand mancher Damentoiletten in dieser Gegend. Aber was machen die Italienerinnen, wenn sie mal müssen? In der Hocke pinkeln? Ich schaffe es ja schon beim Pilates kaum, länger in der Hocke zu bleiben, und das in bequemer Trainingshose. Wie hoch stehen die Chancen, dass ich das hinbekomme mit Miederslip und einer engen Caprihose um die Knie? Ernsthaft, denken Sie mal darüber nach. Die Restaurantbesitzer hier tun das offensichtlich nicht.

Und ja, ich weiß, es ist ein beliebtes Sommerziel und wir haben gerade Nebensaison, aber ich bezweifle stark, dass der Lokalbesitzer alle Klobrillen eingelagert hat und sie erst anschraubt, wenn die Strände sich wieder füllen. Ich meine, Klobrillen spielen in der italienischen Kultur eindeutig keine große Rolle.

Worauf ich wiederholen muss, dass das ein Grund ist, warum Amerika eine Supermacht ist und Italien nicht. Weil wir uns um unseren Komfort auf dem Klo kümmern.

Egal, jedenfalls wird gerade laut wegen morgen diskutiert. Sie wissen schon, wer alles mitfährt nach Rom zum amerikanischen Konsulat. Eigentlich dachte ich, Holly und Mark würden allein fahren und ich mache es mir am Pool mit **Frizzante Bianco** *und dem neuesten Roman von Nora Roberts gemütlich. Schließlich bin ich im Urlaub, oder?*

Aber nein. Cal musste natürlich »Ich komme mit« zu Holly und Mark sagen.

Mitkommen? Wozu? Musst du nicht ein Buch schreiben oder so? Die beiden brauchen dich nicht, Cal Langdon. Sie brauchen vielleicht einen Dolmetscher, aber keinen Modelizer.

Ich weiß, was er vorhat. Wahrscheinlich denkt er, ich ahne nichts, weil ich nur eine kleine Karikaturistin bin und er der große Starreporter, der über Länder wie Saudi-Arabien berichtet und die Ölkrise. Aber ich durchschaue seinen hinterhältigen Plan. Er glaubt, wenn er Holly und Mark begleitet und subtile ehefeindliche Kommentare streut, die Hollys

Zweifel und ihre Ängste, gegen den Willen ihrer Eltern zu heiraten, verstärken, dass sie dann die ganze Sache abbläst!

Nun, das werde ich nicht zulassen. Ich habe eben verlauten lassen: Wenn Cal mitkommt, dann komme ich auch mit.

Jetzt sieht er mich über den Tisch hinweg böse mit Robert-Redford-Blick an, als könnte er mich damit so sehr einschüchtern, dass ich einen Rückzieher mache.

Aber das zieht bei mir nicht. Ich starre genauso böse zurück, während Holly und Mark diskutieren, ob sie uns mitnehmen sollen. Mark meint, das gebe uns die Möglichkeit, eins der römischen Restaurants auszuprobieren, die Hollys Onkel in dem Reiseführer über Rom empfiehlt, den Mark in der Villa entdeckt hat.

Holly wendet ein, dass wir unseren Urlaub nicht damit verschwenden sollten, noch einmal die ganze Strecke nach Rom hin und zurück in diesem kleinen Toyota zu fahren, auch wenn diesmal kein Koffer auf dem Rücksitz steht, da es nur ein Tagesausflug ist.

Ich sehe, dass Cal keinen Rückzieher machen wird, also sage ich: »Zufällig bin ich ein großer Toyota-Fan«, woraufhin Holly mich ansieht und erwidert: »O Gott, was ist bloß los mit dir? Und was schreibst du da die ganze Zeit in dieses Buch?«

Ich bin geoutet. Später mehr.

Reisetagebuch von ~~Holly Caputo und Mark Levine~~ Jane Harris

Der Horror geht weiter.

Als Cal die Toilette aufsuchte, sagte ich zu Mark, wenn er ein echter Freund ist, soll er Cal sagen, dass er mit mir in der Villa bleiben soll (auch wenn ich ihn dort gar nicht haben will, da das bedeutet, dass ich den Tag mit ihm allein verbringen muss, während Holly und Mark auf dem Konsulat sind, aber was soll's). Und dass er Cal außerdem sagen soll, dass sein Hemd schwul aussieht. Mark erwiderte, dass er Cal bereits vergeblich geraten habe, in der Villa zu bleiben, und dass das Hemd aus Bangladesch stamme und das letzte saubere Kleidungsstück aus Cals Rucksack sei. Anscheinend hat Cal Frau Schumacher überredet, seine Wäsche zu waschen, während wir essen sind.

Ich kann nicht glauben, dass er es derart skrupellos ausnutzt, dass diese niedliche alte Dame eine Schwäche für ihn hat, auch wenn er ihr laut Mark zehn Euro für ihre Mühe gegeben hat.

Wenigstens ist das Essen lecker. Sehr lecker. Obwohl der Koch während der Zubereitung ***Schweinchen Babe*** *verfolgt hat. Allerdings haben Cal und ich die rohen Austern verschmäht – Cal, weil er keine Austern mag, ich, weil ich keinen rohen Fisch in einem fremden Land esse. Holly und Mark meinten: »Gut, dann bleibt mehr für uns übrig«, und schlürften ungefähr vierzig Stück zusammen aus.*

Da es aufgehört hat zu regnen, werden wir uns gleich in der Gelateria ein Eis holen und im Mondschein einen Strandspaziergang machen. Sehr romantisch! Nun, jedenfalls für Holly und Mark.

O mein Gott, jetzt geht wieder die Diskussion los, wer alles morgen nach Rom fährt …

Wer kauft seine Hemden schon in Bangladesch??? Was ist falsch an Hemden von Gap, um Himmels willen?

>>

Von: Claire Harris <charris2004@freemail.com>
An: Jane Harris <jane@wondercat.com>
Betreff: Holly

Hallo, mein Schatz!

Keine Angst, es ist alles in Ordnung. Ich meine, deinem Vater ist ein Äderchen im Auge geplatzt, als er die Stereoanlage umstellen wollte, aber er sagt, es tue nicht weh.

Jedenfalls hoffe ich, dass ich nichts falsch gemacht habe. Beim Einkaufen habe ich nämlich Marie Caputo noch einmal getroffen, und sie war wie beim letzten Mal ganz deprimiert wegen Holly (zu mir meinte sie, ich könne mich glücklich schätzen, dass du dich nur mit Jungs verabredest wie Dave – ich frage mich, was aus ihm geworden ist, er war so süß), und ich sagte etwas wie, sie solle es so sehen, dass sie wegen Mark nicht eine Tochter verliere, sondern mit ihm einen Sohn gewinne.

Erst hinterher fiel mir ein, dass sie ja gar nichts von der heimlichen Hochzeit weiß.

Ich hoffe, ich habe mich nicht verplappert!

Und was diesen Cal betrifft, nun, ich stimme dir zu, dass Saudi-Arabien ein sehr langweiliges Thema für ein Buch ist. Trotzdem sah er recht gut aus in dem Rollkragenpullover, den er bei Charlie Rose anhatte. Ich glaube, der war aus Kaschmir. Ich will ja nur sagen, dass es nicht schaden kann, dem Mann eine Chance zu geben.

Und was meinst du damit, ich soll mir keine Gedanken machen, dass er sich in dich verlieben könnte? Ich will diese negative Einstellung nicht hören, junge Dame. Du weißt, dass du unwiderstehlich bist. Jedenfalls, wenn du nicht gerade PMS hast und deine Haare nach hinten kämmst.

Liebe Grüße
Mom

>>>

Von: Jane Harris <jane@wondercat.com>
An: Claire Harris <charris2004@freemail.com>
Betreff: AW: Holly

MOM! DAS IST TOTAL SCHLIMM!!! ICH HABE DIR DOCH GESAGT, DU SOLLST ES FÜR DICH BEHALTEN!!!

SPRICH MIT NIEMANDEM MEHR DARÜBER, BIS ICH DIR SAGE, DASS ES OKAY IST!

UND GEH WOANDERS EINKAUFEN, WO DU HOLLYS MUTTER NICHT STÄNDIG BEGEGNEST!!!

J

>>>

Von: Jane Harris <jane@wondercat.com>
An: Darrin Caputo <darrin.caputo@caputographics.com>
Betreff: Eure Mutter

O mein Gott, Darrin, weiß eure Mutter Bescheid? Wegen Holly und Mark, meine ich? Ich glaube nämlich, meine Mutter hat sich verplappert. Du weißt schon, was ich meine, nicht?

O mein Gott, was, wenn du auch nicht eingeweiht bist? Holly wird mich umbringen, wenn sie erfährt, dass ich es dir gesagt habe. Sie wollte dich eigentlich damit überraschen, weil du sie immer damit aufgezogen hast, ob sie eines Tages wohl unter die Haube kommt.

Darrin, das ist ein Notfall. Holly benimmt sich seltsam seit heute Nachmittag, sie wirkt irgendwie bedrückt. Ich glaube, das könnte damit zusammenhängen, dass sie von eurer Mutter gehört hat. Darrin, Holly und Mark wollen diese Woche heiraten! Aber irgendwie geht alles schief. Das italienische Standesamt ist nicht kooperativ, der Herd hier funktioniert nicht richtig, und dann ist da noch dieser Kumpel von Mark, der lauter fiese Sachen sagt und …

Was soll's. Jedenfalls glaube ich, dass Holly nicht noch mehr ertragen kann. Du musst eure Mutter unbedingt davon abhalten, dass sie dahinterkommt, was hier passiert. Kannst du sie nicht irgendwie ablenken? Du könntest behaupten, dass du mit Bobby ein Kind adoptieren willst oder so.

Oh, ich weiß! Sag ihr, dass du eine Geschlechtsumwandlung machen lassen willst! Genau! Das wird sie hundert pro ablenken!

Danke, Darrin, du bist der Beste! Ich melde mich wieder, sobald ich mehr weiß …

UND VERRATE HOLLY NICHT, DASS ICH ES DIR GESAGT HABE!!! WENN DU ERFÄHRST, DASS SIE GEHEIRATET HAT, TU SO, ALS WÄRST DU TOTAL ÜBERRASCHT!!!

J

Reisetagebuch
von
~~Holly Caputo und Mark Levine~~
Jane Harris

AAARRRGH. MÜTTER. Ich meine, ich liebe meine Mutter und so – und es ist toll, einen Menschen in seinem Leben zu haben, der jedes Mal, wenn man sich über einen Mann beschwert: »Der ist bestimmt heimlich in dich verliebt, darum verhält er sich so seltsam« entgegnet. Aber sie kann einfach ihre GROSSE KLAPPE nicht halten.

Ich meine, es ist eine Katastrophe, dass sie alles vor Mrs. Caputo ausgeplappert hat.

Und eigentlich ist das meine eigene Schuld, weil ich ihr davon gar nicht erst hätte erzählen sollen … Meiner Mutter, meine ich. Sie konnte noch nie ein Geheimnis für sich behalten.

Ich weiß bloß nicht, wie ich das wieder hinbiegen kann. Die neue Katastrophe, meine ich. Das ist auch nichts, was Frau Schumacher wieder hinbiegen kann.

Gleich nachdem ich die E-Mail bekommen habe, klopfte ich an Hollys Tür – Holly wollte sich nach unserer Rückkehr aus dem Restaurant hinlegen, weil sie Kopfschmerzen hatte … kein Wunder, wenn sie tatsächlich von ihrer Mutter gehört hat, wie ich vermutete –, da ich wusste, dass Mark unten auf der ***terrazza*** *mit Cal einen Absacker trank.*

Jedenfalls rief Holly mit dünner Stimme: »Komm rein«, und sie sah furchtbar aus. Einfach furchtbar! Ich fragte sie, ob ihre Mutter sich gemeldet habe, und sie sagte Ja, und ich erwiderte, dass es mir leidtue und dass alles meine Schuld sei.

Holly war total süß und sagte, ich solle mir keine Sorgen machen und dass sie mir nicht den geringsten Vorwurf mache …

Aber es ist alles meine Schuld. Ich weiß es einfach.

»Allmählich glaube ich, dass diese Hochzeit nicht sein soll«, sagte Holly.

!!!

Ich sagte ihr, dass sie Mark heiraten müsse. Denn wenn sie das nicht täte, würde das meinen Glauben an die Liebe zutiefst erschüttern. Ich sagte, dass Mark und sie wie füreinander geschaffen seien. Ich meine, man braucht sich nur seine großen Füße anzuschauen und ihre kleinen zierlichen! Oder dass sie keine Tomaten mag, die er liebt, während er Sauerkraut hasst, das sie wiederum liebt … So bleibt bei beiden nie etwas auf dem Teller zurück.

*Und beide schauen gerne **Eine himmlische Familie**, nicht nur Holly. Mark würde es zwar nie zugeben, aber auch er geht nicht ans Telefon, wenn ich montagabends anrufe. Außerdem behauptet Holly, dass er am Schluss auch immer heulen muss.*

Das alles habe ich Holly gesagt, und sie hat leise genickt und erwidert, dass sie wahrscheinlich nur erschöpft sei. Also meinte ich zu ihr, sie solle schlafen und dass sie sich morgen bestimmt besser fühle.

Aber natürlich hat mich unser Gespräch nicht gerade beruhigt. Also ging ich nach unten, um Mark zu suchen, der mir prompt auf der Treppe entgegenkam und meinte, er sei auch erledigt und würde jetzt ins Bett gehen.

Also packte ich ihn am Arm und schleifte ihn in eins der unbenutzten Gästezimmer – ich glaube, Cal hat sich schließlich doch nicht für das rosarote entschieden – und erzählte ihm von der Begegnung zwischen meiner Mutter und Hollys Mutter.

Mark sagte nur: »Ach, Jane, darüber würde ich mir keine Sorgen machen.«

»Aber Holly ist total am Boden!«, rief ich.

Unfassbar, dass ihm das nicht selbst aufgefallen war! Ich

meine, zugegeben, ich kenne Holly seit der ersten Klasse, als ihre Familie zu uns auf die Straße gezogen ist und ich hinüberging und klingelte, um zu fragen, ob hier ein kleines Mädchen wohne, mit dem ich spielen könne.

Aber Mark hat die letzten zwei Jahre mit ihr zusammengewohnt. Man könnte annehmen, er kennt Holly mittlerweile so gut wie ich. Ich meine, sie schlafen im selben Bett.

»Holly ist einfach erschöpft«, sagte Mark. »Erschlagen, genau wie ich. War ein langer Tag.«

»Dann ...«, ich muss zugeben, ich hatte Tränen in den Augen, als hätte ich gerade das Ende einer Schnulze gesehen oder eine deprimierende Folge von **Emergency Room***, »... hast du nicht vor, das Ganze abzusagen?«*

»Du meinst die Hochzeit?« Mark sah mich an, als hätte ich den Verstand verloren. »Keineswegs. Warum sollte ich?«

»Na ja, weil ...«

Und dann, bevor ich es verhindern konnte, brach alles aus mir heraus. Die Wahrheit. Über seinen Freund Cal.

Ich weiß, das war nicht sehr nett von mir. Zu lästern, meine ich. Vor allem über den Trauzeugen des Bräutigams mit dem Bräutigam zu lästern. Und das nur sechsunddreißig Stunden vor der Hochzeit.

Trotzdem, Cal hat es absolut verdient. Für wen hält der sich überhaupt mit seinem Phenylethylamin und seiner Überzeugung, dass er die Hochzeit meiner besten Freundin sabotieren kann, indem er Zweifel in ihrem Kopf sät – oder schlimmer noch, in dem Kopf ihres zukünftigen Ehemanns?

Mark hörte sich alles an, was ich zu sagen hatte (natürlich **sotto voce***, damit Cal, der noch auf der* **terrazza** *saß, nicht mithören konnte), und als ich fertig war, tat er etwas ganz Seltsames.*

Er warf den Kopf in den Nacken und lachte.

Ja! Er lachte! Als wäre es das Lustigste, was er je gehört hat!

Offen gesagt, verstehe ich nicht, was daran lustig sein soll. Ich meine, wenn ich heiraten würde und fände heraus, dass meine Freundin ihren ganzen Einfluss ausnutzt, um mich davon abzubringen …

Okay, das ist ein blödes Beispiel, denn wenn ich tatsächlich heiraten wollte, könnte mir das keiner ausreden.

Was genau dem entspricht, was Mark gesagt hat.

Mark: »Janie, Cal ist einer meiner besten Freunde. Aber niemand kann mich davon abbringen, Holly zu heiraten. Besonders niemand, dessen eigene Ehe spektakulär gescheitert ist.«

Diese Information ließ sofort meine Tränen versiegen.

Und ich weiß, dass es falsch war, aber ich konnte nicht anders und fragte: »Kanntest du Valerie, Cals Ex?«

Mark: »Ob ich sie kannte? Ja. Ungefähr so gut, wie er sie kannte. Und ungefähr so lange. Ich war dabei an dem Abend, als sie sich kennenlernten.«

Ich: (äußerst interessiert) »Wirklich? War sie tatsächlich so schön? Sie war ein Model, nicht?«

Mark zuckte nur mit den Schultern. Ich muss zugeben, er sah nicht gut aus. Vielleicht lag das an dem grellen Licht der italienischen Glühbirne unter dem rosaroten Lampenschirm.

Mark: »Sie sah ganz gut aus. Nicht mein Typ. Groß, blond und sehr schlank. Du weißt schon. Typisch Model eben.«

Ich: (mitfühlend nickend) »Und sehr, sehr hohl, richtig?«

Mark: »Na ja, nicht so hohl, dass sie nicht darauf geachtet hätte, sich einen Mann zu angeln, der gut verdient. Und ihre Modelkarriere lief nicht so gut, wie sie sich wünschte. Im Gegensatz zu dem, was man ihr offensichtlich in der Modelschule erzählt hat oder wo auch immer sie das Modeln lernte, ist das ein harter Beruf. Man muss früh aufstehen. Und das mochte sie nicht.«

Wow! Mark muss Cals Ex wirklich hassen! Sonst äußert er sich NIE negativ über andere, da er ja, Sie wissen schon, Everybody's Darling ist.

»Dann …« Ich hatte immer noch Zweifel. »Wenn Cal versuchen würde, dir die Hochzeit mit Holly auszureden …«

»Das wird er nicht tun«, sagte Mark. Als er meinen skeptischen Blick sah, fügte er hinzu: »Na schön, er kann es ja versuchen, aber es wird nicht funktionieren. Ich kann nicht glauben, dass von allen Leuten ausgerechnet du das für möglich hältst, Janie. Ich liebe Holly, und niemand kann mich davon abbringen, sie zu heiraten. Cal nicht. Meine Mutter nicht. Nicht einmal Hollys Mutter. Niemand kann sich uns in den Weg stellen. Nichts und niemand.«

Leider war der Schluss dieser sehr inspirierenden Rede etwas dahingeschlunzt, weil Mark zu dem Zeitpunkt, als er »Hollys Mutter« sagte, ganz blass wurde um die Nase und am Ende hervorstieß: »Äh, entschuldige. Mir ist plötzlich nicht gut«, bevor er ins Bad stürzte, aus dem gleich darauf lauter explosionsartige Geräusche drangen.

Also wünschte ich ihm rasch gute Besserung und kehrte in mein Zimmer zurück, froh, weil ich nun wusste, falls Cal etwas versuchen sollte, würde wenigstens Mark standhaft bleiben.

Was Holly betrifft … wir werden sehen. Ich glaube, sie weiß, dass sie das Richtige tut. Ich werde sie morgen im Wagen ein bisschen bearbeiten.

Und nun werde ich Cal Langdon darüber informieren, dass er keine Chance hat, Mark die Sache auszureden …

Reisetagebuch
von
~~Holly Caputo und Mark Levine~~
Jane Harris

O mein Gott, Sie werden nie erraten, wobei ich Cal Langdon gerade erwischt habe! Unser hartgesottener Kriegsreporter stand unten auf der **terrazza** *und verfütterte Zio Matteos Thunfisch an die ausgemergelten streunenden Katzen drüben von den Pferdeställen, die um die Villa herumschlichen.*

Er zuckte zusammen, als hätte ich auf ihn geschossen, als ich ihn mit seinem Namen ansprach, und die Katzen huschten sofort davon, aber ich habe sie trotzdem gesehen.

O ja, ich habe sie gesehen.

Zwischen seiner Schlangenphobie und seinem Mitleid mit streunenden Katzen hat Mr. Herzlos vielleicht doch ein Herz.

Trotzdem habe ich mir nichts anmerken lassen. Dass er ein Herz hat, meine ich. Stattdessen sagte ich – ich konnte nicht anders –, dass ich mit Mark gesprochen habe und dass er (Cal) in einer Fantasiewelt lebe, wenn er denke, dass er ihm (Mark) die Hochzeit mit Holly am Mittwoch ausreden könne.

Zu meiner Überraschung ging Cal einfach darüber hinweg. Stattdessen, während er wie üblich auf meine Schuhe starrte, fragte er mich, ob ich wisse, dass indische Frauen ihre Füße mit Henna bemalten.

???

Mit diesem Kerl stimmt ernsthaft etwas nicht.

Ich: *»Äh, nein. Aber ich weiß, wenn Inderinnen ihre Füße in der Öffentlichkeit zeigen, werden sie bestraft. Warum schreiben Sie nicht mal ein Buch über solche* *schlimmen Ungerechtigkeiten statt darüber, was aus Saudi-Arabien wird, wenn das Öl alle ist?«*

Cal: (der endlich den Blick von meinen Füßen hebt) »Glauben Sie, das Leben der Frauen in Saudi-Arabien wird einfacher, wenn das Land von der Außenwelt abgeschnitten ist, weil wir nicht länger seine Rohstoffvorräte ausbeuten können? Oder glauben Sie, es wird schwieriger?«

Ich: »Natürlich schwieriger. Aber was kann ich dagegen tun? Nicht mehr so viele Plastikflaschen kaufen?«

Cal: »Ja, der übermäßige Verbrauch von Produkten, die aus Petroleum gemacht sind, ist eine der Hauptursachen für die globale Erwärmung.«

Ernsthaft, ich kann nicht glauben, dass ihn überhaupt mal eine heiraten wollte. Ich meine, bei solchen Sätzen wie dem letzten. Selbst wenn es ein Model war.

Hey, vielleicht ist das der Grund, warum er sich nun an Ausländerinnen hält. Die verstehen nämlich nicht alles, was er von sich gibt.

Ich: »Dann wäre es vielleicht besser, wir verbrauchen das ganze Öl, bis keins mehr da ist. Dann können wir wieder an den Ursprung zurückkehren.«

Cal: »Sie meinen, bevor man anfing, Quellwasser in Plastikflaschen abzufüllen und teuer zu verkaufen und so zu tun, als wäre es gesünder als Leitungswasser?«

!!!!!!

Ich: »Keine Ahnung. Sie sind doch derjenige, der ein Buch darüber geschrieben hat. Warum schauen Sie eigentlich ständig auf meine Füße?«

Cal: »Und warum schauen Sie ständig auf meinen Schritt?«

ICH SCHWÖRE BEI GOTT, DAS HAT ER WIRKLICH GESAGT!!!

Dann tauchte zum Glück Peter wie aus dem Nichts auf und sagte: »Hallo, Ms. Harris, ich habe Ihre Stimme gehört und mir gedacht, dass Sie noch wach sind. Können Sie mir jetzt ein paar Entwürfe von WONDERCAT *für meine Homepage zeichnen?« Er gab mir einen Zeichenblock und Filzstifte.*

Und ich antwortete: »Klar, Peter« in meinem liebenswürdigsten Ton, obwohl ich innerlich wegen Cals Gegenfrage mit dem Schritt kochte. Ich zeichnete ungefähr fünfzigmal WONDERCAT, *während Cal mit finsterem Gesicht im Kerzenschein dasaß.*

Irgendwann meinte er: »Peter, solltest du nicht schon längst im Bett sein? Musst du morgen nicht zur Schule?«

Woraufhin Peter natürlich erklärte, dass er die Internetschule besuche und sich nicht zu festen Uhrzeiten einloggen müsse.

Und ich konnte immer nur denken, was, wenn Peter nicht aufgetaucht wäre? Ich meine, Cal und ich standen praktisch kurz davor, uns gegenseitig wegen dieser Petroleumsgeschichte ins Gesicht zu springen. Sie wissen schon, unsere Gesichter waren nah genug, dass mir der Gedanke kam, dass sich zwischen uns, würden wir uns nicht so sehr hassen, vielleicht etwas ergeben könnte.

Ein Kuss oder so.

ICH WEISS! *Ich kann ihn nicht ausstehen. Er ist ein totaler Angeber und Besserwisser – eben ein Modelizer!*

Trotzdem, er hat eine gewisse … Ausstrahlung. Ich weiß nicht, was genau es ist. Ich meine, ich kam ganz gut damit zurecht, ihn auf den Tod nicht ausstehen zu können, bis ich ihn mit den Katzen gesehen habe. KATZEN!!! ER MAG KATZEN!!!

Und er wollte ganz deutlich nicht beim Füttern erwischt werden. Er wirkte sehr verlegen, als er mich sah.

Und dann, als wir uns so nahe kamen während unserer kleinen Diskussion …

Bumm. Da ist es passiert. Ich konnte beim besten Willen nicht übersehen, wie attraktiv er aussah im Kerzenschein, mit seinen zu blauen Augen und seiner zerzausten Brad-Pitt-Frisur und seinem weit aufgeknöpften Hemd, unter dem seine Brust hervorblitzte, die er vorher am Pool zur Schau gestellt hatte, und …

WAS STIMMT NICHT MIT MIR??? ICH HABE BEREITS EINEN FREUND!!!

Na gut, nicht wirklich.

Aber ich kann einen haben, wenn ich möchte. Dazu brauche ich nur nach British Columbia zu gehen, und zupp!, da ist er, mein Freund. Ein Mann, der an die Liebe glaubt. Ein Mann, der niemals behaupten würde, dass Liebe nur eine chemische Reaktion im Gehirn ist, ausgelöst durch Phenylethylamin (Malcolm kennt nicht mal so lange Wörter).

WARUM DENKE ICH DANN ÜBERHAUPT ÜBER CAL LANGDON NACH???

Es kann nicht nur mit den Katzen zu tun haben. Es muss an der vielen frischen Luft liegen. Das hat Auswirkungen auf eine Frau. Wenn ich wieder in der Großstadt bin und die guten alten New Yorker Autoabgase einatme, werde ich wieder normal sein.

Hoffe ich.

In der Zwischenzeit werde ich mich einfach von ihm und von seinen Pheromonen oder was auch immer dafür verantwortlich ist, dass ich ständig darüber nachdenken muss, wie es wohl ist, mit Cal Langdon zu schlafen, fernhalten.

Außerdem werde ich morgen darauf achten, dass ich meine Adidas anziehe. Kein Kerl glotzt einem auf die Füße, wenn man Turnschuhe trägt.

Gott, wie soll ich jetzt bloß einschlafen?

PDA von Cal Langdon

Ich muss die Finger von Prosecco lassen. Dann mache ich nämlich ganz schlimme Sachen, die ich bei klarem Verstand niemals tun würde… wie zum Beispiel edlen Thunfisch an streunende Katzen verfüttern. Oder bewundern, wie der Mond auf die Haare einer gewissen Karikaturistin sein glänzendes Licht wirft…

Wer hat den Scotch leergetrunken?

>>

Von: Darrin Caputo <darrin.caputo@caputographics.com>
An: Jane Harris <jane@wondercat.com>
Betreff: AW: Eure Mutter

IST DAS DEIN ERNST??? HOLLY UND MARK WOLLEN HEIMLICH HEIRATEN??? In Castelfidardo?

Das ist ein ziemlich schräger Ort zum Heiraten. Hast du das Gemächt von dem nackten Akkordeonspieler auf dem Dorfplatz gesehen? Der Kerl ist echt gut bestückt. Aber jetzt mal im Ernst, ich freue mich natürlich sehr für die beiden. SELBSTVERSTÄNDLICH werde ich etwas unternehmen, um meine Mutter von ihrer Fährte abzubringen. Ich weiß noch nicht genau, was … aber Bobby wird sich etwas einfallen lassen. Er ist in so was besser als ich.

Großer Gott, das sind echt tolle Neuigkeiten. Keiner hat eine romantische Hochzeit in Italien mehr verdient als meine Schwester. Gib ihr einen dicken Kuss von mir, und mach dir keine Sorgen, ich werde es keiner Menschenseele verraten!

Liebe Grüße
D

>>

Von: Claire Harris <charris2004@freemail.com>
An: Jane Harris <jane@wondercat.com>
Betreff: Hollys Mutter

Wirklich, Jane, du musst mich nicht gleich so ANSCHREIEN. So nennt man das, wenn E-Mails in Großbuchstaben verfasst werden, weißt du. ANSCHREIEN. Das ist sehr unhöflich.

Ich wollte Marie bestimmt nichts verraten. Es ist mir einfach so herausgerutscht. Du solltest ein bisschen Verständnis für mich haben, weißt du. In letzter Zeit habe ich viel Stress bei der Heilsarmee. An den letzten drei Samstagen habe ich mich freiwillig für den Secondhandladen gemeldet, aber jedes Mal haben sie mich nach hinten verbannt, um die gespendeten Babysachen zu bügeln. Ich weiß, ich kann gut bügeln, aber können die mich nicht wenigstens einmal an die Kasse lassen? Oder die armen Leute beraten bei der Wahl der richtigen Kleidung?

Aber nein. »Oh, seht mal, da kommt Claire. Stellt das Bügelbrett auf.«

Ich überlege ernsthaft, aufzuhören und zu einer anderen wohltätigen Organisation zu wechseln. Marcy Clark von Good Will meinte, bei ihnen würde überhaupt nichts gebügelt.

Außerdem hat dein Vater gestern eine Mango angefasst, und du weißt ja, dass er allergisch auf Mangos ist. Ich habe ihn vorher noch gewarnt, dass eine Mango im Fruchtkorb ist. Ich wollte für das Gourmetessen bei Helen Fogarty an diesem Wochenende einen Obstsalat machen.

Aber dein Vater musste die Mango aufschneiden, weil er sie für eine Papaya hielt, und jetzt hat er die ganzen Hände und Unterarme voller Ausschlag. Ich habe Galmei-Lotion daraufgegeben, aber ich glaube, wir werden in die Unfallstation fahren müssen, damit er Kortison bekommt…

Sei also nicht so streng mit mir, junge Dame. Ich habe momentan sehr viel um die Ohren.

Ich weiß sowieso nicht, was Marie für ein Problem hat. IHRE Tochter hat wenigstens einen Mann, der sie heiraten will. MEINE Tochter dagegen hat einen Vertrag mit einem Trickfilmsender. Dein Vater und ich sind wirklich sehr stolz auf dich, Liebling, aber mit einem Vertrag kannst du keine Flitterwochen machen, nicht wahr? Und ein Vertrag lächelt dich auch nicht an wie ein Engel, wenn du ihm die Windeln wechselst.

Sei also ein bisschen nachsichtig mit deiner Mutter.

Liebe Grüße
Mom

Reisetagebuch
von
~~Holly Caputo und Mark Levine~~
Jane Harris

Okay, okay. Alles wird gut. Ich kann das in den Griff kriegen. Ich kann das wirklich in den Griff kriegen …

Nein, kann ich nicht. Es ist eine Katastrophe. Eine absolute Riesenkatastrophe. Was soll ich tun???

>>>

Von: Peter Schumacher <webmaster@wondercatlives.com>
An: Listserv <Wondercat@wondercatlives.com>
Betreff: JANE HARRIS

Guten Morgen, meine lieben Mitbewunderer von WONDERCAT! Es gibt heute GROSSE NEUIGKEITEN über JANE HARRIS! Ihre Freunde, die heiraten wollen, haben sich gestern Abend den Magen verdorben, und es geht ihnen richtig dreckig. Es ist so schlimm, dass sie nicht einmal aufstehen können!

Und das ist schlecht, weil sie heute noch wegen einer Bescheinigung, ohne die sie morgen nicht heiraten können, zur amerikanischen Botschaft müssen!

Aber als ich heute Morgen mit meinem Motorino zur Villa gefahren bin, um JANE HARRIS frische Semmeln zu bringen, war sie ganz nervös und sagte zu mir: »Frag deine Großmutter, was wir tun sollen.« Also bin ich losgeflitzt, um meine Uromi zu holen, und gleich wieder zurück zur Villa. Aber Uromi sagt, man kann nichts tun, wenn man verdorbene Lebensmittel gegessen hat, außer abzuwarten, bis es wieder vorbei ist.

Wenn das nicht bald passiert, gibt es morgen keine Hochzeit!

Das sind also SCHLECHTE NEUIGKEITEN für JANE HARRIS.

Ich werde euch weiter auf dem Laufenden halten. Das war Peter Schumacher, der allergrößte Fan von WONDERCAT!

WONDERCAT lives – 4eva!

Peter

Reisetagebuch von ~~Holly Caputo und Mark Levine~~ Jane Harris

Austern. Sie mussten ja unbedingt Austern essen.

Dabei habe ich sie gewarnt. Sie können nicht sagen, ich hätte sie nicht gewarnt. Wer isst schon rohen Fisch im Ausland, frage ich Sie. Wer? Wir sind hier nicht in Japan. Italien ist nicht bekannt für seinen rohen Fisch. Was haben sie sich bloß dabei gedacht?

Armer Mark. Ich habe gehört, dass er sich die ganze Nacht übergeben musste. Und er muss sich immer noch übergeben. Er kann sich kaum aus dem Bett hochraffen.

Und Holly… mein Gott, als ich an ihre Zimmertür klopfte, um zu sehen, warum die beiden noch nicht aufgestanden waren für unsere Fahrt nach Rom, und Holly aufmachte, sah sie aus wie … na ja, wie eine Untote. So schlimm hat sie nicht mehr ausgesehen seit jenem 4. Juli, an dem wir diesen Cocktail mit Wassermelone und Wodka (Roter Raketenstrahl) erfanden.

»Ich glaube, die Hochzeit fällt ins Wasser«, sagte Holly. Und dann stürzte sie erneut zur Toilette.

Was konnte ich anderes tun, als ihr zu folgen? Es ist ja nicht so, als hätte ich nicht bereits viele Male zuvor ihre Haare festgehalten, während sie über der Schüssel hing – besonders nach dem Raketenstrahl.

»Holly«, sagte ich so sanft wie möglich, als sie sich erschöpft gegen die Badfliesen lehnte. »Ihr MÜSST heute nach Rom fahren. Du weißt, dass morgen der einzige Tag ist, an dem der Bürgermeister noch einen Termin für euch freihat.«

Was, wie sich herausstellte, nicht die richtigen Worte waren, da Holly prompt in Tränen ausbrach.

»Ich weiß!«, schluchzte sie. »Aber was sollen wir machen? Wir überstehen keine fünf Minuten im Auto. Wahrscheinlich müssen wir alle dreißig Sekunden anhalten und uns übergeben. O Gott, Janie, es ist aus. Wir werden nicht heiraten. Jedenfalls nicht morgen. Und nicht in Italien. Und so, wie sich alles gegen uns zu wenden scheint… vielleicht niemals. Vielleicht hat meine Mutter Recht. Vielleicht hat SEINE *Mutter Recht. Vielleicht sollten wir es einfach vergessen. Vielleicht soll es einfach nicht sein.«*

Unglaublich, nicht? Ich wollte meinen Ohren nicht trauen.

»Es soll nicht sein? Holly, ich weiß, du fühlst dich hundeelend, aber hast du jetzt den Verstand verloren? Ihr könnt es nicht einfach vergessen. Ihr müsst heiraten. Und es muss hier sein, in Italien.«

Sie sah mich unglücklich aus ihren geschwollenen Augen an. »Warum?«

Weil ich es Darrin bereits gesagt habe!, wäre mir fast herausgerutscht. Aber mir fiel ein, dass ich versprochen habe, niemandem etwas zu verraten, also schwenkte ich in letzter Sekunde um.

»Weil du dir das schon immer gewünscht hast. Weil du es schon eine Ewigkeit geplant hast. Und Mark genauso. Das weiß ich. Er wünscht sich nichts sehnlicher. Ihr könnt jetzt nicht einfach aufgeben wegen einer kleinen Lebensmittelvergiftung!«

Worauf Holly mit einer neuen Würgeattacke antwortete.

Irgendwie brachte ich sie zurück ins Bett. Kurz darauf entdeckte ich Peter draußen, der wieder diese Brötchen vorbeibrachte, und bat ihn, seine Urgroßmutter zu holen. Etwas später erschien Frau Schumacher mit sehr besorgter Miene und sah nach dem leidgeprüften Paar. Ihr Gesicht, als sie wieder aus dem Zimmer kam, war sehr ernst.

»Net guat«, sagte sie zu mir. »Die zwoa kennen's heit net nach Rom fahren. Morgen ja. Aber heit? Na.«

»Aber sie MÜSSEN heute fahren«, rief ich. »Das ist die letzte Gelegenheit! Der Bürgermeister hat gesagt, dass er nur am Mittwoch kann … Außerdem reisen wir am Freitag schon wieder ab.«

Aber ich weiß, dass Frau Schumacher Recht hat. Im Moment ist sie unten in der Küche und kocht eine Hühnerbrühe für Mark und Holly – es spielt keine Rolle, wenn die Lichter ausgehen, schließlich haben wir Tageslicht. Und es ist herrliches Wetter. Die Sonne strahlt am Himmel, der Pool glitzert, und die Palmwedel schaukeln sanft im Wind …

Verdammt! Warum haben sie bloß diese Austern gegessen?

Und warum ist dieses Land so rückständig? Wenn Amerikaner hier heiraten möchten und alle nötigen Unterlagen aus ihrer Heimat mitbringen, warum lässt man sie dann nicht??? Warum müssen sie eine halbe Weltreise machen und weitere Bescheinigungen besorgen??? Ist das eine Art Test, um zu prüfen, wie ernst es den beiden mit dem Heiraten ist? Ich meine, es handelt sich nur um ein Formular, das jeder besorgen kann …

Heilige Scheiße.

JEDER kann das Formular besorgen.

PDA von Cal Langdon

Ich schwöre bei Gott, ich habe keine Ahnung, wie das passiert ist. Das Letzte, woran ich mich erinnere, ist, dass ich tief und fest geschlafen habe.

Dann, vor nicht einmal fünf Minuten, schoss eine kleine, aber sehr entschlossene Rakete auf mein Bett zu, riss meine wohlig warme Decke weg und brüllte mir ins Ohr, dass es Zeit sei, aufzustehen und in den Wagen zu steigen.

Ich erinnere mich vage, dass diese Rakete weibliche Kurven hatte – kein unangenehmer Anblick nach dem Wachwerden. Bis mir klar wurde, wem diese weiblichen Kurven gehörten.

Als Nächstes bekam ich eine Tasse Kaffee in die Hand gedrückt und wurde angehalten, mich sofort anzuziehen. Ich gehorchte. Als ich nach unten ging und mich fragte, was eigentlich los war und warum Frau Schumacher in der Küche stand und scheinbar eine Suppe kochte, wurde ich sehr unsanft gepackt, nach draußen geschubst und auf den Beifahrersitz des Wagens verfrachtet, der gleich darauf mit beträchtlicher Geschwindigkeit von jemandem, der offenbar nicht besonders vertraut war mit einer Gangschaltung, die Auffahrt hinaufgejagt wurde.

Jemandem, der bemerkenswerte Ähnlichkeit mit Jane Harris hat.

Auf Amphetamin.

Oh, richtig. Jetzt fällt es mir wieder ein. Wir wollten heute Mark und Holly zum amerikanischen Konsulat nach Rom begleiten.

Bloß dass aus irgendeinem Grund Mark und Holly nicht im Wagen sitzen.

»Äh … Jane«, beginne ich in einem hoffentlich besänftigenden Ton, damit sie nicht erschrickt, während sie mit wildem Blick den Wagen lenkt. »Haben wir nicht etwas vergessen?

Oder besser gesagt, jemanden? Nämlich ein gewisses Brautpaar?«

Sie scheint meine Anwesenheit kaum wahrzunehmen. Immer wieder sieht sie nervös in den Rückspiegel auf der Suche nach einer Lücke, um sich auf die *strada principale* einzufädeln.

»Mark und Holly haben eine Lebensmittelvergiftung«, lautet ihre überraschende Antwort. »Sie sind außer Gefecht gesetzt. Wir müssen auf sie verzichten.«

»Ich verstehe.« Ich versuche, so vernünftig wie möglich zu klingen, da ich sehe, dass sie es nicht gewöhnt ist, zu fahren und sich gleichzeitig zu unterhalten. »Habe ich das so zu verstehen, dass *wir* diese Bescheinigung, die die beiden brauchen, besorgen werden?«

»Ja.« Sie wirft mir etwas in den Schoß. Ich senke den Blick und sehe, dass es zwei Reisepässe sind. »Keine Sorge, ich habe ihre Pässe. Und auch ihre Geburtsurkunden.«

Das finde ich höchst amüsant.

Ich spiele das Spiel mit. »Und Sie glauben, dass das Konsulat uns diese Bescheinigung ausstellt, wenn wir ihre Pässe und ihre Geburtsurkunden vorlegen?«, frage ich. »Dass die uns den Gefallen tun, einfach so?«

»Nein«, lautet die etwas erschreckende Antwort von Jane Harris. »Die werden uns die Bescheinigung ausstellen, weil wir uns als Mark Levine und Holly Caputo ausgeben.«

Das ist definitiv das Komischste, was ich je gehört habe.

»Dürfte das nicht ein bisschen schwierig werden?«, frage ich weiter. »Schließlich ist Mark dunkelhaarig und trägt eine Brille, während ich helles Haar habe und normalsichtig bin.«

Bevor ich wusste, wie mir geschah, landete Marks Brille in meinem Schoß.

»Die habe ich von Marks Nachttisch gemopst«, erklärte meine Entführerin. »Und auf dem Passfoto sehen Marks Haare gar nicht so dunkel aus. Schließlich ist es ein Schwarzweißbild.

Sie können ja sagen, das kommt von der Sonne oder so, falls irgendwer danach fragt. Was keiner tun wird.«

Leider werde ich jetzt richtig wach. Noch bedauerlicher ist, dass das alles immer weniger ein Traum zu sein scheint, sondern vielmehr ein realer Albtraum.

»Augenblick. Ist das Ihr Ernst?« Sie macht nämlich einen völlig ernsten Eindruck. Und wir rasen die *strada principale* entlang, vorbei an Schildern mit der Aufschrift ROMA, in einer ernsthaft hohen Geschwindigkeit. »Wir sollen uns als Mark und Holly ausgeben?«

»Warum nicht?« Sie überholt jetzt einen großen Laster, der – natürlich – lebende Hühner transportiert, die bis unter das Dach gestapelt sind. Sie gackern uns hysterisch an. »Wir brauchen lediglich unsere Pässe vorzuzeigen und ein Formular zu unterschreiben. Absolut easy.«

»Absolut easy?«, entgegne ich (seit wann ist dieser Ausdruck Mode? Oder ist das so eine Künstlermarotte? Mary benutzt ihn nämlich auch immer). »Soviel ich weiß, nennt man das Urkundenfälschung. Und wahrscheinlich auch Betrug. Und wer weiß was sonst noch alles.«

Jane Harris dreht nicht einmal den Kopf in meine Richtung. Da ihre Augen von einer Sonnenbrille verdeckt sind, ist schwer zu sagen, ob sie jetzt völlig übergeschnappt ist oder nicht.

»Oh, bitte«, sagt sie. »Als würde das einer merken. Mark ist Arzt, schon vergessen? Seine Klaue kann sowieso niemand lesen. Und ich bin Zeichnerin. Ich habe früher auf Zeugnissen und Entschuldigungen die Unterschrift von Hollys Mutter gefälscht. Ich denke, Hollys Unterschrift bekomme ich ohne Probleme hin. Und Sie kritzeln einfach irgendwie Marks Namen daneben.«

Aus einem scheinbar witzigen Spiel hat sich eine extrem unerfreuliche Situation entwickelt.

»Jane«, versuche ich es erneut. »Ist das hier eine Entführung, um mich zu zwingen, die amerikanische Regierung zu täuschen?«

Sie weigert sich, den Ernst der Lage einzusehen, denn sie antwortet nur: »Oh, halten Sie die Klappe und trinken Sie Ihren Kaffee und tippen Sie weiter auf Ihrem Smartphone herum, wenn Sie sich dann besser fühlen. Auf dem Rücksitz liegen belegte Brötchen, wenn Sie mögen. Von Entführung kann hier keine Rede sein. Schließlich verlange ich kein Lösegeld. Wer würde auch für Sie bezahlen?«

Es muss ein italienisches Gesetz geben, das so etwas verbietet… einen Mann im Halbschlaf zu überrumpeln und ihn zu zwingen, hunderte Kilometer weit in eine Stadt zu fahren, aus der er zwei Tage zuvor erst gekommen ist, und sich dort als jemand anderes auszugeben…

Sie trägt Turnschuhe von Adidas, aber ich kann trotzdem ihr Katzentattoo sehen. Liegt es daran, dass es noch so früh am Morgen ist, oder kann es wirklich sein, dass die Katze mir zuzwinkert?

Reisetagebuch
von
~~Holly Caputo und Mark Levine~~
Jane Harris

Es wird klappen. Es MUSS klappen.

Ich weiß, dass Cal das bezweifelt (Riesenüberraschung).

Aber was weiß er schon? Er war gegen die Hochzeit, noch bevor das alles hier anfing. Ich beobachte ihn gerade, während er nach dem Schlüssel für die Männertoilette fragt. Er macht immer noch den Eindruck, als wüsste er nicht, wie ihm geschieht. Seine Haare stehen am Hinterkopf auf eine sehr sonderbare – und seltsamerweise erotische – Art ab.

EROTISCH??? Was habe ich mir dabei gedacht??? Ich habe hier eine Mission. Ich kann zu so einem Zeitpunkt nicht an Sex denken!!!

Es muss einfach klappen. Wir haben jetzt die halbe Strecke hinter uns, und es ist erst kurz nach zehn. Bis Mittag dürften wir es schaffen … tja, wahrscheinlich gerade dann, wenn das Konsulat Mittagspause macht.

Aber das ist okay. Schließlich ist das die amerikanische Botschaft. Die werden dort unmöglich vier Stunden Mittagspause machen. Das sind Amerikaner, Teufel noch mal. Wahrscheinlich haben sie eine Stunde Mittag, wie alle normalen Menschen. Wir werden das Formular ausfüllen, uns den Stempel geben lassen, zurückfahren und vor Einbruch der Dunkelheit wieder in der Villa sein.

BITTE, lass die Mittagspause nur eine Stunde dauern …

>>

Von: Holly Caputo <holly.caputo@thenyjournal.com>
An: Jane Harris <jane@wondercat.com>
Betreff: Wo seid ihr?

Sorry, falls ich mich vertippe, aber ich habe Sehstörungen, weil mir der Kopf so wehtut. Wo seid ihr? Frau Schumacher, die sich rührend um uns kümmert, sagt, sie weiß nichts. Sie hat nur gesehen, dass ihr weggefahren seid, ohne jemandem Bescheid zu geben …

Trotzdem bin ich froh. Ich meine, dass ihr nicht hier seid, um das Elend mitanzusehen. Ich hoffe, ihr zwei amüsiert euch gut. Tut mir leid, wenn ich dir den Urlaub versaut habe, Jane. Und die Hochzeit. Ich weiß, wie sehr du dich darauf gefreut hast. Fast so sehr wie ich – 02q9375)(*&@.

Sorry, ich musste gerade weinen und habe vor lauter Tränen die Tasten nicht mehr richtig gesehen.

Jedenfalls bin ich froh, dass ihr zwei, du und Cal, euch scheinbar endlich versteht. Ich hoffe, ihr macht einen Ausflug nach Loreto. In Loreto gibt es ein paar nette Sehenswürdigkeiten. Zum Beispiel die Santa Casa, das angebliche Geburtshaus von Maria. Der Legende nach sollen Engel das Haus aus dem Heiligen Land nach Le Marche verfrachtet haben …

Hast du zufällig Marks Brille gesehen? Er ist fest davon überzeugt, dass er sie auf seinen Nachttisch gelegt hat, aber sie ist verschwunden.

Nicht, dass es wichtig wäre, schließlich bewegt er sich nur vom Bett zum Bad und zurück. Trotzdem seltsam.

Okay, melde dich mal bei Gelegenheit. O Gott, nein … Es geht schon wieder los …

Holly

Reisetagebuch
von
~~Holly Caputo und Mark Levine~~
Jane Harris

Wir sind da! In der amerikanischen Botschaft! Wir haben es noch rechtzeitig geschafft! Cal hat mich am Steuer abgelöst nach dem Zwischenstopp an der Tankstelle, und wir haben die restlichen paar hundert Kilometer wie im Flug zurückgelegt.

Außerdem hat Cal darauf bestanden, eine andere Strecke zu fahren, die nicht durch die Berge führt. Was gut war, weil ich meine Reisetabletten vergessen habe. Wir erreichten Rom um fünf vor zwölf.

Und jetzt sind wir hier!!!

Ich muss sagen, die Botschaft ist überhaupt nicht so, wie ich sie mir vorgestellt habe. Ich meine, innen erinnert sie mich irgendwie an meine Zahnarztpraxis. Es gibt einen Wartebereich und einen gläsernen Empfangskasten, und man muss eine Nummer ziehen (okay, das erinnert mich eher an meinen Fleischer als an meinen Zahnarzt, aber egal). Unsere Nummer ist die 92.

Ich muss sagen, der Modelizer ist viel besser, als ich nach seiner anfänglichen Reaktion im Wagen erwartet habe. Ich gebe zu, dass ich ihn in gewisser Weise genötigt habe. Mir war bewusst, dass er noch im Halbschlaf war, als wir losfuhren.

Trotzdem nimmt er es sehr sportlich. Er hat den ganzen Morgen keinen einzigen heiratsfeindlichen Mucks von sich gegeben. Vielleicht ist er doch noch vernünftig geworden.

Fat bottomed girls / You make the rockin' world go round…

O mein Gott, nicht zu glauben, dass wir während der

ganzen Fahrt keine andere Musik hatten! Sobald wir hier fertig sind, werden wir DIREKT einen Plattenladen suchen und andere CDs besorgen. Egal was, bloß nicht Queen.

Obwohl ich sagen muss, Freddy Mercury gefällt mir immer besser. ***We are the champions, my friends****…*

Ooohhh, die nächste Nummer wird aufgerufen. 92, 92, bitte, bitte, mach 92!!! 28?

ACHTUNDZWANZIG???

Cal sah mich nur an und meinte: »Sieht so aus, als könnte das hier eine Weile dauern.«

Die Untertreibung des Jahres.

Und das Einzige, was es zu lesen gibt, ist die europäische Ausgabe der ***Time****. Das ist ein verwässerter Abklatsch der inzwischen ebenfalls verwässerten amerikanischen* ***Time****, die zu lesen wie Lokalnachrichten gucken ist, nur ohne diese grausigen Unfälle, die sie da immer zeigen.*

Ich sterbe gleich.

Trotzdem, es ist die Sache wert. Es ist es wert für Holly. Das ist für sie. Und für Mark. Das ist…

O MEIN GOTT, DAS IST MEIN HOCHZEITSGESCHENK FÜR DIE BEIDEN!!!

GENAU!!! Warum bin ich nicht schon früher darauf gekommen? Da ich ihnen dieses Tagebuch nicht geben kann – vor allem nicht, nachdem ich Cals Pheromone darin erwähnt habe –, schenke ich ihnen … die Bescheinigung, die es ihnen ermöglicht, morgen zu heiraten.

Genial. Absolut genial. Das ist viel besser als Kerzenhalter oder etwas anderes Einfallsloses in dieser Art.

Oooh. Die nächste Nummer wird aufgerufen… Komm schon, 92. Vielleicht sind 29 bis 91 bereits gegangen.

Augenblick. Das ist keine Nummer. Sondern ein Schild. Was steht darauf?

Mittagspause
von
12.30 Uhr – 15.30 Uhr

Chiuso
dalle 12.30 alle 15.30

PDA von Cal Langdon

Ich kann nicht glauben, was hier passiert. Ich kann nicht glauben, dass ich so tief gesunken bin. Ich befinde mich in Rom, wahrscheinlich eine der gastronomisch abwechslungsreichsten Städte der Welt, berühmt für ihre Küche und die langen Mittagspausen …

Und ich esse aufgewärmte Pizza mit Auberginen im Amici Amore, einer Fast-Food-Kette.

Hinten stehen SPIELAUTOMATEN.

Ich hätte ein Machtwort sprechen sollen. Ich hätte ihr erklären sollen, wenn in Rom ein Schild hängt, auf dem steht, dass während einer bestimmten Uhrzeit geschlossen ist, dann ist es auch so gemeint.

Aber nein, sie ließ sich nicht beirren. Sie glaubt, wenn wir dieses Fast Food hinunterschlingen und danach sofort in die Botschaft zurückkehren, wird uns das Wartezeit ersparen. Obwohl das Konsulat ohnehin geschlossen ist und sie eine Nummer hat, die wahrscheinlich erst morgen aufgerufen wird oder womöglich nächste Woche.

Warum habe ich mich nicht durchgesetzt? Dieser Ausflug hätte keine völlige Zeitverschwendung sein müssen. Wir könnten ein entspanntes, romantisches Essen in einem gemütlichen Gartenrestaurant genießen und dem Gurren der Tauben lauschen statt dem Geräusch explodierender Asteroiden, die mit einer Laserpistole abgeschossen werden. Wir könnten die Sonne genießen statt von der obszönen roten Neonbeleuchtung in dieser Fressbude angestrahlt zu werden.

Warum habe ich ihr ihren Willen gelassen? Besonders, wenn sie so oft falsch liegt mit ihrem Willen?

Ich mag nicht einmal Auberginen.

Ich muss mich wehren. Wenn sie von der Toilette zurückkommt, werde ich ihr sagen, dass der Plan zum Scheitern verurteilt ist. Ich werde ihr sagen, dass wir hier nur unsere Zeit verschwenden und besser zur Villa zurückfahren sollten, um unseren restlichen Urlaub zu retten. Ich werde ihr sagen …

Da kommt sie.

Oh. Sie sagt, wir gehen.

Reisetagebuch von ~~Holly Caputo und Mark Levine~~ Jane Harris

Blödes Restaurant! Blödes Rom! Blödes Italien!

Was soll das mit den Toiletten hier??? Ernsthaft. Ich musste ja unbedingt in dieses blöde Amici Amore, wo ich die Toilette aufgesucht habe, die mit Schwarzlicht beleuchtet ist. Warum? Damit (wie Cal mir eben erklärte) es Junkies unmöglich gemacht wird, eine Vene zu finden, falls es ihnen einfallen sollte, sich hier einen Schuss zu setzen.

Aber das ist noch nicht das Schlimmste. O nein!

ES GAB GAR KEINE TOILETTE. Keine einzige. Statt einer Toilettenschüssel gab es ein Loch. EIN LOCH IM BODEN. Mit zwei Fußtritten rechts und links und zwei Stangen zum Festhalten.

Okay, mag sein, dass Italienerinnen sich mit so etwas auskennen. Aber ich sehe so etwas zum ersten Mal und habe KEINE AHNUNG, wie das funktionieren soll. Offensichtlich stellt man sich auf die Fußtritte. Und man hält sich natürlich an den Stangen fest.

Und was macht man dann? In die Hocke gehen?

ICH WERDE NICHT IN DIE HOCKE GEHEN.

O mein Gott, was stimmt nicht mit diesem Land?

Cal sagt, er kennt ein anderes Restaurant nicht weit von hier, und er schwört, dass es dort Kloschüsseln auf der Damentoilette gibt. Ich bin derart traumatisiert, dass ich mich von ihm wegbringen lasse. Ein LOCH. Ein LOCH. Was heißt eigentlich Amici Amore? Großes Loch?

*Oh. Cal sagt, es heißt »Liebe Freunde« (**amici** = Freunde, **amore** = Liebe).*

Liebe deine Freunde. Ha! Wohl eher: Quäle deine Freunde

und empfehle ihnen das Amici Amore. Um das Loch zu sehen.

Wo bringt Cal mich eigentlich hin? Ich habe ihm gesagt, dass wir uns nicht zu weit vom Konsulat entfernen sollen, da ich mir sicher bin, dass die keine drei Stunden Mittagspause machen. Ich meine, es sind Amerikaner, Herrgott noch mal. Das Schild war wahrscheinlich nur ein Gag, um Besucher mit dummen, belanglosen Problemen wie einem verlorenen Reisepass oder was auch immer abzuwimmeln. Davon lasse ich mich nicht abschrecken. Ich werde ausharren, egal, wie lange es dauert. Ich werde so lange sitzen bleiben, bis …

Ooohhh, was für ein schönes Gebäude!

Hotel Eden

Sesto piano, la nostra terrazza ristorante da dove si può ammirare uno dei più bei panorami sulla Città Eterna.

Gli altri ce la invidiano, noi ve la offriamo.
Oltre all'incantevole panorama, »La Terrazza dell'Eden« è da segnalare per i prestigiosi riconoscimenti

tra cui uno Stella Michelin.

Hotel Eden

Unser Restaurant im sechsten Stock verwöhnt Sie mit einer erstklassigen mediterranen Küche und einem unübertroffenen Ausblick auf die sieben Hügel von Rom.

»La Terrazza dell'Eden« zählt zu den renommiertesten Feinschmeckerlokalen Roms und ist stolz auf seine Auszeichnung mit einem Michelin-Stern.

Degustazione

Carpaccio scottato di branzino e capesante
con olio extra vergine al basilico

Mezzi rigatoni grezzi all'aragosta con crema di zucca

Ravioli di barbabietola con polenta e taleggio

Coda di rospo al forno con speck e lenticchie

Medaglioni di vitello in crosta di pecorino senese
con zucchine croccanti

Crostata aromatizzata con mele e mandorle,
Semifreddo alle nocciole e Ferrari Maximum Demi-sec

Caffè
Delizie friabili

Gourmet-Menü

Warmes Carpaccio vom Seebarsch und Jakobsmuscheln
mit Olivenöl und Basilikum

Rigatoni mit Hummer und Kürbiscrème

Rote-Bete-Ravioli, gefüllt mit Polenta und Taleggio

Ofengebackener Seeteufel
mit geräuchertem Schinken und Linsen

Kalbsmedaillons mit Pecorino-Kruste,
knusprigen Zucchini und Majoran

Apfel/Mandelgebäck, Haselnuss-Semifreddo
und Ferrari Maximum Demi-sec Champagnersauce

Kaffee
Petits Fours

PDA von Cal Langdon

Das ist schon besser. Sonne. Ein feiner Prosecco. Panoramablick auf die ganze Stadt. Das Terrazza dell'Eden im Hotel Eden ist immer ein Lichtblick in der Not. Seit 1889 lassen sich dort Gäste verwöhnen, erschöpft von den vielen römischen Sehenswürdigkeiten und seelisch gezeichnet vom Straßenverkehr. Wir hätten gleich zu Beginn hergehen sollen.

Das soll uns allen eine Lehre sein: Man darf niemals einen Künstler das Restaurant wählen lassen.

Reisetagebuch
von
~~Holly Caputo und Mark Levine~~
Jane Harris

O mein Gott, ich kenne dieses Hotel! Hier haben Britney Spears und Pink gewohnt, als sie im Kolosseum den Werbespot für Pepsi drehten, der beim Superbowl gezeigt wurde! Und die Paparazzi haben lauter Fotos von Britney geschossen, auf genau dieser Sonnenterrasse, auf der sie mit diesem verheirateten Tänzer flirtete.

Cool.

Es ist einfach toll hier, und man hat einen fabelhaften Ausblick. Man kann bis zum Vatikan sehen. Man kann dem Papst winken. Hallo, Papst! Schöne Grüße von Hollys Mutter! Ich bin mir sicher, Dan Brown hat es nicht so gemeint!

Und der Prosecco … mmmhh. Das Essen ist auch köstlich.

Trotzdem sollten wir uns besser beeilen. Das Konsulat öffnet in fünfundvierzig Minuten. Cal möchte noch zur Spanischen Treppe, die ganz in der Nähe ist. Als hätten wir Zeit für Sehenswürdigkeiten.

Trotzdem möchte ich nicht Nein sagen. Er ist plötzlich so nett. Ich meine, er führt mich aus und lädt mich zum Essen ein und ist einfach … na ja … richtig nett, zur Abwechslung.

Und er sieht so … sexy aus in seinen Jeans und dem Chambray-Hemd. Er hat seine Haare endlich unter Kontrolle – was gut ist, wenn er als Mark durchgehen möchte, der hat nämlich nicht mehr so viele davon wie Cal – Haare, meine ich. In der Sonne schimmern seine Haarspitzen golden.

Und er erzählt sehr lustige Geschichten, die Mark und er während ihrer Schulzeit erlebten. Kaum zu glauben, dass das derselbe Mann ist, der noch neulich darauf beharrte, dass die Ehe eine überholte Institution ist und Liebe nichts anderes als eine chemische Reaktion im Gehirn.

Wissen Sie, er wird mir allmählich fast sympathisch.

Vielleicht liegt das an der Sache mit den Katzen gestern Abend oder an heute oder vielleicht auch nur am Prosecco. Gott, wie romantisch, hoch oben über der Stadt zu sitzen und auf die Baumkronen herabzuschauen und die alten Ruinen und leckeren Perlwein zu trinken und köstliche Oliven zu naschen. Ich kann nicht glauben, dass Holly und Mark das hier verpassen …

Holly und Mark! Wir müssen sofort los!!!

>>>

Von: Claire Harris <charris2004@freemail.com>
An: Jane Harris <jane@wondercat.com>
Betreff: Du

Ich weiß nicht, ob du mich einfach nur ignorierst oder ob dir etwas zugestoßen ist. Ich hoffe natürlich Ersteres. Gestern Abend habe ich auf dem Travel Channel zufällig eine Sendung über wenig bekannte Regionen in Italien gesehen. Dort kam auch ein Bericht über Le Marche, und die haben gesagt, dort gibt es WÖLFE.

Genau. WÖLFE. In den Hügeln.

Ich hoffe, es gibt keinen Hügel in der Nähe der Villa von Hollys Onkel, und wenn doch, hoffe ich, dass es dort keine Wölfe gibt. Und dass du nachts dein Fenster schließt. Wölfe können nämlich sehr hoch springen. Sagten die jedenfalls in dieser Dokumentation.

Ich vermute, dass du mir nicht antwortest, weil du sauer auf mich bist, nachdem ich zu Hollys Mutter gesagt habe, dass sie einen Sohn gewinnt, statt eine Tochter zu verlieren. Ich verstehe immer noch nicht, wie Marie daraus schließen soll, dass Mark und Holly heimlich in Italien heiraten.

Ich dachte, ich gebe dir Bescheid, dass es so aussieht, als habe Marie im Moment ganz andere Sorgen: Dein Vater und ich waren gerade auf der Unfallstation, weil er einen Holzsplitter im Fuß hatte (ich sage ihm schon die ganze Zeit, das Parkett im Esszimmer muss geschliffen werden), und zufällig haben wir dort Hollys Schwägerin Brandy getroffen. Sie war mit der kleinen Heather da, weil sie sich ein Zimt-Candy ganz tief in die Nase gesteckt hat.

Heather, nicht Brandy.

Egal, jedenfalls laut Brandy hängt bei den Caputos der Haussegen schief, weil Darrin angekündigt hat, dass er heiraten möchte. Seinen Freund Bobby. Anscheinend soll die Trauung vor dem Rathaus stattfinden, damit der Bürgermeister es auch sicher mitbekommt.

Ich habe mit Marie telefoniert – ich MUSSTE, weil Angela di Blasi die Grippe hat und der Bücherclub diese Woche zu uns ins Haus verlegt wird –, und sie war richtig hysterisch, weil Darrin die Presse zu der Zeremonie eingeladen hat und Pater Roberto erfahren wird, dass Darrin schwul ist.

Ich hoffe, du bist jetzt zufrieden.

Nancy Jansen lässt fragen, ob du ihr ein WONDERCAT-Heft signierst: *Die frühen Jahre* für ihren Neffen Jeff. Ich habe es ihr versprochen. Sie schickt es an deine New Yorker Adresse mit einem frankierten Rückumschlag, dann brauchst du nur zu unterschreiben und es bei der Post einzuwerfen.

Liebe Grüße
Mom

Reisetagebuch
von
~~Holly Caputo und Mark Levine~~
Jane Harris

Die Spanische Treppe ist nichts Dolles. Ich meine, die Stufen sind ganz ausgetreten, schließlich sind sie schon ungefähr dreihundert Jahre alt. Sie bergen definitiv ein Unfallrisiko. Ich hätte mir fast den Knöchel verstaucht, als wir hinuntergelaufen sind.

Und ja, okay, das Keats-Shelley-Haus steht direkt daneben. Shelley. Hat seine Frau nicht **Frankenstein** *geschrieben?*

Ich weiß nicht, warum Cal so schmallippig wurde, als ich ihn das fragte. Woher soll ich mich mit Literatur auskennen? Ich habe Kunst studiert. Ich wette, Cal weiß dafür nicht, dass Michelangelo es dermaßen leid war, dass die Leute die Hände seiner David-Statue bewunderten, dass er sie abschlug.

Ich fragte ihn also, ob er das wisse, und er verneinte. Und er fügte hinzu, dass er nicht verstehe, warum Michelangelo die Hände abschlug, wenn sie bei den Leuten so gut ankamen.

Also erklärte ich ihm, dass ein Künstler möchte, dass die Menschen sein Werk als Ganzes betrachten und nicht nur Teile davon. Wenn die Leute nur auf die Hände achten, nehmen sie den Rest der Statue nicht wahr. Und das widerstrebte Michelangelo … Er wollte keine tollen Hände schaffen. Er wollte eine tolle Statue schaffen.

Ich konnte sehen, dass Cal beeindruckt war. Ich glaube, damit habe ich meine Bemerkung über Britney vorhin im Hotel Eden wiedergutgemacht. Da sah er nämlich einen Moment lang richtig erschrocken aus.

Was soll's! Ich kann es nicht ändern, dass er das **Wall Street Journal** *liest und ich die Klatschzeitschriften. Trotzdem habe ich etwas auf dem Kasten, sonst müsste ich nicht jedes Quartal Einkommenssteuer zahlen, oder?*

Auf der Treppe saßen all diese Hippies mit Gitarren, die von Frieden sangen und so. Ihr Anblick erinnerte Cal offenbar an etwas, da er plötzlich sagte: »Ich muss zur Bank.« Ich fragte: »Warum?«, und er antwortete: »Ich muss meiner Schwester Geld schicken.«

Also gingen wir zur Western Union – glücklicherweise ist die Spanische Treppe eine Touristenattraktion, sodass wir sehr schnell eine Filiale fanden –, und Cal überwies tausend Dollar an eine Mary Langdon. Ich weiß, ich hätte wegschauen sollen, aber das wäre schwierig gewesen.

Außerdem war ich neugierig.

Obwohl Cal offenbar nicht darüber reden wollte, fragte ich ihn, wie alt seine Schwester ist, und er sagte fünfundzwanzig. Er ist also der große Bruder. Es ist schwer, sich vorzustellen, dass er eine kleine Schwester hat.

Es ist überhaupt schwer, sich Cal als Kind vorzustellen. Aber ich weiß, er war mal eins, denn damals sind Mark und er Freunde geworden.

Ich frage mich, ob Mary auch Angst vor Schlangen hat.

Und wofür sie die tausend Mäuse braucht. Wer leiht sich so viel Geld von seinem Bruder? Das bringt die beiden sicher vor das Fernsehgericht, Sie werden sehen.

Aber als ich nachfragte, meinte Cal nur: »Mary ist Künstlerin.« Und das in einem Ton, der erkennen ließ, dass er nicht viel von diesem Beruf hält. Äh … MEINEM Beruf.

Aber was soll's. Es ist jedenfalls süß von Cal, dass er seiner kleinen Schwester hilft. Ich hätte ihn eher als jemanden eingeschätzt, der nicht gerne Geld verleiht, aber offenbar hat seine Schwester ihn um ihren Goldgräberfinger gewickelt …

Großzügig zu seiner Schwester. Mitleid mit Katzen. Angst vor Schlangen.

Trotzdem. Ein Modelizer. Und strikt gegen die Ehe.

Wir sind zurück im Konsulat. Cal wollte bereits aufgeben, aber das habe ich verhindert. Und ich bin froh, dass ich das getan habe, denn plötzlich geht es hier ganz schnell voran. Wir sind bereits bei Nummer 67. Fragen Sie mich nicht, wie das möglich ist.

Wie nervig … Da ist diese Frau, ungefähr in meinem Alter, die, wie ich vermute, dieselbe Bescheinigung braucht wie wir. Sie will einen Italiener namens Paolo heiraten. Das weiß ich, weil sie es jedem erzählt, der ihr zuhört. Paolo sitzt neben ihr und macht keinen sehr glücklichen Eindruck. Sie erzählte uns, er spräche kein Englisch. Und dass sie so gut wie kein Italienisch könne. Und dass ihre Beziehung allein auf körperlicher Anziehungskraft beruhe.

Was, wenn es stimmt, irgendwie traurig ist. Für die Frau. Ich meine, Paolo sieht super aus, verstehen Sie mich nicht falsch. Aber sie hat nichts Besonderes. Ich frage mich, ob Paolo überhaupt weiß, wo sie sich befinden und dass er bald heiraten wird.

*Ich habe Cal, der (wie immer) mit seinem BlackBerry beschäftigt war, eben mit dem Ellenbogen angestupst und ihn (*__sotto voce__*) gefragt, ob er denkt, dass Paolo weiß, worauf er sich einlässt. Bevor Cal die Chance hatte zu antworten, kam ihm die zukünftige Mrs. Paolo zuvor. »Er ist Mechaniker. Meine Eltern sind gegen ihn. Sie glauben, ich habe etwas Besseres verdient als einen italienischen Mechaniker, der kein Wort Englisch spricht. Aber die sexuelle Anziehungskraft zwischen uns ist so stark. Wie soll ich das ignorieren?«*

Die letzte Frage war direkt an mich gerichtet. Dummerweise habe ich ihren Blick erwidert. Jetzt habe ich sie an der Backe.

»Ich bin Rhonda«, sagt sie. »Was schreibst du da in dieses Buch?«

Ich: *»Nichts.«*

Rhonda: *»Oh, das ist ein Reisetagebuch. Ich liebe Tagebücher. Weißt du, ich kann nachts nicht schlafen, wenn ich nichts in mein Tagebuch geschrieben habe. Manchmal kommen zwanzig, dreißig Seiten am Tag zusammen.«*

Ich: *»Wow.«*

Rhonda: *(sieht Cal an und klimpert mit ihren mausbraunen Wimpern) »Und das ist dein Schatz?«*

Ich: *»Äh … ja. Sieht so aus. Das ist Mark. Ich heiße Holly.«*

Rhonda: *»Hi, Holly. Hallo, Mark. Was für ein schönes Paar! Was macht ihr zwei hier? Habt ihr eure Pässe verloren? Ich bin hier, weil ich eine Bescheinigung für das Standesamt brauche.«*

Ich: *»Das habe ich mitbekommen. Wir sind auch hier wegen einer Bescheinigung fürs Standesamt.«*

Rhonda: *»Oh, ihr wollt heiraten? Hier in Italien? Warum, wenn ich fragen darf? Ich meine, warum nicht in Vegas?«*

Cal: *»Wir können einfach nicht mehr warten, Rhonda. Ich liebe diese Frau so sehr, dass ich sie sofort heiraten möchte, um keine Minute länger zu verschwenden. Ich will sie so schnell wie möglich zu Mrs. Mark Levine machen.«*

!!!!!!!!!!!!!!!!!!!!!!

Er ist witzig!!! Wer hätte das gedacht???

Rhonda: »O Mann, das kann ich verstehen! Das ist genau wie bei mir und Paolo. Darf ich euch meinen zukünftigen Mann vorstellen, Paolo? Er spricht kein Englisch. Und ich spreche kein Italienisch. Wir haben uns vor drei Tagen kennengelernt. Unser Schiff hat hier angelegt, und ich habe mir einen dieser kleinen Motorroller geliehen, und da war er, und … nun, ich bin nicht zurück auf das Schiff. Meine Eltern sind stinksauer auf mich – sie machen eine Kreuzfahrt zu ihrem fünfunddreißigsten Hochzeitstag. Aber was soll ich tun? Die körperliche Anziehungskraft zwischen uns ist überwältigend. Paolo ist ein Tier im Bett.«

Ich: (Cals Knie tätschelnd) »Er hier auch.«

Cal: (legt den Arm um meine Schulter) »Na komm, Süße, sei nicht so bescheiden. Du liegst auch nicht steif da wie ein Brett.«

Ich: (mit bescheidenem Blick) »Ja, wir fallen immer richtig wild übereinander her. Wie oft war das gestern, Süßer?«

Cal: »Ich glaube, siebenmal.«

Ich: (sehr bemüht zu ignorieren, dass Cal Langdon wirklich gut riecht) »Ja, aber nur so wenig, weil du an dieser Sportverletzung laborierst.«

Cal: »Stimmt, gestern waren wir ziemlich brav.«

Rhonda: (mit begeistertem Gesicht) »Paolo kann neunmal hintereinander! An einem einzigen Tag!«

Wir fixierten Paolo mit Respekt. Er zwinkerte uns zu, ohne den leisesten Schimmer zu haben, worüber wir uns unterhielten, beziehungsweise ohne das leiseste Anzeichen von Intelligenz.

Ich: *(Cals Arm liegt immer noch um meine Schulter. Er ist warm. Und er lenkt mich ab.) »Sehr beeindruckend. Kein Wunder, dass du ihn heiraten willst.«*

Rhonda: *»Ich weiß. Wenn meine Eltern doch nur mehr Verständnis hätten! Gestern Abend haben sie aus Griechenland angerufen und sich total aufgeregt, als ich erzählte, was Paolo und ich heute vorhaben. Ich dachte, sie freuen sich für mich, weil ich endlich das Glück gefunden habe, das sie seit fünfunddreißig Jahren genießen! Aber nein. Stattdessen halten sie mich für verrückt und behaupten, dass ich mich nach einer Woche wieder scheiden lassen werde. Aber Paolo ist natürlich katholisch und glaubt nicht an Scheidung. Glaube ich jedenfalls. Es ist schwer, ihn zu verstehen, aber ich denke, das hat er gemeint. Außerdem lassen sich heutzutage viel zu viele Paare scheiden. Die haben nicht begriffen, dass eine Ehe Arbeit erfordert und dass man nicht gleich auszieht, nur weil der Ehemann fremdgegangen ist oder was auch immer. Nein, man muss bleiben und sich bemühen, dann funktioniert die Ehe. Eigentlich müssten meine Eltern das wissen.«*

Cal: *»Die eigene Familie kann manchmal sehr schwierig sein.«*

Rhonda: *»Wem sagst du das! Neulich abends erst habe ich darüber in mein Tagebuch geschrieben, als mir bewusst geworden ist, dass …«*

Ein Konsularbeamter schreit: »92! Nummer 92!«

DAS SIND WIR!!!

EHESCHLIESSUNG US-AMERIKANISCHER BÜRGER IM RÖMISCHEN KONSULARBEZIRK

US-Staatsangehörige, die eine Eheschließung in Italien planen, müssen bestimmte Dokumente vorweisen und bestimmte Anforderungen des italienischen Rechts erfüllen, um einen Antrag auf Eheschließung stellen zu können. Eheschließungen können nicht vom amerikanischen Konsul durchgeführt werden und auch nicht in den Räumlichkeiten des amerikanischen Konsulats. Die einzureichenden Dokumente und das Verfahren werden beschrieben wie folgt:

1. Gültiger Reisepass

2. Geburtsurkunde (Original oder beglaubigte Kopie)

3. Nachweis über die Auflösung eventueller Vorehen (z.B. Scheidungsurteil, Auflösungsurteil oder Sterbeurkunde früherer Ehepartner)

4. Eidesstattliche Versicherung, abgelegt vor einem in Italien zugelassenen Konsular, dass keine rechtlichen Hindernisse für die Eheschließung nach dem Familienrecht des Bundesstaats, in dem der Bürger ansässig ist, bestehen.

BEACHTEN SIE: Die eidesstattliche Versicherung ist nur gültig mit dem Stempel einer *Prefettura* (Präfektur) in unserem Konsularbezirk (es gibt sie in jeder Provinzhauptstadt).

5. *Atto notorio*: Es handelt sich hierbei um eine Erklärung (zusätzlich zu der eidesstattlichen Versicherung wie unter Punkt 4 beschrieben), dass nach dem Gesetz der Vereinigten Staaten kein Hinderungsgrund für die Eheschließung besteht. Diese Erklärung wird in Anwesenheit von zwei Zeugen (die Nationalität der Zeugen ist unerheblich, allerdings sind ein Mindestalter von achtzehn Jahren Voraussetzung und die Vorlage eines gültigen Lichtbildausweises) vor einem italienischen Konsul außerhalb Italiens beziehungsweise innerhalb vor einem Bevollmächtigten der *Pretura* (Amtsgericht) in der Stadt, in der die Eheschließung durchgeführt wird, abgegeben. US-Bürger, die in Italien heiraten möchten, müssen diese Erklärung beim italienischen Konsulat vor ihrer Abreise aus den Vereinigten Staaten beantragen.

6. Absichtserklärung: Das Brautpaar muss die oben genannten Dokumente im *Ufficio Matrimoni* (Standesamt) des *Municipio* (Rathaus) in der Stadt, in der die Eheschließung durchgeführt wird, vorlegen, sowie eine »Absichtserklärung zur Eheschließung« vor einem *Ufficiale di Stato civile* (Standesbeamter) abgeben.

BEACHTEN SIE: Sämtliche Dokumente, die außerhalb Italiens ausgestellt wurden (Geburtsurkunde, Scheidungsurteil etc.) MÜSSEN in italienischer Übersetzung eingereicht werden. Originaldokumente sowie Übersetzungen MÜSSEN mit einer so genannten »Apostille« gemäß dem Haager Übereinkommen zur Befreiung ausländischer öffentlicher

Urkunden von der Legalisation beglaubigt sein. In den USA wird die »Apostille« vom Secretary of State in dem Bundesstaat, in dem das Dokument ausgestellt wurde, erteilt.

Ich versichere, dass der Inhalt der vorgelegten Dokumente wahrheitsgemäß und gültig ist.

Unterschrift: Holly Ann Caputo (Holly Ann Caputo)

Unterschrift: ____________ (Mark Levine)

Stato civile

>>>

Von: Mark Levine <mark.levine@thenyjournal.com>
An: Cal Langdon <cal.langdon@thenyjournal.com>
Betreff: Wo steclsz do?

Hgey, ivh kamm meine Brolle nivht findem. Wo stecckaz do???

Matk

Ich bin auf der Flucht vor der Justiz. Ich rechne jeden Moment damit, dass Interpol uns ausbremst, Jane und ich aus dem Wagen gezerrt und auf den Boden gedrückt werden und Handschellen angelegt bekommen. Ich vermute, dass in diesem Moment bereits Hubschrauber über uns kreisen. Ohne Zweifel werden wir im italienischen Gefängnis landen, und keiner wird je wieder von uns hören.

Und Rhonda wird die lachende Dritte sein.

Wir haben es getan. Wir haben einen Meineid geleistet. Wir haben einen Betrug begangen, indem wir die Unterschriften unserer Freunde auf amtlichen Dokumenten fälschten.

Und keiner hat Verdacht geschöpft.

Jane hatte Recht. Es war ein Kinderspiel. Der Kerl hinter der kugelsicheren Scheibe sah sich unsere Pässe nicht einmal richtig an. Er wollte nur wissen, wo wir wohnten, und machte eine lakonische Bemerkung, als er Le Marche hörte. Dann schob er das Formular durch den Schlitz, damit wir unterschreiben, bevor er uns unsere Unterlagen mit dem vorschriftsmäßig abgestempelten Formular zurückgab. Diese endlose Warterei! Wir waren erst um halb sechs wieder auf dem Rückweg, dabei war das Ganze in fünf Minuten erledigt.

Ich dachte, Jane bekäme jeden Moment einen Schlaganfall, weil sie dermaßen außer sich vor Freude war. Sie klammerte sich an meinem Hemd fest – übrigens kein unangenehmes Gefühl – und flüsterte: »Es hat geklappt! Wir haben es geschafft! Es hat funktioniert!«, als wir mit dem Aufzug nach unten fuhren. Gleich darauf wurde sie ernst und fragte: »Was hat der Mann eben über Le Marche gesagt?«

Ich zitierte, was der Mann grunzend erwidert hatte, nachdem er erfuhr, wo wir – ich meine, Holly und Mark – heiraten wollten: »Lieber eine Leiche im Haus als einen Lebenden aus Le Marche.«

Was bei Jane helle Empörung auslöste. »Was hat er damit gemeint? Was stimmt nicht mit Le Marche? Ich finde es dort wunderschön. Nur weil es nicht so überlaufen ist von amerikanischen Touristen wie Rhonda, heißt das doch nicht, dass dort etwas faul ist!«

Das fand ich sehr amüsant hinsichtlich ihrer Beschwerden über Le Marche, als sie in dem Restaurant, in dem wir gestern Abend aßen, von der Toilette kam.

Trotzdem, es stimmt, Le Marche besitzt einen gewissen Charme. Ich freue mich sogar darauf, zurückzukehren.

Dabei habe ich mich nicht mehr auf einen Ort gefreut seit... eh und je. Ich frage mich, was das zu bedeuten hat. Normalerweise sind Orte für mich einfach... Orte. Ich weiß nicht, was passiert ist, dass Le Marche mir nicht wie ein beliebiger Ort erscheint, sondern eher wie... na ja, wie ein Zuhause.

>>>

Von: Malcolm Weatherly <malcolmw@snowstyle.com>
An: Jane Harris <jane@wondercat.com>
Betreff: Ciao!

Hey, Babe! Was geht ab? Hab schon 'ne Weile nichts mehr von dir gehört. Was ist los? Bist du mit einem italienischen Hengst durchgebrannt oder was?

Melde dich kurz, okay? I miss U.

Außerdem muss ich unbedingt wissen, ob du meine Glücksmütze gesehen hast.

M

Reisetagebuch von ~~Holly Caputo und Mark Levine~~ Jane Harris

Echt seltsam …

Ich meine, dass ich allein mit Cal Langdon in einem Wagen sitze und mich nicht über ihn ärgere.

Was geschieht mit mir?

Warum hat er den Arm um mich gelegt im Konsulat? Nicht, dass es mir nicht gefallen hätte – weit davon entfernt –, aber seitdem wünsche ich mir, dass es wieder geschieht. Warum möchte ich überhaupt von ihm angefasst werden? Er ist ein Modelizer!

Aber er hat sich für Mark und Holly eingesetzt. Und das gegen seinen Willen. Ich meine, er war von Anfang an gegen die Hochzeit. Trotzdem habe ich den ganzen Tag nicht den kleinsten Protest von ihm gehört. Tatsächlich ist es sogar ihm zu verdanken, dass die beiden ihre Traumhochzeit feiern können.

Das muss doch ein heftiger Schlag sein für jemanden, der die Institution Ehe zutiefst ablehnt. Ich frage mich, ob ihm das bewusst ist.

Ich: »Hey, was ist aus Ihren Vorurteilen gegen die Ehe geworden?«

Cal: »Wie bitte?«

Ich: (drehe die Musik von Queen leiser) »Ich dachte, Sie sind absolut dagegen, dass Holly und Mark heiraten. Warum haben Sie dann vorhin mitgespielt?«

Cal: »Halten Sie dieses Gespräch in Ihrem Tagebuch fest?«

Ich: »Äh …«

Cal: »Großartig. Was steht denn da sonst noch über mich?«

Ich: »Dass Sie im Schlaf sabbern.«

Cal: »Tu ich nicht.«

Ich: *»Doch. Das habe ich selbst gesehen, als ich Sie heute Morgen geweckt habe.«*

Cal: *(schnappt nach dem Tagebuch) »Geben Sie her.«*

Ich: *»Hey! Sehen Sie gefälligst auf die Straße, Mister. Im Ernst, was hat Ihren Sinneswandel bewogen?«*

Cal: *»In Bezug auf was?«*

Ich: *»Auf die Ehe! Warum sind Sie jetzt plötzlich dafür, obwohl Sie die ganze Zeit dagegen waren?«*

Cal: *»Ich bin immer noch dagegen. Nur bei Mark und Holly mache ich eine Ausnahme. Ich habe meine Meinung relativiert.«*

Ich: *»Offensichtlich. Aber warum?«*

Cal: *»Die beiden scheinen sehr … verbunden zu sein. Wie das bei einem Paar sein sollte. Nehme ich an.«*

Ich: *»Das habe ich Ihnen doch schon die ganze Zeit gesagt.«*

Cal: *»Aber das macht mich nicht zu einem Befürworter der Ehe, wissen Sie. Das macht mich nur zu einem Befürworter von Mark und Holly.«*

Ich: *»Mehr wollte ich nicht. Erinnern Sie sich an unser Gespräch im Flieger?«*

Cal: *»Da kannte ich Holly kaum. Und ich glaube immer noch, dass Mark besser daran täte, sich die Welt anzusehen, bevor er sesshaft wird. Lachen Sie nicht. Die Welt ist groß, es gibt viel zu sehen. Ein Mann sollte sich nicht fest binden in so jungen Jahren.«*

Ich: *»Verzeihung, Mark ist fünfunddreißig. Das gilt in vielen Ländern als nicht mehr jung. Außerdem hat er bereits versucht, die Welt zu erkunden, schon vergessen? Dabei hat er sich eine Lebensmittelvergiftung geholt.«*

Cal: *»Das ist mir alles bewusst. Darum habe ich meine Meinung geändert. Was Mark und Holly betrifft.«*

Ich: *»Aber nicht, was die Liebe und Ehe allgemein betrifft.«*

Cal: *»Ich halte die Ehe nach wie vor für eine überholte Institution. Außerdem bin ich überzeugt, dass sie den Menschen ihre Individualität raubt. Ich meine, das beginnt schon damit, dass die Frau den Namen des Mannes annimmt …«*

Ich: *»Nicht alle Frauen.«*

Cal: *»Aber die meisten. Würden Sie nicht auch?«*

Ich: *»Äh … ich bin die Schöpferin von WONDERCAT. Mag sein, dass Sie noch nie von mir gehört haben, aber andere Leute schon. Wenn ich meinen Namen ändere, stiftet das Verwirrung bei meinen Fans. Außerdem mag ich meinen Namen. Obwohl er mir natürlich von einer patriarchalischen Gesellschaft, in der Frauen unterdrückt werden, indem man ihnen ihren Geburtsnamen mit der Eheschließung raubt, gegeben wurde.«*

Cal: *»Sehen Sie? Davon rede ich doch die ganze Zeit!«*

Ich: *(prustend) »Hallo, das war ein Scherz.«*

Cal: *»Oh. Na ja, ich rede immer noch davon.«*

Ich: *»Nein, tun Sie nicht. Vorher haben Sie anders geredet. Sie haben gesagt, Sie glauben nicht an die Ehe, weil Säugetiere genetisch nicht fähig sind zur Monogamie, worauf ich Wölfe und Falken als Gegenbeispiele genannt habe. Und dass chemische Prozesse im Gehirn uns Liebe vorgaukeln, obwohl wir bloße Lust empfinden. Das steht alles in diesem Tagebuch, falls Sie mir nicht glauben. Ich kann gerne nachschlagen.«*

Cal: *»Sie haben dieses Gespräch auch dokumentiert? Holly und Mark werden das lesen.«*

Ich: *»Vielleicht. Hören Sie auf, vom Thema abzulenken. Glauben Sie das wirklich? Dass Menschen nicht fähig sind zur Monogamie? Ich kann Ihnen nämlich viele*

Gegenbeispiele von verheirateten Paaren nennen, die sich immer treu waren …«

Cal: *»Sind Sie sicher?«*

Ich: *»Ich denke, ich wüsste, wenn meine Mutter oder mein Vater fremdgegangen wären. Und noch ein Beispiel – Rhondas Eltern.«*

Cal: *»Wer zum Teufel ist Rhonda?«*

Ich: *»Rhonda vom Konsulat. Ihre Eltern feiern ihren fünfunddreißigsten Hochzeitstag.«*

Cal: *»Sie können unmöglich wissen, ob Rhondas Eltern sich immer treu waren in diesen fünfunddreißig Jahren.«*

Ich: *»Das stimmt. Trotzdem. Ich wette zwanzig Dollar, dass es so ist. Niemand macht eine Kreuzfahrt mit einem Ehepartner, der fremdgeht.«*

Cal: *»Sie sind unglaublich.«*

Ich: *»Nein, Sie sind unglaublich. Nur weil Ihre Exfrau Sie betrogen hat, glauben Sie, dass alle Frauen unfähig zur Treue sind. Geben Sie es ruhig zu.«*

Cal: *»Das habe ich nie behauptet.«*

Ich: *»Das ist auch nicht nötig. Es ist offensichtlich. Wenn Sie sagen, dass Menschen unfähig zur Monogamie sind, meinen Sie Frauen.«*

Cal: *»Nein, tu ich nicht.«*

Ich: *»Haben Sie sie betrogen?«*

Cal: *»Wen?«*

Ich: *»Valerie.«*

Cal: *»WOHER WISSEN SIE IHREN NAMEN?«*

Ich: *»Von Holly. Und? Haben Sie?«*

Cal: *»Natürlich nicht.«*

Ich: *»Sehen Sie? Damit ist der Fall für mich abgeschlossen.«*

Cal: *»Was? Ich habe keine Ahnung, wovon Sie reden!«*

Ich: *»Sie misstrauen allen Frauen, weil eine einzige Ihnen übel mitgespielt hat. Und aus diesem Grund sind Sie so vehement gegen die Ehe. Aber nicht die Ehe ist das Problem, sondern Herzchen wie Ihre Ex, die die ganze Sache nicht ernst nehmen oder aus den falschen Gründen heiraten oder was auch immer. Geben Sie nicht der Institution Ehe die Schuld, dass Valerie Sie betrogen hat. Es war nicht die Ehe, die sie zum Fremdgehen verleitete. Sie war einfach eine Schlampe.«*

Cal: *»O mein Gott. Sie sind unglaublich.«*

Ich: *»Ja. Aber ich habe Recht. Da vorne ist die Ausfahrt. Verpassen Sie sie nicht.«*

Er tut so, als wäre er schockiert, weil ich von dieser privaten Geschichte aus seiner Vergangenheit angefangen habe.

Und ich schätze, es ist ziemlich unhöflich, die Exfrau von jemandem als Schlampe zu bezeichnen. Aber sie ist nun einmal eine. So wie Dave eine männliche Schlampe ist. Trotzdem hat Daves Vorliebe, seelenfressende Personalverantwortliche hinter meinem Rücken flachzulegen, mir nicht meinen Glauben an glückliche Ehen oder dass ich eines Tages den perfekten Mann finden werde, vermiest.

Ich weiß natürlich, dass es, streng genommen, keine Traumehen gibt. Eine Ehe ist Arbeit, und es gibt keine Seelenverwandtschaft. Man muss sich den Menschen suchen, der einem am wenigsten auf die Nerven geht (jedenfalls laut Dr. Phil) beziehungsweise dessen Macken man am besten erträgt.

Im Ernst, ich wette, es gäbe viel weniger Scheidungen, wenn den Leuten das bewusst wäre. Und auch viel weniger Ehen. Aber das wäre vielleicht gar nicht so schlecht.

Ooohhh, ich rieche Pferdemist! Das Centro Ippico! Wir sind fast da!

>>>

Von: Peter Schumacher <webmaster@wondercatlives.com>
An: Listserv <Wondercat@wondercatlives.com>
Betreff: JANE HARRIS

FANTASTISCHE NEUIGKEITEN, LEUTE!!! Die Hochzeit kann doch stattfinden!

Hier die aktuellen News:

Jane Harris ist extra nach Rom gefahren, um die Apostille zu besorgen, die ihre Freunde benötigen, damit sie heiraten können! JAWOHL! Sie kam abends gegen neun nach Hause, als meine Uromi und ich versuchten, den Freunden von Jane Harris, die sich mit Austern den Magen verdorben haben, aber sich langsam wieder besser fühlen, etwas Suppe einzuflößen.

Und plötzlich platzt Jane Harris mit der Apostille in der Hand herein! Die Hochzeit kann morgen Vormittag wie geplant stattfinden! Die Freunde von Jane Harris, die beide noch ziemlich geschwächt waren, sind aufgesprungen und haben gejubelt vor Freude! Und Jane Harris sagte: »Das ist mein Hochzeitsgeschenk für euch!«

Das ist das beste Hochzeitsgeschenk, das es je gegeben hat, rief die Freundin von Jane Harris, Holly.

Meine Uromi hat eine Flasche Schampus aufgemacht, um darauf anzustoßen.

Also kommt, kommt alle zum Ufficio del Segretario von Castelfidardo morgen Vormittag um neun Uhr!

Hier ist Peter, der allergrößte Fan von WONDERCAT, und ich wünsche euch eine GUTE NACHT!

WONDERCAT lives – 4eva!

Peter

>>

Von: Darrin Caputo <darrin.caputo@caputographics.com>
An: Holly Caputo <holly.caputo@thenyjournal.com>
Betreff: Hallo, hier ist deine Mutter

Holly, hier ist deine Mutter. Etwas Furchtbares ist passiert. Dein Bruder Darrin will heiraten. Einen Mann. Draußen vor dem Rathaus. In aller Öffentlichkeit.

Du musst sofort nach Hause kommen. Du weißt, dein Bruder hat noch nie auf mich gehört oder auf irgendeinen anderen aus der Familie. Du musst ihn davon abbringen. Ich kann nicht zulassen, dass eines meiner Kinder sich derart blamiert.

Ich flehe dich an, deinem Bruder diese Schnapsidee auszureden. Vielleicht kann Mark dir dabei helfen. Schließlich ist er Arzt, er muss wissen, wie falsch es ist, derart unverhohlen gegen das Gesetz zu verstoßen.

Ich verlasse mich darauf, dass du nach Hause kommst und deinen armen, verwirrten Bruder wieder auf die richtige Bahn bringst.

Deine Mutter

PDA von Cal Langdon

Ich hatte von Anfang an Recht. Vom ersten Moment an, als ich sie mit ihren ganzen Wasserflaschen im Duty Free Shop am Flughafen sah, dachte ich: »Die hat einen Knall.«

Ich hatte sie abgeschrieben.

Und doch … sie hat zwei unglückliche Menschen sehr glücklich gemacht heute Abend. Ich habe noch nie zwei größere Trauerklöße gesehen als Holly und Mark, die zusammengesunken an dieser riesigen Tafel saßen, als wir nach unserer Rückkehr aus Rom hereinkamen. Mark wirkte besonders verloren, da er ohne Brille blind wie ein Maulwurf ist. Ich ging auf ihn zu und gab sie ihm – ich musste sie ihm sogar aufsetzen, da er nicht einmal wahrnahm, dass ich sie ihm entgegenstreckte –, und dann knallte Jane das Formular mit einem lauten »Hier ist euer Hochzeitsgeschenk!« auf den Tisch.

Ich befürchtete, Frau Schumacher würde einen Herzinfarkt erleiden vor lauter Begeisterung. Und um die Wahrheit zu sagen, beunruhigte mich die Vorstellung, ihr vielleicht eine Mund-zu-Mund-Beatmung geben zu müssen, während Mark sich um die Herzmassage kümmert.

Könnte es sein, dass Jane Recht hat? Könnte etwas dran sein an ihrer Theorie, dass die Ehe durchaus das Richtige für manche Menschen ist? Dass es mit Valerie und mir nicht funktioniert hat, weil Valerie … eine Schlampe war?

Das scheint mir eine grobe Vereinfachung der Probleme, die Valerie und ich hatten.

Und doch …

Jedenfalls scheint die Ehe definitiv das Richtige für Mark und Holly zu sein. Sie sind überglücklich und hüpfen begeistert auf und ab, soweit sie dazu in der Lage sind mit ihrer Lebensmittelvergiftung. Ich muss sagen, ich kann nicht verstehen, wie man sich so sehr auf die Aussicht, von einem sozialistischen Bürgermeister in einer Stadt, die sich dem Akkordeonbau verschrieben hat, Tausende von Meilen von der eigenen Familie entfernt freuen kann, getraut zu werden.

Aber vielleicht hat das Ganze etwas mit Romantik zu tun, was ich übersehe. Valerie hat mir immer vorgeworfen, ich hätte keinen Sinn für Romantik. Die Nähmaschine, die ich ihr zum Valentinstag schenkte, war ein ständiger Streitpunkt. Valerie sagte, ihr wäre ein Diamantarmband lieber gewesen. Aber ich fand eine Nähmaschine viel praktischer, wenn man bedenkt, wie viel Valerie immer für Klamotten ausgegeben hat …

Holly hat sich irgendwann Jane geschnappt, und die zwei – dicht gefolgt von Frau Schumacher, die einen recht rüstigen Eindruck für ihr Alter macht und offenbar nicht gerne außen vor bleibt – sind eiligst verschwunden, um die Falten aus dem Hochzeitskleid zu bügeln, das keiner von uns Männern sehen darf.

Während die Frauen beschäftigt waren, haben Peter und ich den erbärmlichsten Junggesellenabschied aller Zeiten mit Mark gefeiert. Der Bräutigam war noch so geschwächt von seiner Lebensmittelvergiftung, dass er kaum ein Glas an die Lippen heben konnte. Die einzige Unterhaltung waren die streunenden Katzen, die auf eine Portion Fisch warteten.

Kein Tabledance, keine Kamikaze-Cocktails für Mark.

Aber vielleicht passt das ja zu einem Mann, der sich so einen perversen – und doch absolut passenden – Ort für seine Hochzeit ausgesucht hat.

Inzwischen hat sich Mark nach oben ins Bett geschleppt. Anscheinend hat er die Frauen bei der Anprobe des Brautkleids gestört – jedenfalls dem empörten Kreischen nach zu urteilen, das von oben aus dem Fenster schallte. Er hat mich mit dem jungen Peter, der mich gerade fragte, ob ich glaube, dass Jane Harris wieder herunterkäme oder anschließend direkt ins Bett gehe, allein gelassen.

Wie rührend, dass dieser junge Mann denkt, ich wäre in die privaten Gedanken und Absichten von Ms. Harris eingeweiht. Da es sich jedoch um eine falsche Annahme handelt, war ich gezwungen, ihm mitzuteilen, dass ich es nicht weiß.

Die kleine Nervensäge hatte doch glatt die Chuzpe, mir direkt in die Augen zu sehen und mich zu fragen, was genau meine Absichten seien in Bezug auf besagte Dame.

Natürlich nicht mit diesen Worten. Seine genauen Worte lauteten, hervorgebracht in einem höchst missbilligenden Ton: »Sind Sie und Jane Harris ein Paar?«, womit er wahrscheinlich ein Liebespaar meinte. Ich kann nicht behaupten, dass mir das verschlagene Grinsen gefiel, das sich auf seinem Kindergesicht ausbreitete, als ich seine Frage klar verneinte.

Vielleicht hätte ich nicht so vehement verneinen sollen?

Wenigstens stellte er keine weiteren Fragen, sondern zog in aller Seelenruhe ein Kartenspiel aus seiner Hosentasche und fragte mich, ob ich Lust habe zu einer Runde Krieg und Frieden.

In einer herrlichen, sternenklaren Nacht an der Adriaküste war ich dazu verdammt, Krieg und Frieden mit einem deutschen Teenager zu spielen.

Ich muss mich ständig fragen, ob der Mann vom Konsulat nicht Recht hatte mit seinem Kommentar, eine Leiche im Haus zu haben sei besser als einen Lebenden aus Le Marche. Nicht dass irgendein Einheimischer in der Nähe gewesen wäre. Es ist nur… dieser Ort scheint etwas Seltsames mit völlig normalen Menschen anzustellen…

Von: Mary Langdon <m.langdon@internetcafenetwork.
com>
An: Cal Langdon <cal.langdon@thenyjournal.com>
Betreff: Danke

O mein Gott, Cal, vielen Dank für das Geld. Ich kann es wirklich brauchen. Jeff (der Typ mit dem Kleinbus) hat sich als der absolute Psycho entpuppt. Er hat mich rausgeworfen, nur weil er mich dabei beobachtet hat, wie ich mich mit einem anderen Mann unterhalten habe. Keine Ahnung, für wen der sich hält – vielleicht für einen verdammten Taliban? Gott, ich hasse es, wenn die Kerle denken, ich wäre ihr Eigentum.

Trotzdem ist alles cool. Ich habe mich nämlich einer super Truppe von Snowboardern angeschlossen. Die haben sogar ein freies Zimmer für mich. Einer von ihnen, Malcolm, hat mir gezeigt, wie man die Halfpipe fährt. Er hat mir sogar ein Board samt Ausrüstung geliehen. Er hat gesagt, er halte mich für ein Naturtalent. Wer weiß? Vielleicht ist Snowboarden meine eigentliche Berufung, und ich habe es nur nicht gewusst, weil Mom und Dad mit uns immer diese beknackten Strandurlaube gemacht haben, statt wie normale Eltern mit uns in die Skiferien zu fahren.

Egal, nochmals danke für die Kohle.

Später mehr.

Mary

>>

Von: Ruth Levine <r.levine@levinedentalgroup.com>
An: Cal Langdon <cal.langdon@thenyjournal.com>
Betreff: Hallo!

Hallo, Cal!

Ich möchte nicht aufdringlich sein, aber ich habe mich gefragt, ob du meine E-Mail erhalten hast und Gelegenheit hattest, über meine Bitte nachzudenken. Wegen Mark und Holly. Ich weiß, du bist momentan in Marks Nähe, und ich habe gehofft, dass du inzwischen eine Gelegenheit hattest, mit ihm zu reden. Aus Gründen, auf die ich im Moment nicht näher eingehen möchte, sprechen Mark und ich zurzeit nicht miteinander. Oder besser gesagt, ich spreche schon mit ihm, aber er scheint verärgert zu sein über mich. Ich weiß, das wird sich bald legen – du kennst ja Mark und seine Launen. Trotzdem hoffe ich, dass du in der Zwischenzeit ein Auge auf ihn hast und ihn abhältst von … unüberlegten Handlungen.

Ich will damit natürlich nicht sagen, dass ich befürchte, er könnte sich etwas antun, weil er Streit hat mit seiner Mutter. Mit »unüberlegt« meine ich lediglich … nun, keine Ahnung, dass er ihr einen Heiratsantrag macht oder so. Holly, meine ich. Nicht, dass ich sie nicht leiden könnte oder sie mir nicht als Schwiegertochter wünschte. Holly ist ein liebes Mädchen. Es ist nur so, sie ist keine von uns.

Jedenfalls möchte ich dir nicht den Urlaub mit meinen E-Mails verderben. Ich hoffe, ihr habt eine schöne Zeit. Ich hoffe auch, wenn sich die Gelegenheit ergibt, dass du Mark ein wenig die Augen öffnest, wie schwierig es sein kann, eine funktionierende Ehe zu führen – besonders wenn zwei Menschen aus so unterschiedlichen Kulturkreisen stammen wie Holly und er. Dafür wäre ich dir wirklich dankbar.

Liebe Grüße
Ruth Levine

Reisetagebuch von ~~Holly Caputo und Mark Levine~~ Jane Harris

Holly war heute Abend so glücklich, wie ich sie noch nie gesehen habe. Sogar noch glücklicher als an dem Tag, an dem Brad Toller sie zum Abschlussball einlud, nachdem sie ein Jahr lang versucht hatte, ihn auf sich aufmerksam zu machen. Im Ernst, sie strahlt geradezu. Ich meine, sie ist immer noch blass, nachdem sie sich den ganzen Tag und fast die ganze Nacht davor übergeben musste, und das Brautkleid hängt an ihr herunter, weil sie in der kurzen Zeit so viel Gewicht verloren hat, aber morgen wird sie die schönste Braut im ganzen Universum sein.

Wir haben genau das Richtige getan, Cal und ich, als wir den Meineid leisteten usw. heute auf dem Konsulat.

Holly hat sich in glückseliger Benommenheit ins Bett zurückgezogen, und ich habe eben gehört, dass Mark zu ihr hochgegangen ist. Frau Schumacher ist wohl nach Hause, und ich merke, dass ich tierischen Kohldampf habe. Ich meine, ich habe nichts mehr gegessen seit heute Mittag im Hotel Eden, also mache ich mich gleich in der Küche auf die Suche nach etwas Essbarem, bevor ich dann auch ins Bett gehe. Morgen müssen wir früh aufstehen für die Trauung.

Mir ist aufgefallen, dass Cal heute Abend ziemlich leise war, während alle anderen laut feierten. Ich kann mir nicht einmal ansatzweise vorstellen, was ihm durch den Kopf ging. Seine Exfrau hat ihn total versaut. Ich hätte nichts dagegen, ihr eines Tages in einer dunklen Gasse zu begegnen. Ich wette, ich könnte ihr ein paar Sachen zeigen, die ich im East Village gelernt habe, Tricks, die sie wahrscheinlich aus dem Kickboxkurs in ihrer Vorortsiedlung nicht kennt. Ernst-

haft, warum kommen solche Frauen davon? Sie schnappen sich die guten Männer (na schön, Cal braucht noch etwas Arbeit, aber ich kann mir vorstellen, dass er damals nicht so ein eingebildeter Arsch war) und versauen sie für die restliche Frauenwelt. Das ist einfach falsch.

Natürlich heißt das nicht, dass ich Cal Langdon nehmen würde, wenn er nicht schon beschädigt wäre. Bitte! Das Letzte, was ich brauche, ist ein Journalist als Freund.

Obwohl er eine unheimlich gute Figur in der Badehose macht …

Nein! Aufhören! Ich habe es nicht nötig, mich mit einem Modelizer abzugeben! Das führt nur zu Liebeskummer und vielen, vielen Bechern Macadamia Brittle von Häagen-Dazs.

PDA von Cal Langdon

Das ist nicht hinnehmbar. Ich bin in Italien, sitze an einem glitzernden Pool in einer warmen, sternenklaren Nacht, während die Palmen sanft in der Abendbrise schaukeln. Vor mir stehen ein Teller mit Oliven und Parmesan und eine Flasche mit einem hervorragenden Wein, und mir gegenüber sitzt eine Frau mit einer sehr gesunden sexuellen Ausstrahlung …

Und ich spiele Krieg und Frieden mit ihr.

Was stimmt nicht mit diesem Bild?

Was stimmt nicht mit mir? Ich sollte diese Frau nicht begehren. Sie verkörpert alles, was mir unsympathisch ist. Sie ist Amerikanerin, Künstlerin, besessen von Populärkultur, hat festgefahrene Ansichten …

Und doch …

… will ich sie küssen.

Vielleicht liegt es am Mond. Oder an diesem verdammten Ort. Oder vielleicht daran, dass sie mich heute so oft zum Lachen gebracht hat.

Verdammt. Was geschieht mit mir? Sie hat mich also zum Lachen gebracht. Mark bringt mich auch zum Lachen, und ihn möchte ich nicht küssen. Ich kann witzige Frauen nicht einmal leiden. Und besonders witzige Künstlerinnen nicht.

Warum habe ich dann das Bedürfnis, diesen Jungen zu töten, wenn er sich nicht innerhalb der nächsten fünf Minuten verzieht?

Eins …

Zwei …

Drei …

Er macht immer noch keine Anstalten zu gehen. Er erzählt von einem seiner Lieblingscomics. Jane kennt die Serie offenbar, obwohl sie nicht von ihr ist. Scheinbar kommen Elfen und

Gnome darin vor. Peter schwärmt davon, dass das letzte Heft in zwei Wochen erscheint. Jane, die den Autor kennt, sagt, dass sie wisse, was passiert, weigert sich aber charmant, es dem Jungen zu verraten. Er ist jetzt Feuer und Flamme und fleht sie an. Sie weigert sich weiter, etwas preiszugeben, und legt eine Acht. Peter hat auch eine Acht gelegt.

Krieg.

Sie gewinnt.

Das Kerzenlicht lässt ihre dunklen Haare schimmern und ihre Augen glänzen. Ihre Haut sieht aus wie Butter…

Was ist los mit mir? Ich möchte mich nicht mit dieser Frau einlassen. Beziehungsweise mit irgendeiner Frau. Ich muss ein Buch schreiben. Ich muss eine Wohnung finden. Ich habe nicht einmal eine Wäscherei. Ich kann jetzt keine Beziehung eingehen…

Na schön, ich gebe dem Jungen weitere fünf Minuten. Es ist fast Mitternacht. Muss er nicht nach Hause und irgendein Computersystem hacken?

Jetzt fragt sie ihn nach Annika. Wer zum Teufel ist Annika? Ach, die Kleine im Büro des Bürgermeisters. Offenbar dessen Tochter. Peter lässt kein gutes Haar an Annika, in die er eindeutig verknallt ist, obwohl er steif und fest behauptet, sie zu hassen, da sie offenbar seine Gefühle nicht erwidert.

Ich lege eine Zwei. Peter auch.

Krieg.

Oh, es ist Krieg, mein Junge. In mehrerlei Hinsicht. Schlimmer, als du ahnst.

Augenblick. Was ist das?

Miauen. Die Katzen sind wieder da.

Jane springt auf und geht in die Küche, um ihnen etwas zu fressen zu holen. Peter und ich sind endlich unter uns.

Als sie mit einer Schüssel voller Thunfisch zurückkehrt, ist Peter weg.

»Wo ist Peter?«, fragt sie.

Und ich kann nicht anders, als zu glauben, dass sie tatsächlich nichts ahnt.

Das ist ein Rätsel, das ich nur zu gerne für sie auflösen werde.

Reisetagebuch
von
~~Holly Caputo und Mark Levine~~
Jane Harris

Hat der einen Knall? Ich meine, ich weiß, er hält mich für dumm, mit meinem »kleinen Cartoon« und meinen zu hohen Schuhen, in denen ich immer ins Stolpern gerate, und nach der **carabinieri**-*Geschichte.*

Aber mir ist nie in den Sinn gekommen, dass er mich für den DÜMMSTEN MENSCHEN AUF DIESEM PLANETEN halten könnte.

Denn genau das wäre ich, würde ich auf seinen abgedroschenen Spruch »Es war doch bloß ein Kuss, das hat nichts zu bedeuten« hereinfallen.

Aber wissen Sie was? Ich werde es nicht zulassen. Dass er die Hochzeit ruiniert, meine ich. Heute Abend kann er so viel schmollen wie er will, aber wenn er morgen früh herunterkommt mit etwas anderem als einem riesigen, freudestrahlenden Lächeln im Gesicht, dann werde ich ihn persönlich an den Haaren ziehen, dass er es nie wieder vergisst.

Für wen hält der sich überhaupt? Für Enrique Iglesias? »Ich möchte Sie nur küssen. Sie sind doch Künstlerin. Ich dachte immer, Künstler leben für den Augenblick.«

Klar!

Offenbar denkt er, ich sei verzweifelt – nur weil ich in meinem Alter unverheiratet bin und mit einer Katze zusammenlebe. Oder geistig minderbemittelt.

Wenn ich mit ihm ins Bett ginge, wäre ich verzweifelt – oder geistig minderbemittelt. Nur weil er mir (na ja, eigentlich Holly und Mark) heute einen Gefallen getan hat, soll ich mit ihm schlafen? Weil wir schön essen waren und nett geplaudert haben, bin ich leichte Beute? Geht's noch?

Okay, der Mann ist wirklich unglaublich attraktiv. Ich gebe zu, ich habe seine Hände beim Kartenspielen studiert. Sie sind groß und sehnig, genau die Art von Männerhänden, die eine Frau gerne über ihren Körper wandern lässt…

Und er kann sehr charmant sein, wenn er sich Mühe gibt. Manchmal sogar witzig.

Und er ist definitiv intelligent. Jedenfalls solange es nicht um Frauen geht. Und er kann sehr schlagfertig sein, so wie heute im Konsulat mit Rhonda.

Und er ist nett zu Katzen – wenn er sich unbeobachtet wähnt.

Aber tut mir leid, die Zeiten, in denen ich mit Männern ins Bett gegangen bin, nur weil sie zufällig schöne Hände hatten und witzig sein konnten, sind vorbei. Denn wissen Sie, worauf das hinausläuft? Auf eine Nacht mit einem witzigen, schönen Mann, der nicht im Geringsten daran interessiert ist, Sie auf die Weihnachtsfeier im Büro zu begleiten oder sich an der Stromrechnung zu beteiligen – geschweige denn der genug Geld hat, um die halbe Miete zu übernehmen, obwohl er praktisch bei Ihnen wohnt.

Das habe ich hinter mir. Endgültig.

Man sollte annehmen, das hätte ihm klar sein müssen von unserem ersten Kennenlernen an. Ich meine, ich weiß, ich bin eine Künstlerin, ein Begriff, den er offensichtlich mit »durchgeknallte Irre« gleichsetzt. Aber wie kommt er auf die Idee, ich wäre für einen One-Night-Stand zu haben? Ist denn nicht sonnenklar, nachdem ich immer wieder den Umstand betonte, dass Falken und Wölfe sich ein Leben lang mit nur einem Partner paaren, dass ich vielmehr interessiert bin an einer monogamen, festen Beziehung?

Offenbar ist die Botschaft nicht angekommen bei ihm. Ich meine, ich kam aus der Küche mit dem Futter für die Kat-

zen, und Peter war verschwunden – ganz plötzlich, obwohl wir mitten im Spiel waren, bevor ich ins Haus ging.

Also frage ich: »Wo ist Peter?«, und Cal antwortete: »Ich habe ihm zwanzig Euro in die Hand gedrückt und ihm gesagt, er soll sich verziehen.«

Ich: *»Sie haben WAS?«*
Cal: *»Sie haben richtig verstanden. Das war höchste Zeit. Er hat mich den ganzen Abend davon abgehalten, DAS zu tun.«*

Und dann packte er mich an den Schultern, und bevor ich wusste, wie mir geschah (nein, wirklich, ich hätte NIE gedacht, dass er auf mich steht, schließlich hat er nichts anderes getan, als mit mir herumzumeckern, seit wir uns kennen, na ja, abgesehen davon, dass er den Arm um mich gelegt hat im Konsulat, aber das war nur Show), zog er mich an sich und küsste mich.

Er küsste mich! Als wären wir in einer romantischen Liebesgeschichte oder so!

Okay, er küsst nicht schlecht. Offenbar hat er darin Übung.

Und okay, es war mir nicht gerade zuwider. Tatsächlich weit davon entfernt.

Alles, was in mir gewöhnlich dahinschmilzt, wenn ein schöner Mann mich entschlossen küsst, schmolz dahin wie aufs Stichwort, als Cal es tat.

Und ich gebe zu, dass ich im ersten Moment dachte, o mein Gott, er mag mich, er mag mich wirklich, und kurz in der Fantasie schwelgte, wie wir händchenhaltend die Second Avenue entlangschlendern und im Veselka Crêpes essen und ich ihm den Dude vorstelle. Und ich begann, seinen Kuss zu erwidern …

Aber dann wurde mir bewusst, dass es nur eine Fantasie war. Es wird niemals wahr werden. Denn er glaubt nicht an die Liebe, geschweige denn an die Ehe, und er wird mit mir nie ins Veselka gehen, um Crêpes zu essen, genauso wenig wie er zu mir kommen wird, um den Dude kennenzulernen – jedenfalls nicht lange genug, um eine tiefere Beziehung mit ihm einzugehen. Und wie lange noch kann ich dem Dude Männer vorstellen, die er niemals wiedersehen wird? Er ist nämlich sehr sensibel, und wenn er sich an jemanden gewöhnt, dann für immer. Er hat tagelang seine Friskies nicht ganz aufgefressen, nachdem Malcolm gegangen war.

Und dann hörte ich Hollys Stimme in meinem Kopf: ***Du musst dir allmählich Gedanken über deine Zukunft machen und dir einen Mann aussuchen, der zur Abwechslung mal präsent ist.*** *Und ich musste an die Braut denken, die wir in Rom gesehen haben, und wie glücklich sie wirkte und wie stolz ihr Vater sie anstrahlte …*

Und genau in diesem Moment wurde mir etwas klar, was ich mir wohl nicht mehr eingestanden hatte seit dem College oder wann immer das war, als die Vorstellung zu heiraten mir nicht mehr so cool erschien wie noch in der fünften Klasse bei unseren Barbiespielen.

Und das ist, dass ich eines Tages heiraten möchte. Wirklich. Ernsthaft. Ich will den Brautstrauß und den roten Teppich und das Brautkleid und den Schleier und den Vater mit den Tränen in den Augen und die Blumenmädchen und das Bis-dass-der-Tod-uns-scheidet.

Warum hab ich dann ausgerechnet einen Kerl geküsst, der denkt, die Ehe gehört abgeschafft?

Statt also meine Arme um seinen Hals zu legen und damit fortzufahren, seinen Kuss zu erwidern, was er bestimmt von mir erwartete und was ich auch, zugegeben, liebend gerne getan hätte, jedenfalls wollte das mein Körper, legte ich meine Hände auf seine Brust und drückte ihn von mir weg.

Er strauchelte und plumpste in seinen Liegestuhl. Dann saß er einfach da und sah blinzelnd zu mir hoch, als wollte er sagen: »Was soll das denn?«

Aber bevor er die Chance hatte, den Mund aufzumachen, legte ich los.

Ich: *»Wofür halten Sie mich? Für eine Idiotin? Ich werde nicht mit Ihnen schlafen.«*

Cal: *»Äh … es war nur ein Kuss.«*

Ich: *»Sie glauben nicht an die Liebe. Sie reduzieren das alles auf dieses Phenyl … Phenyl … wie auch immer das heißt.«*

Cal: *»Phenylethylamin. Und, ohne pedantisch sein zu wollen … es war nur ein Kuss.«*

Ich: *»Aber im Gegensatz zu Ihnen glaube ich zufällig an die Liebe. Und an die Ehe. Was macht das also für einen Sinn? Eine gemeinsame Nacht, und was dann? Ich bin dann bloß ein weiterer Name in Ihrem BlackBerry. Nein, danke.«*

Cal: *»Verzeihen Sie mir, falls meine Erinnerung mich trügt, und wir dürfen nicht vergessen, dass es, wie gesagt, nur ein Kuss war, aber haben Sie mir nicht neulich erst gemailt, dass Sie es nicht eilig haben mit dem Heiraten und dem Kinderkriegen, weil Sie sich auf Ihre Karriere konzentrieren möchten?«*

Ich: *»Schon möglich. Trotzdem, irgendwann will ich heiraten. Warum sollte ich also mit einem Mann ins Bett gehen, der total gegen das Heiraten ist? Was wird morgen früh sein, wenn Sie mir kaum in die Augen sehen können und mir tunlichst aus dem Weg gehen? Und was ist mit dem Rückflug nach New*

York, wenn wir wieder nebeneinandersitzen? Und wenn wir zurück sind in Manhattan? Werden Sie mich anrufen? Werde ich jemals wieder von Ihnen hören?«

Cal: *»Offenbar sind Sie bereits zu dem Schluss gekommen, dass Sie nicht mehr von mir hören. Selbst wenn es so wäre, möchte ich zum vierten und hoffentlich letzten Mal darauf hinweisen, dass es nur ein Kuss war.«*

Ich: *»Wissen Sie was? Holly hat Recht. Ich muss endlich erwachsen werden. Ich werde nicht mehr mit Männern schlafen, die nicht zu mir passen. Keine Snowboarder mehr. Und keine Musiker. Und bestimmt keine Männer, denen die Vorstellung zu heiraten zuwider ist und die keinerlei Absicht haben, eine langfristige Beziehung mit mir einzugehen.«*

Cal: *»Und das schließen Sie alles aus einem Kuss? Ich meine, dass ich nicht beabsichtige, eine langfristige Beziehung mit Ihnen einzugehen?«*

Ich: *»Machen Sie sich ruhig über mich lustig. Aber wissen Sie was? Lieber würde ich mit Paolo ins Bett gehen als mit Ihnen.«*

Cal: *»Wer ist Paolo?«*

Ich: *»Sie wissen schon. Paolo und Rhonda. Das Paar im Konsulat.«*

Cal: *»Paolo? Der einfältige Mechaniker?«*

Ich: *»Ja, aber er posaunt wenigstens nicht überall herum, dass es so etwas wie Liebe nicht gibt. Er glaubt wenigstens an die Ehe.«*

Cal: *»Der Kerl kann kein Englisch! Ich bezweifle stark, dass er eine Ahnung hatte, dass er bald heiraten soll.«*

Ich: *»Sehen Sie ruhig herab auf uns arme Irre, die an die Liebe glauben und an Monogamie und die einen Menschen suchen, mit dem sie den Rest ihres Lebens* *verbringen können. Denn wissen Sie, was in zwanzig Jahren sein wird? Dann werde ich jemanden haben – jemanden, mit dem ich gemeinsam frühstücken und die Zeitung lesen und lustige Filme anschauen und schlafen und in Urlaub fahren kann, jemanden, der mich nicht betrügt, so wie Ihre Frau Sie betrogen hat. Ich werde nämlich jemanden heiraten, der mich um meiner Selbst liebt und nicht wegen meines Geldes oder was auch immer. Sie dagegen werden mutterseelenalleine sein. Ich hoffe, es wird Ihnen gefallen.«*

Cal: *»Tja, danke, das wird mir sicher gefallen. Und ich hoffe, Sie und Paolo werden ein glückliches Leben im Wohlstand führen. Darf ich Ihnen eine Kreuzfahrt empfehlen zum fünfunddreißigsten Hochzeitstag?«*

Ich: *»Danke für den Tipp.«*

Cal: *»Schätze, wir haben uns in diesem Fall wohl nichts mehr zu sagen.«*

Ich: *»Das schätze ich auch. Gute Nacht.«*

Dann rauschte ich ins Haus, ging nach oben in mein Zimmer und schrieb alles auf.

Ich glaube, ich habe Eindruck auf ihn gemacht.

Ich wünschte nur, ich wäre nicht über die Türschwelle gestolpert, als ich ins Haus stürmte.

Aber ich glaube nicht, dass er es gesehen hat.

Jetzt ist es ruhig – ich denke, er ist noch unten, ich habe ihn nämlich nicht nach oben kommen hören. Alles, was ich draußen hören kann, sind die zirpenden Grillen.

Trotzdem …

Ich muss mich ständig fragen, ob ich das Richtige getan habe. Ich meine, wir hätten bestimmt Spaß miteinander haben können. Er küsst wirklich gut.

Und wissen Sie, er kann auch wirklich witzig sein – wie im Konsulat –, wenn er das will.

Und er hat offensichtlich etwas auf dem Kasten. Es ist nicht so, als würde uns der Gesprächsstoff ausgehen.

Okay, die Streitthemen. Aber was soll's.

Vielleicht hätte ich ihn nicht so hastig wegschubsen sollen …

Nein. Nein, ich habe mich richtig verhalten. Denn wozu wäre das gut gewesen? Eine heiße Nacht und dann? Er würde einfach zu seinen Schlampen zurückgehen.

Nur dass ich dann dazuzählen würde! O mein Gott, ich könnte es nicht ertragen, wenn er so von mir denkt. Als eine von vielen Frauen, die er flachgelegt hat. Das geht nicht. Dafür bin ich mir einfach zu schade.

Wissen Sie, allmählich glaube ich, der Dude ist mit mir seelenverwandt. Er ist so, wie ein Mann sein sollte … treu, vertrauenswürdig, aufmerksam, attraktiv, clever, ohne Bindungsangst … er hat sogar einen großen Sinn für Humor.

Nur sein Mundgeruch ist etwas unangenehm.

Oh, verdammt. Ich habe mein Wasser unten vergessen. Ich frage mich, ob ich mich heimlich in die Küche schleichen kann, ohne ihm über den Weg zu laufen … Vielleicht sollte ich die Schuhe ausziehen.

PDA von Cal Langdon

Tja.

Das war … ungewöhnlich. Ich meine, es war nur ein Kuss …

Aber ein richtig guter. Außergewöhnlich gut, wie ich sagen muss. Ich habe nicht wenige Frauen geküsst in meinem Leben, aber diese hier ragt eindeutig heraus.

Allerdings lag ich offenbar falsch mit meiner Einschätzung. Gründlich falsch.

Trotzdem, es war nicht so, als hätte sie den Kuss nicht erwidert. Anfangs jedenfalls.

Aber sie hat natürlich Recht. Es wäre ein Fehler gewesen. Ich weiß nicht, was ich mir dabei gedacht habe. Sonst benehme ich mich nie so. Spontanen Impulsen folgend, meine ich. Es ist mir ein Rätsel, warum ich dachte … Schließlich ist es nicht so, als könnte das irgendwohin führen, da hat sie völlig Recht. Wir leben in völlig verschiedenen Welten.

Trotzdem, sie ist eine Künstlerin. Man sollte annehmen, sie wäre etwas empfänglicher für Abenteuer, aber sie hat widerstanden. Sie gehört sicher zu diesen anhänglichen, anstrengenden Frauen, wenn sie bereits von einem Kuss – und mehr war es nicht, egal, was sie denken mag – sofort auf eine langfristige Beziehung schließt. Wahrscheinlich hätte sie mir gleich nach unserer ersten gemeinsamen Nacht angeboten, bei ihr einzuziehen, und mich dann jedes Wochenende in absehbarer Zukunft damit genervt, dass sie mich ihren Eltern vorstellen möchte.

Oder schlimmer noch, dass ich sie zur Hochzeit einer Freundin begleiten soll. Schauder.

Nein, ich kann von Glück sagen, dass dieser Kelch an mir vorübergegangen ist. Jane ist sicher keine Grazi. Mit Jane gibt es kein Vergnügen um des Vergnügens willen.

Daran sind nur diese verdammten Schuhe schuld. Warum trägt sie die blöden Dinger überhaupt, wenn sie darin nicht einmal richtig laufen kann?

Egal, es ist am besten so. Das Letzte, was ich im Moment gebrauchen kann, ist eine Tiercomiczeichnerin, die von der Ehe besessen ist. Ich muss an meinem nächsten Buch arbeiten, und das wird mir viel leichter fallen, wenn ich frei bin, beziehungstechnisch.

Und was sie auch immer von mir denken mag, zufällig frühstücke ich gerne allein. Und ich musste noch nie die Nacht allein verbringen, wenn ich nicht wollte.

Na ja… außer heute Nacht.

PDA von Cal Langdon

Snowboarder? Musiker? Mit wem hat diese Frau alles geschlafen? Ich muss daran denken, Mark morgen mal zu fragen.

PDA von Cal Langdon

Ich kann Mark morgen nicht fragen – oder besser gesagt: heute. Es ist sein Hochzeitstag. Er wird an diesem Tag wohl kaum Lust haben, über das Liebesleben der besten Freundin seiner Frau zu reden.

Trotzdem. Es war nur ein Kuss. Ich weiß nicht, warum ich das getan habe. Ich schwöre bei Gott, es überkam mich einfach. Es ist nicht so, als wäre ich in sie verliebt. Gott bewahre!

Es war nur ein Kuss.

Warum kann ich dann an nichts anderes mehr denken?

PDA von Cal Langdon

Auf dem Weg ins Bett, der mich durch die Küche führte, machte ich eine erstaunliche Entdeckung. Ms. Harris war scheinbar noch einmal unten, nachdem sie vorhin in ihr Zimmer hochgestürmt ist, und dabei hat sie etwas neben dem Kühlschrank vergessen, was sie ganz bestimmt nicht vergessen wollte: nämlich dieses kleine Buch, in das sie ständig hineinschreibt, das, auf dem vorne steht *Reisetagebuch von Holly Caputo und Mark Levine*.

Seltsamerweise sind die Namen von Mark und Holly durchgestrichen und ersetzt durch *Jane Harris*. Als ich – eher zufällig – die erste Seite aufschlug, fielen mir automatisch die folgenden Worte ins Auge:

Liebe Holly, lieber Mark,

Überraschung!

Ich weiß, von euch beiden würde sich keiner die Mühe machen, eure heimliche Hochzeit zu dokumentieren. Darum habe ich beschlossen, das für euch zu übernehmen!

Wenn sie dieses Tagebuch für Mark und Holly führt, ist es sicher nicht falsch von mir, einen näheren Blick hineinzuwerfen. Offensichtlich soll es ein Geschenk für die beiden werden.

Außerdem finde ich, es ist mein gutes Recht zu lesen, was darin über mich geschrieben steht, da ich mir vorstellen kann, dass Jane ein paar interessante Dinge zu dem Thema zu sagen hat. Vielleicht ergibt sich daraus eine Verleumdungsklage. Wer weiß?

Und trotzdem habe ich das Gefühl, eine Grenze zu überschreiten.

Hmm. Ein moralisches Dilemma.

PDA von Cal Langdon

Korinthenkacker?

PDA von Cal Langdon

Modelizer??

PDA von Cal Langdon

Ich werde Mark töten wegen der Sache mit dem Riesending.

PDA von Cal Langdon

Offenbar bin ich auch ein fieser Lustmolch.

PDA von Cal Langdon

Ich …

Ich weiß nicht, was ich sagen soll. Außer …

Außer dass ich allmählich glaube, dass es doch nicht nur ein Kuss war. Tatsächlich, wenn ich es so vor mir sehe in diesem Buch, schwarz auf weiß – ich meine, sämtliche meiner Interaktionen mit dieser Frau, mehr oder minder anschaulich dargestellt – wird mir allmählich klar, dass es sein könnte … Das ist die einzige Erklärung.

Aber das ist unmöglich. Ich bin sicher übermüdet. Schließlich ist es fast drei Uhr morgens, um Gottes willen.

Und doch ist nicht zu leugnen, dass ich manchmal, wenn ich sie ansehe, denke …

Nein. Das liegt an dem Tattoo. An diesem verdammten Tattoo und diesen bescheuerten Schuhen. Die sind nur dafür gemacht, einen Mann auf solche Gedanken zu bringen.

Bloß dass… na ja, die Fahrt heute nach Rom, und die Warterei auf dem Konsulat… das hätte alles so nervig sein können, aber tatsächlich hatte ich so viel Spaß wie schon lange nicht mehr…

Ich muss mich zusammenreißen. Das darf nicht geschehen. Nicht jetzt. ICH MUSS EIN BUCH SCHREIBEN. Ich muss eine Wohnung finden. Ich muss meine kleine Schwester unterstützen.

Mein Gott. Ich glaube… Ich glaube wirklich…

Gut. Es war also nicht nur ein Kuss.

Aber sie denkt… und das nur wegen meiner großen Klappe…

Wie kann ich ihr nur beweisen, dass es sich anders verhält? Ich kann es ihr nicht einfach sagen, sie würde mir kein Wort glauben, da sie offensichtlich davon überzeugt ist, dass ich ein Modelizer bin.

Heilige Scheiße. Grazi.

>>

Von: Cal Langdon <cal.langdon@thenyjournal.com>
An: Graziella Fratiani <graziella@galleriefratiani.co.it>
Betreff: Du

Grazi, ich habe schon zweimal auf deine Mailbox gesprochen. Ich weiß, dass es spät ist – oder früh, je nachdem. Trotzdem möchte ich dir etwas sagen. Ich glaube, das mit deinem Besuch Ende der Woche ist doch keine so gute Idee. Ich weiß, wir haben darüber gesprochen, und ich habe gesagt, dass es okay ist, aber tatsächlich wäre es im Moment eher ungünstig. Mark und Holly möchten nur im engsten Kreis feiern. Ich weiß, du verstehst das. Danke für dein Verständnis, und ich schwöre dir, ich melde mich, sobald ich wieder in der Stadt bin.

Cal

PDA von Cal Langdon

Wie konnte ich nur so dämlich sein? Wie konnte ich die ganzen Zeichen übersehen? Sie waren die ganze Zeit da… Ich meine, ich habe sogar diese doofen Katzen gefüttert. Warum habe ich mich nicht einen Moment lang gewundert, was mit mir los ist?

Ich habe es immer nur auf den Prosecco geschoben.

Man sollte mich erschießen.

>>

Von: Peter Schumacher <webmaster@wondercatlives.com>
An: Listserv <Wondercat@wondercatlives.com>
Betreff: JANE HARRIS

GUTEN MORGEN, allerseits! Heute ist die Hochzeit von JANE HARRIS' Freunden. Ja!!! Kommt, kommt alle zu der Hochzeit! Ich werde gleich mit meinem Motorino losfahren und Hochzeitssemmeln besorgen und viele andere Überraschungen! Meine Uromi und ich haben uns ganz viele Sachen ausgedacht für das Brautpaar!

Kommt zur Comune di Castelfidardo und seid dabei – bei der Hochzeit der Amerikaner! Es wird eine unvergessliche Feier!

Vom allergrößten Fan von WONDERCAT

WONDERCAT lives – 4eva!

Peter

Liebe Holli, lieber Marc!

Auf ein gutes Leben zu zweit,
in dem ihr beide wachst und gedeiht.
Zur Hochzeit wünschen wir euch unbändigen Durst,
euer Glück soll vollkommen sein und nicht platzen
wie eine Wurst!

Alles Liebe
Inge und Peter Schumacher

Reisetagebuch
von
~~*Holly Caputo und Mark Levine*~~
Jane Harris

O mein Gott, Peter und seine Urgroßmutter haben sich selbst übertroffen. Die beiden sind unheimlich liebe Menschen. Heute Morgen wurden wir von Kaffeeduft geweckt, und als wir nach unten gingen, erwartete uns ein Esstisch, der sich förmlich bog unter dem Gewicht von Frühstücksgebäck, frischem Obst, allerlei Wurstsorten und Rührei.

Außerdem hat jemand (Peter schwört, er war es nicht) das Eingangstor mit wilden Blumen von der Pferdewiese und zwei Paar blauen Hausschuhen (deren Bedeutung mir noch nicht ganz klar ist) dekoriert. Offenbar bringt es der Gemeinde Glück, wenn das Brautpaar am Hochzeitstag blaue Hausschuhe trägt. Da Hollys Brautkleid jedoch nur bis zum Knie reicht, fürchte ich leider, das sähe gar nicht schick aus.

Da wir gerade von der Braut sprechen, sie strahlt. Man sieht ihr nicht an, dass sie gestern noch den ganzen Tag mit dem Kopf über der Toilette hing. Sie sieht einfach nur hübsch aus und glücklich und … nun, eben wie eine Braut!

Selbst Mark strahlt … Ich meine, wenn man das von einem Mann behaupten kann. Sein Gang ist heute so schwungvoll, wie ich es gar nicht von ihm kenne, und scheinbar kann er nicht aufhören zu lächeln. Er ist zu nervös, um von dem Frühstück etwas herunterzubringen – wie niedlich! Ständig sieht er auf die Uhr und sagt: »Sollten wir uns nicht langsam auf den Weg machen? Wir wollen ja nicht zu spät kommen. Der Bürgermeister muss schließlich seine Fußballmannschaft trainieren.«

Cal ist der Einzige, der nicht um Punkt sieben quietschfidel unten erschien. Er tauchte schließlich um kurz vor acht auf – und er kam von draußen. Offenbar hatte er den Wagen genommen, um irgendwohin zu fahren.

Aber als Mark fragte, wo er war, antwortete er nur: »Hab die Zeitung geholt«, und knallte die **Herald Tribune** *auf den Tisch.*

Ja. Gut gemacht, Cal. Das braucht dein Freund an seinem Hochzeitstag. Die Zeitung.

Wen interessiert schon Cal? Mich nicht.

Holly und Mark machen sich jetzt bereit. Ich habe Notdienst im Fall eines Frisurunfalls, aber ich weiß jetzt schon, dass Holly mich nicht brauchen wird. Ihre Haare tun genau das, was sie tun sollen. Die Frisur sitzt perfekt, so, wie sie sitzen sollte an einem Hochzeitstag.

Ich bin außerdem verantwortlich für die Papiere (sind schon in meiner Tasche), die Kamera (bereit) und die Glückssocken (ditto). Peter ist verantwortlich für die Ringe. Cal ist verantwortlich für das Fahren. Er scheint das mit derselben stoischen Art zu nehmen wie ein Mann, der vor ein Erschießungskommando tritt. Wie schmeichelnd für Holly, dass der beste Freund ihres zukünftigen Ehemanns das Heiraten scheinbar gleichsetzt mit erschossen werden.

Egal. Ich werde nicht zulassen, dass dieser Freak den Tag versaut. Nur aus diesem Grund sind wir hier, und alles andere spielt super mit: Am Himmel ist keine einzige Wolke zu sehen, Holly sieht hübscher aus als je zuvor, und Mark ist der perfekte nervöse Bräutigam.

Ich wette, es gibt viele Bräute, die bereitwillig darauf verzichten würden, dass ihre Familien der Trauung beiwohnen, wenn sie nur EINES der oben genannten Dinge hätten.

Oooh, wir brechen auf…

PDA von Cal Langdon

Mein Gott. Die ganze Stadt ist zu der Hochzeit gekommen. Zumindest sieht es so aus. Knapp hundert Menschen haben sich vor dem Rathaus versammelt. Und sie tragen alle …

Sie tragen alle WONDERCAT-T-Shirts.

Im Ernst. Jeder Einzelne.

Einige halten sogar Transparente hoch mit WONDERCAT. Und tragen WONDERCAT-Mützen auf dem Kopf. Es ist sogar ein Baby dabei in einem WONDERCAT-Kostüm.

Jane wirkt total verlegen.

Besonders, als sie aus dem Wagen stieg und die Menge auf sie zustürzte, um ein Autogramm von ihr zu ergattern.

Sie versuchte daraufhin zu erklären, dass sie wegen einer Hochzeit hier sei und nicht für eine Autogrammstunde, aber ohne Erfolg. Wir brauchten zehn Minuten, bis wir im Gebäude waren. Und die meisten WONDERCAT-Fans folgten uns, offenbar in der Absicht, der Trauung von Mark und Holly beizuwohnen.

Das ist sicher Peters Werk. Er macht einen sehr selbstzufriedenen Eindruck. Ja, das sieht ganz nach einem Teenager-Stalker aus.

Ah, da kommt der *segretario*. Seltsamerweise scheint er überrascht, uns zu sehen. Er stammelt in einem fort, dass er gehört habe, die Braut und der Bräutigam seien zu krank, um die Apostille in Roma zu besorgen. Daraufhin hielt Jane ihm die Bescheinigung unter die Nase, aber er macht immer noch ein skeptisches Gesicht …

Reisetagebuch von ~~Holly Caputo und Mark Levine~~ Jane Harris

O mein Gott, es ist FURCHTBAR!!! DER BÜRGERMEISTER WILL MARK UND HOLLY NICHT TRAUEN!!! ER ZWEIFELT DIE UNTERSCHRIFTEN AUF DER APOSTILLE AN!!! Er sagte, er habe gehört, dass Mark und Holly gestern den ganzen Tag krank im Bett gelegen hätten, und fragte, wie sie also an die Apostille gelangt wären. Er glaubte, die Unterschriften auf der Apostille seien gefälscht!!!

ICH WERDE PETER UMBRINGEN!!! DAS IST ALLES SEINE SCHULD!!! Er hat bestimmt etwas verraten auf seiner Homepage oder so. Denn warum wären sonst all diese WONDERCAT-Fans hier? Woher hätten die es sonst erfahren sollen? Und woher konnte der Bürgermeister das mit Mark und Holly wissen???

O Gott, ich sterbe gleich. Holly sieht wunderschön aus und Mark so schick. Wie kann der Bürgermeister nur so herzlos sein? Soll ich beichten? Soll ich zu ihm hingehen und sagen: »Okay, ich war's, das ist meine Schrift, nicht die von Holly, aber ich habe es für einen guten Zweck getan. Sie müssen die beiden trauen, sehen Sie nicht, was für ein süßes Paar sie sind?« Würde er überhaupt darauf eingehen?

Ich glaube nicht. Er ließ sich schließlich auch nicht von Frau Schumachers Tirade beeindrucken, die immerhin fünf Minuten dauerte.

Und jetzt nimmt er seine Schärpe ab! Seine Bürgermeisterschärpe! Als hätte er Feierabend! Er haut ab zum Fußballtraining, als würde er nicht einen Raum voller Menschen mit gebrochenem Herzen zurücklassen! Wie kann man nur so …

O nein. Was macht Cal? Er wird doch nicht etwa beichten, dass das seine Unterschrift ist, oder? Ich wusste, er wird etwas unternehmen, um Marks und Hollys Glück zu ruinieren …

Augenblick. Moment, er wird doch nicht …

>>>

Von: Jane Harris <jane@wondercat.com>
An: Claire Harris <charris2004@freemail.com>
CC: Darrin Caputo <darrin.caputo@caputographics.com>
Betreff: Holly und Mark

Wir sind da! In der Comune di Castelfidardo, im Palazzo Municipale, wo Holly und Mark getraut werden!

Vorhin sah es kurz so aus, als würde die Hochzeit nicht stattfinden. Der Bürgermeister vermutete offenbar, dass mit den Papieren von Holly und Mark etwas nicht stimmt.

Aber dann trat Cal Langdon vor – CAL LANGDON, Mr. »Ich glaube nicht an die Ehe« persönlich –, zog einen Notizblock heraus und fragte den Bürgermeister nach seinem vollen Namen.

Und als der Bürgermeister wissen wollte, wofür er den braucht, sagte Cal (laut Peter, der für mich übersetzte), »Oh, ich bin Auslandskorrespondent beim *New York Journal*, und unsere Leser sind sehr daran interessiert zu erfahren, wie öffentliche Amtspersonen in Le Marche amerikanische Touristen behandeln.«

Der Bürgermeister konnte seine Schärpe gar nicht schnell genug wieder umhängen! Er begann sofort mit der Trauungszeremonie!

CAL LANGDON HAT DEN TAG GERETTET!

Ich war nicht die Einzige, die gejubelt hat. Scheinbar ist die halbe Stadt zu der Trauung gekommen!

Holly sieht umwerfend aus in ihrem Kleid, es ist einfach atemberaubend – auch wenn das ein Kompliment an mich selbst ist, da ich ihr beim Aussuchen geholfen habe, aber es ist wahr. Sie hat darin eine richtige Wespentaille, und sie trägt einen kleinen Strauß mit weißen Blumen, die Peter im Garten gepflückt hat … Tatsächlich sind es Knoblauchblüten, an denen man besser nicht schnuppert. Aber Holly weiß das nicht, also verraten Sie nichts.

Die Zeremonie war sehr feierlich. Holly und Mark standen Hand in Hand da – sie sahen so süß aus und nervös. Wir anderen – darunter, wie ich erstaunt feststellen musste, eine große Zahl von Schülern, die eigentlich sicher Unterricht um diese Uhrzeit hatten – standen um sie herum und lauschten den Worten des Bürgermeisters. Alle präsentierten sich von ihrer besten Seite.

Nun, außer Cal Langdon, der trotz seiner Heldentat zu Beginn aus irgendeinem Grund ständig auf meine Füße starrte. Ich trage heute meine neuen Pumps von Christian Louboutin, die mit den Strassblüten auf den Fußriemchen, das könnte also der Grund sein. Wahrscheinlich denkt Cal, das wären keine passenden Schuhe für den Anlass.

Der Bürgermeister las aus einem großen Buch vor, der *segretario* übersetzte in nicht sehr gutes Englisch. Es war sehr bewegend, als die beiden sich versprachen, gemeinsam unter einem Dach zu leben und ihre Kinder ordentlich großzuziehen. Die Ehe wird in Italien offenbar sehr ernst genommen, dafür scheint man hier weniger Wert auf Worte wie »in guten wie in schlechten Zeiten« und so weiter zu legen. Hauptsache, alle leben gemeinsam unter einem Dach und gehen regelmäßig zur Schule.

Das erscheint mir sehr vernünftig.

Und dann kam das Beste – die Ringe! Ich habe Fotos gemacht.

Es war einfach ein Traum …

J

Art. 147 – Doveri Verso I Figli

Il matrimonio impone ad ambedue I coniugi l'obbligo di mantenere, istruire ed educare la prole tenendo conto delle capacità, dell'inclinazione naturale e delle aspirazioni dei figli

(*domando allo sposo*)
Sig. LEVINE, MARK, dichiara di voler prendere in moglie la qui presente Signora CAPUTO, HOLLY ANN? (*sì*)

(*ed alla sposa*)
Signora CAPUTO, HOLLY ANN, dichiara di voler prendere in marito il qui presente Sig. LEVINE MARK? (*sì*)

I testimoni hanno sentito (*sì*) (*sì*)

Io *Antonio Torelli*
Ufficiale di Stato civile del Comune di Castelfidardo
dichiaro che il Sig. LEVINE, MARK, e la Signora CAPUTO, HOLLY ANN, sono uniti in matrimonio.

Comune di Castelfidardo
Provincia di Le Marche

Ufficio dello Stato civile

Certificato di Matrimonio

L'Ufficiale dello Stato civile

certifica

che dal REGISTRO degli ATTI DE MATRIMONIO

atto N. 1 Parte II Serie C, risulta che nel giorno

23 del mese di settembre contrassero

matrimonio in Castelfidardo

Mark David Levine	Holly Ann Caputo
Celibe	Nubile
Nato a Ohio USA	Nata a Illinois USA
Cittadino Statunitense	Cittadina Statunitense

\>>

Von: Peter Schumacher <webmaster@wondercatlives.com>
An: Listserv <Wondercat@wondercatlives.com>
Betreff: JANE HARRIS

ES IST GESCHAFFT!!! Die Freunde von JANE HARRIS haben geheiratet! Die Hochzeit war sehr schön. Ich hatte die Ringe, und als der *segretario* zu mir sagte: »Die Ringe, bitte«, habe ich sie den Freunden von Jane gegeben. Jane hat viele Fotos geschossen. Auf einem sieht man, wie ich die Ringe übergebe.

Dann sagte der Bürgermeister: »*Io dichiaro che sono uniti in matrimonio*«, und alle im Raum haben gejubelt!

Und dann hat das Brautpaar sich geküsst, und alle haben noch lauter gejubelt!

Und dann hat der Freund von Jane Harris, der Cal Langdon heißt, gesagt: »Um Ihnen dafür zu danken, dass Sie diesen Tag für meine Freunde unvergessen gemacht haben, möchte ich Sie alle in die Villa Beccacia zum Champagner-Brunch einladen.«

Daraufhin sahen alle Cal Langdon verständnislos an, weil keiner das Wort »Brunch« kannte.

Dann meinte JANE HARRIS: »Ist das Ihr Ernst?«

Und Cal Langdon sagte: »Ja, das ist mein Ernst. Ich habe heute Morgen alles Nötige veranlasst.«

Und nun brunchen wir also mit JANE HARRIS und ihren Freunden! Ich habe meinen Ghettoblaster mitgebracht, damit wir Mucke haben. Ich werde mit JANE HARRIS abtanzen! JA!!!

Hier ist Peter, der allergrößte Fan von WONDERCAT!

WONDERCAT lives – 4eva!

Peter

WESTERN UNION
TELEGRAMM

An: Ruth und Ira Levine
Von: Mark Levine

Liebe Mom, lieber Dad,

tja, Holly und ich haben es getan. Wir haben geheiratet. Wünschte, ihr wärt dabei gewesen.
Mom, hör auf zu weinen.
Susie Schramm kann Holly nicht das Wasser reichen.

Liebe Grüße
Mark

WESTERN UNION
TELEGRAMM

An: Salvatore und Marie Caputo
Von: Holly Caputo

Liebe Mom, lieber Dad,

Mark und ich haben heute Morgen in Castelfidardo geheiratet.
Bitte, seid nicht sauer. Wir werden euch besuchen, wenn wir zurück sind. Ich weiß, ihr werdet Mark eines Tages genauso lieben wie ich.

Liebe Grüße
Holly
P.S. Darrin hat das mit seiner Hochzeit nur erfunden, um mich zu decken. Lasst ihn also in Ruhe.

Reisetagebuch
von
~~Holly Caputo und Mark Levine~~
Jane Harris

Ich bin total geschockt.

Ich kann nicht glauben, dass er das getan hat. Wann hat er das alles organisiert? Er muss in aller Herrgottsfrühe aus dem Haus geschlichen sein, davor hatte er keine Gelegenheit dazu. Ich weiß genau, dass er gestern keine Zeit hatte, um irgendetwas zu arrangieren. Schließlich habe ich den ganzen Tag mit ihm verbracht. Und gestern Abend war er immer noch total gegen die Ehe. Das weiß ich genau.

Die einzige Möglichkeit, um das alles hier zu organisieren war heute Morgen vor acht Uhr. Vor ACHT UHR.

Wie hat er das bewerkstelligt? Ich meine, das Buffet reicht für eine ganze Kompanie. Er muss irgendwelche Leute aus dem Bett gescheucht haben, um so viel Essen vorzubereiten, ganz zu schweigen davon, es pünktlich anzuliefern. Was hat er gemacht? Hat er sich vor ein Restaurant gestellt und so lange gegen die Tür gehämmert, bis ihn jemand hereinließ?

So muss es gewesen sein. Es gibt keine andere Erklärung.

Aber WARUM? Warum tut jemand wie er, der so rigoros gegen Liebe und Ehe ist, so etwas?

Vielleicht aus demselben Grund, aus dem er sich vorhin einschaltete und dafür sorgte, dass Holly und Mark doch noch heiraten konnten. Vielleicht hat er ja doch ein Herz?

Das ist mein Ernst. Er muss eins haben. Das hier und sein Einsatz im Standesamt sind der Beweis.

Cal Langdon ist eigentlich … na ja … ganz nett.

Ernsthaft! Die **terrazza** *sieht wunderschön aus – überall stehen Vasen mit frischen Blumen. Auf der Wiese sind Tische mit weißen Tischtüchern aufgestellt, und im Pool* *schwimmen künstliche Seerosen, die sehr stilvoll aussehen. Die Champagnerkorken knallen immer noch – eine richtige Hochzeitsfeier!*

Eine Feier mit Menschen, dir wir erst seit dieser Woche kennen – manche davon sogar erst seit heute –, aber trotzdem eine Feier. In der letzten Minute organisiert von einem Mann, der gestern um Mitternacht noch behauptet hat, Liebe sei nichts weiter als ein chemisches Ungleichgewicht im Hirn.

Holly strahlt über das ganze Gesicht, während sie mit dem Bürgermeister tanzt. Das ist fast, als würde sie mit ihrem Vater tanzen.

Und Mark tanzt mit … wer auch immer das ist. Oh, Moment, Annika hat sie vorhin ***mamma*** *genannt, also muss es die Frau des Bürgermeisters sein. Mark strahlt auch über das ganze Gesicht. Er und Holly scheinen im siebten Himmel zu sein. Das ist VIEL BESSER, als heimlich zu Hause auf dem Standesamt zu heiraten. Das ist wie … nun, wie der Empfang, den es gegeben hätte, wenn Hollys Mutter ihn geplant hätte.*

Aber das alles wäre nicht passiert – nichts davon – ohne den Mann, der von Anfang an darauf bestand, dass Mark und Holly einen furchtbaren Fehler begehen. Cal Langdon.

Das ist einfach unglaublich. Ich wünschte, mir wäre auch so etwas Tolles eingefallen. Warum hat er mich nicht gefragt? Ich hätte mich gerne beteiligt.

Aber anscheinend bin ich inzwischen seine Feindin, da er es den ganzen Morgen vermieden hat, mit mir zu reden – außer ein Mal. Da wies er mich darauf hin, dass der Riemen einer meiner Christian Louboutins locker war. Er sagte: »Ihr … äh … Schuh ist offen.«

Schätze, ich kann es ihm nicht wirklich übel nehmen. Ich meine, dass er kein Wort mit mir spricht. Ich war ziem-

lich gemein zu ihm gestern Abend. Es war schließlich nur ein Kuss. Keine Ahnung, warum ich unweigerlich daraus schloss, dass er es nur darauf anlegte, sich mit mir im Heu zu wälzen. Manchmal bin ich so DUMM. Ich habe es schon wieder mit einem tollen Mann vermasselt.

Aber woher sollte ich wissen, dass er diese Feier plante? Ich meine, wie kommt jemand, der behauptet, nicht an die Liebe zu glauben, dazu, einen Hochzeitsempfang auszurichten? Ganz zu schweigen davon, die Hochzeit in letzter Minute zu retten. Wie konnte ich mich nur so in ihm täuschen?

Aber die Sache mit der Chemie im Hirn …

Peter kam gerade zu mir und forderte mich zum Tanzen auf. Das ist das dritte Mal. Ich sagte: »Peter, warum fragst du nicht Annika, ob sie mit dir tanzen möchte?«

Ich sagte es recht laut, weil Annika in der Nähe stand. Sie machte nicht gerade ein Gesicht, als würde sie sich über meine Worte ärgern.

Andererseits ist ihr Englisch nicht so gut wie das von Peter. Wahrscheinlich müsste sie jetzt in der Schule sein. Die halbe Hochzeitsgesellschaft sieht aus, als würde sie gerade Mathe schwänzen. Hat Cal es etwa auch geschafft, diesen Tag zum Feiertag zu erklären? Oder ist es italienische Tradition, dass jeder Bewohner die Schule oder die Arbeit sausen lässt, wenn verrückte Amerikaner sich in den Kopf setzen, in ihrem Dorf zu heiraten?

Egal, Peter erklärte mir gerade, dass er Annika nicht zum Tanzen auffordern kann, weil sie ohnehin ablehnen wird.

»Annika«, sagte ich zu ihr, »wenn Peter dich zum Tanzen auffordert, würdest du dann Nein sagen?«

Ha. Annika schüttelte den Kopf und wurde rot. Sie wurde ROT!

Also gab ich Peter einen Schubs, und nun tanzen sie ganz langsam zu ***Killer Queen****.*

Holly besteht nämlich darauf, dass Peter immer wieder Cals Queen-CD abspielt. ***Fat Bottomed Girls*** *ist tatsächlich ihr offizielles Hochzeitslied.*

Ooohhh, Cal klopft mit einem von Zio Matteos Löffeln an ein Champagnerglas. Er wird eine Ansprache halten!

Au weia. Berücksichtigt man, wie er zu der ganzen Sache steht – beziehungsweise stand bis zu seinem mysteriösen Sinneswandel heute Morgen –, ist »Rein in den Schlund und runter damit in den Magen, Achtung, Darm, nur nicht verzagen« ungefähr das, was ich erwarte.

>>>

Von: Holly Caputo <holly.caputo@thenyjournal.com>
An: Darrin Caputo <darrin.caputo@caputographics.com>
Betreff: Ich habe GEHEIRATET!!!

Ja, ich habe es getan. Mark und ich haben geheiratet. Ich habe Mom und Dad ein Telegramm geschickt, aber das kommt erst morgen an.

Ich wollte, dass du es als Erster erfährst.

Ich hoffe, du freust dich für mich. Ich bin jedenfalls überglücklich. Das Einzige, was mein Glück noch steigern könnte, wäre, dass du hier wärst.

Jane war einfach toll. Es gab ein Problem mit unseren Unterlagen, und die hätten uns fast nicht getraut, aber Jane ist die ganze Strecke nach Rom gefahren, um meine Unterschrift zu fälschen, zusammen mit Marks Freund Cal, der uns einen tollen Hochzeitsempfang hier bei Zio Matteo bereitet hat. Und er hat eine super Ansprache gehalten. Da ich weiß, dass Bobby Hochzeitsreden sammelt, habe ich versucht, sie aus dem Gedächtnis aufzuschreiben. Sie ging ungefähr so:

»Vielen Dank, dass Sie heute alle gekommen sind. Ich weiß, dass nicht jeder hier Englisch spricht, darum versuche ich, mich kurz zu fassen. Ich kenne Mark Levine seit der Zeit, als wir noch Kinderlatzhosen trugen. Und obwohl ich nicht immer jede seiner Entscheidungen für gut befunden habe – ich persönlich denke, er hätte Profi-Baseballer werden sollen statt Arzt, aber er hatte schon immer ein Helfersyndrom und wollte lieber Menschenleben retten statt Runs erzielen –, befürworte selbst ich seine Entscheidung, Holly zur Frau zu nehmen. Mark arbeitet mit Menschen zusammen, die nichts auf sich beruhen lassen können. Sie analysieren sogar die chemische Zusammensetzung der Liebe. Wenn wir verliebt sind, wird unser Gehirn überschwemmt von einer Substanz, die man Phenylethylamin nennt. Es handelt sich um ein Stimulans, das auch in Schokolade enthalten ist, und genau wie bei Schokolade hält die Wirkung auf die Stimmung nicht ewig an.

Aber es gibt ein paar wenige Ausnahmen – und ich glaube, Mark und Holly gehören dazu –, die, selbst wenn der menschliche Körper sich an die Liebesdroge gewöhnt hat, andere Glückshormone produzieren wie zum Beispiel Endorphine. Endorphine bilden sich im Gehirn, wenn langjährige Partner sich berühren. Sie geben einem das Gefühl von Sicherheit, Behaglichkeit und vertrauter Gewohnheit. Aber damit es nicht zu bequem wird und aufregend bleibt, wird zudem eine gesunde Dosis körpereigenen Oxytocins freigesetzt, dass das Verlangen steigert und stimuliert …

Nun, ich denke, den Rest kann ich Ihrer Fantasie überlassen. Nun möchte ich Sie bitten, mit mir gemeinsam das Glas zu erheben und den folgenden Toast auszusprechen: Herzlichen Glückwunsch, Mark und Holly. Möge euer gemeinsames Leben gesegnet sein mit Gesundheit, Glück und vielen, vielen Endorphinen.«

Ist das nicht süß? Alle anderen sahen das jedenfalls wohl so. Ich wusste gar nicht, dass Marks Freund ein begabter Redner ist. Ich glaube, er hat auch die arme Janie völlig umgehauen – sie stand nur da und starrte ihn mit einem total seltsamen Gesichtsausdruck an.

Ups, Mark möchte mit mir tanzen – später mehr. Ich hoffe, du kannst das lesen. Ich muss zugeben, ich bin ein bisschen beschwipst!

Ganz liebe Grüße

Holly

Reisetagebuch
von
~~Holly Caputo und Mark Levine~~
Jane Harris

Okay, jetzt habe ich Angst. Irgendetwas ist mit Cal Langdon passiert.

Ernsthaft. Es ist, als wäre er über Nacht übergeschnappt oder so. Vielleicht ist ihm sein Antidepressivum ausgegangen. Oder vielleicht hat er endlich angefangen, ein Antidepressivum zu nehmen.

Was ist da los??? Zuerst die Sache heute Morgen auf dem Standesamt. Dann diese Feier, die er für ein Brautpaar organisierte, gegen dessen Hochzeit er Anfang der Woche noch war. Allein für den Champagner muss er ein kleines Vermögen ausgegeben haben.

Holly kam gerade zu mir – ziemlich angeschickert, aber was soll's, schließlich ist heute ihr Hochzeitstag, sie hat es verdient, sich zu amüsieren – und sagte lallend: »Oh mein Gott, Janie, weissu, was Cal getan hat? Weissu, was Cal getan hat?«

Und als ich fragte, was Cal getan habe, antwortete sie: »Er hat für uns eine Suite gebucht … für Mark und mich … Eine Lussussuite in einem Fünfsternehotel … direkt am Strand … für heute Nacht. Unsre Hochsseitsnacht. Unsre Miniflidderwochen. All inclusive, mit Abendessen und Frühstück … und das Bad hat sogar einen Whiiirlpool. Einen eigenen WHIRLPOOL. Hattir schon mal jemand ssso ein tolles Geschenk gemacht in deim Leben?«

Ich musste zugeben, dass das nicht der Fall war.

Und die Ansprache? Was ist mit der Ansprache??? Das war nicht die Ansprache eines Mannes, der nicht an die Liebe glaubt. Ganz im Gegenteil. Das war vielmehr eine hochwissenschaftliche Verteidigungsrede auf die Liebe. Auf die Langzeitliebe.

Was hat er sich dabei gedacht?

Vielleicht war es was anderes. Vielleicht steht er unter Drogen. Das muss es sein. Heute Morgen noch hatte er den teuflischen Plan, die Hochzeit von Holly und Mark zu verhindern, aber irgendwann zwischen der Bestechung des Bürgermeisters, damit dieser sich krankmeldet, und der telefonischen Bombendrohung im Rathaus muss ihm jemand Benzos zugesteckt haben. Oder Ecstasy.

Aber falls das stimmt, warum tanzt er dann gerade mit Frau Schumacher und macht dabei einen völlig nüchternen (und trotzdem einnehmenden und charmanten) Eindruck? Er führt die alte Dame mit perfekter Leichtigkeit über das Parkett … äh … auf mich zu. Peters Urgroßmutter macht ein Gesicht, als wäre sie gestorben und in den Himmel gefahren, so verzückt ist sie von den Männerarmen, die sie über die ***terrazza*** *gleiten lassen. Ihr scheint nicht einmal bewusst zu sein, dass sie zu* ***Bohemian Rhapsody*** *tanzt.*

Das gleich sein Headbanger-Finale erreichen wird. Er kommt sicher nicht auf irgendwelche Ideen. Sie wissen schon, dass er MICH zum Tanzen auffordert. Nicht nach der Abfuhr, die ich ihm gestern Abend erteilt habe. WEIL ICH SO EINE DÄMLICHE KUH BIN.

O mein Gott. Ich erwäge ernsthaft, mich bei ihm zu entschuldigen, weil ich den Kuss unterbrochen habe. So sehr hat er mich mit seinem plötzlichen Sinneswandel durcheinandergebracht. Ich meine, Endorphine? ENDORPHINE? Zu mir hat er nie ein Wort von Endorphinen gesagt. Auch gestern war nur die Rede von Phenylethylamin. Und plötzlich fängt er von Endorphinen an?

»Mei, woas für a schenes Fescht!« Das bemerkte Frau Schumacher eben, als Cal sie schwungvoll auf einen freien Stuhl

neben mir platzierte, während **Bohemian Rhapsody** *zu seinem rockigen Finale ansetzte (zum zweiten Mal in der letzten Stunde).*

Ich: *»Ich freue mich, dass es Ihnen gefällt, Frau Schumacher. Ich wusste gar nicht, dass Sie so gut tanzen können.«*

F.S.: *»Ich? Ich koann net doanzen. Dieses Moannsbild hier«, (sie umklammert Cals Hand. Der macht übrigens ein Gesicht, als würde er am liebsten die Flucht ergreifen), »is a richtiger Partylöwe!«*

Cal: *(der, wie ich sagen muss, auf eine niedliche Art verlegen wirkt) »Aber, Frau Schumacher, seien Sie nicht so bescheiden. Sie waren früher bestimmt selbst eine Partylöwin.«*

F.S.: *(mit einer wegwerfenden Handbewegung) »Mei, sicher. Aber dös is schon lange her. Mei, die schene Feschte doamoals im Führerhauptquartier! Dös woar a bisserl so wie heit. Doamoals floss auch der Champagner in Strömen, gleich wie heit.«*

Cal und ich sahen uns mit großen Augen an.

Ich: *»Entschuldigung, Frau Schumacher, sagten Sie eben … Führerhauptquartier?«*

F.S.: *(mit großen Unschuldsaugen) »Ja, natürlich. Dort war ich früher als jungs Madl doanzen. Als ich für die SS goarbeitet hoab.«*

Cal: *(perplex) »Frau Schumacher … Sie haben für die SS gearbeitet?«*

F.S.: *(wieder mit einer wegwerfenden Handbewegung) »Mei, sicher. Dös hoat a jeder. Dös woar eben doamoals so üblich. Gibt's denn no a Champagner?«*

Cal beeilte sich, Frau Schumachers Glas aufzufüllen. Auf Peters CD-Player lief jetzt **Under Pressure**, und seine Urgroßmutter sprang auf und verkündete: »Dös is mei Liablingsliad!«

Dann stürmte sie zurück auf die Poolterrassentanzfläche.

Cal und ich starren uns an.

»Wir dürfen Mark und Holly auf keinen Fall sagen, dass das Hochzeitsfrühstück jemand gemacht hat, der früher für die SS gearbeitet hat«, warne ich ihn.

Cal zuckt mit den Achseln. »Was ist schon dabei, Jane? Dös hoat a jeder«, antwortet er trocken, Peters Urgroßmutter perfekt imitierend.

»Schwören Sie es«, sage ich zu ihm.

»Ich schwöre«, sagt er. Dann: »Aha. Sie schreiben immer noch in Ihr Buch, wie ich sehe.«

Ich: (unfähig, meinen Blick von seinen Händen, die mit einem Champagnerglas noch verführerischer aussehen als gestern Abend mit den Spielkarten, zu lösen) »Ja.«

Cal: »Sie werden es ihnen also nicht geben?«

Ich: (Bilde ich mir das ein, oder haben seine Augen dieselbe Farbe wie der Himmel über uns?) »Wem was geben?«

Cal: »Mark und Holly. Zur Hochzeit. Das Reisetagebuch, das Sie für die beiden erstellen.«

Ich: (Er trägt Jackett und Krawatte zur Feier des Tages. Darf ich sagen, dass er darin fast so gut aussieht wie mit nacktem Oberkörper?) »Oh, nein. Jetzt nicht mehr. Ich habe es mir anders überlegt. So wie Sie.«

Ich weiß! Ein kühner Schachzug von mir!

Er macht ein verwirrtes Gesicht. Darf ich sagen, dass er mit verwirrtem Gesicht absolut anbetungswürdig aussieht?

Cal: *»Ich bitte um Verzeihung?«*

Ich: *»Ich meine natürlich diese Feier. Wann sind Sie zu der Erkenntnis gekommen, dass Heiraten eine gute Sache ist, die man feiern sollte, statt sie zu fürchten?«*

Cal: *»Ach, das. Tja. Hören Sie, würden Sie bitte kurz aufhören, in dieses Buch zu schreiben? Das lenkt mich irgendwie ab.«*

Ich: *»Aber das ist meine erste Reise nach Europa, wissen Sie, und ich will keine Minute verpassen.«*

Cal: *»Wenn Ihre Nase ständig in einem Buch steckt, werden Sie eine Menge verpassen.«*

Ich: *»Ich lege es zur Seite, wenn Sie mir sagen, was Ihren Sinneswandel bewirkt hat.«*

Cal: *»Welchen Sinneswandel?«*

Ich: *»Wegen Holly und Mark.«*

Cal: *»Ach so. Nun, Sie eigentlich.«*

ICH???

Ich: *»ICH??? Aber … wann denn? Bestimmt nicht gestern Abend.«*

Cal: *»Doch, genau. Gestern Abend.«*

Ich: *»Aber ich war ziemlich gemein zu Ihnen.«*

Cal: *»Vielleicht habe ich es verdient.«*

O mein Gott, er nimmt tatsächlich Antidepressiva! Es muss so sein! Es gibt keine andere Erklärung!

Ich: »Okay, was soll das? Warum sind Sie plötzlich so nett?«

Cal: »Ich bin immer nett.«

Ich: »Nein, sind Sie nicht. Was sollte das auf dem Standesamt, diese Rettungsaktion in letzter Minute? Das wäre doch die *Gelegenheit gewesen, Ihren Freund vor einem Schicksal zu bewahren, das Sie bisher schlimmer fanden als den Tod. Also, was ist passiert?«*

Cal: »Mir ist klar geworden, dass ich Unrecht hatte.«

Ich: »Mit Holly und Mark?«

Cal: »Mit allem.«

Ich: »Mit ALLEM? Selbst mit dieser ganzen Phenylethylamin-Geschichte?«

Cal: »Nun, das ist wissenschaftlich bewiesen. Aber mit allem anderen.«

Ich: »Aber … wie das? Warum? Haben Sie sich gleich ein Antidepressivum verschreiben lassen, als Sie heute Morgen in der Stadt waren, um das Catering zu bestellen und alles andere? Denn Sie verhalten sich einfach nicht wie Sie selbst.«

Cal: »Na ja, vielleicht hatte ich die Möglichkeit, mich durch die Augen eines anderen Menschen zu sehen, und es hat mir nicht besonders gefallen, was ich gesehen habe. Würden Sie jetzt endlich dieses Buch weglegen und mit mir tanzen? Sie spielen gerade unser Lied, wissen Sie.«

Die ersten Takte von **Fat Bottomed Girls** *liefen wieder.*

Wie nett. Vielleicht hat er sich doch nicht so sehr verändert.

Was nicht zwingend schlecht sein muss. Ich meine, wer will schon einen Mann, der keinen Scherz verkraften – oder machen – kann?

Cal: *»Kommen Sie schon. Geben Sie mir die Chance, Ihnen zu beweisen, dass ich eins habe.«*
Ich: *»Dass Sie was haben?«*
Cal: *»Ein Herz.«*

WOHER WEISS ER DAS???
Und wie kann ich da Nein sagen?

>>

Von: Peter Schumacher <webmaster@wondercatlives.com>
An: Listserv <Wondercat@wondercatlives.com>
Betreff: JANE HARRIS

Servus! Ich komme gerade von der Hochzeitsfeier der Freunde von JANE HARRIS. Echt geile Party. Mein Beileid an diejenigen, die sie verpasst haben. Es gab ein großes Festessen und Champagner. Ein paar Gäste waren ziemlich betrunken. Das war sehr lustig!!!

Alle waren super drauf, als die Hotellimousine kam, um das glückliche Brautpaar abzuholen. Es wird die Hochzeitsnacht in einer Suite verbringen! Wir beschlossen spontan, den Wagen mit unseren Motorinos zu verfolgen. Das hat so großen Spaß gemacht! Dann stellten wir uns vor dem Hotel unter den Balkon des glücklichen Paars und riefen lustige Sprüche hoch. Kurz darauf kam die Braut heraus und warf ihren Blumenstrauß zu uns herunter! Annika hat ihn aufgefangen. Annika wird nun die nächste Braut sein in Castelfidardo (nach amerikanischer Tradition).

Aber das war nicht das Lustigste, was auf der Party passiert ist. Das Lustigste war, als Jane mit dem voll netten Cal Langdon tanzte (er hat mir zwanzig Euro gegeben, damit ich mir noch mehr WONDERCAT-Comics kaufen kann), ist eine sehr schöne italienische Dame in der Villa aufgetaucht. Sie heißt Graziella, und sie war gekommen, um Cal Langdon zu besuchen.

Cal Langdon war voll überrascht, die Frau zu sehen. JANE HARRIS war auch sehr überrascht.

Als Nächstes schubste Jane Cal Langdon in den Pool.

Das war total lustig! Jane Harris ist wirklich witzig – genau wie WONDERCAT!

Hier ist Peter, der allergrößte Fan von WONDERCAT, und ich wünsche euch eine GUTE NACHT!

WONDERCAT lives – 4eva!

Peter

>>>

Von: Sal Caputo <salcaputo@freemail.com>
An: Holly Caputo <holly.caputo@thenyjournal.com>
Betreff: Hallo, hier spricht dein Vater

Hallo!

Du hast nicht gewusst, dass dein Vater eine E-Mail-Adresse hat, nicht wahr? Nun, ich gebe zu, ich brauche sie nicht wirklich fürs Geschäft, aber ich ersteigere gerne alte Haushaltsgeräte bei eBay. Man kann nie wissen, ob nicht eins dabei ist, das nur eine kleine Reparatur braucht, um wieder zu funktionieren.

Egal. Was habe ich da gehört? Du und Mark, ihr habt heute bei Zio Matteo in Castelfidardo geheiratet? Ist das wahr?

Nun, wenn das stimmt, wird das deine Mutter sehr bekümmern. Sie ist gerade in der Kirche und betet eine Novene für dich. Heute in der Abendmesse will sie eine Fürbitte für dich lesen lassen.

Ich dagegen möchte der Erste sein, der sagt *congratulazioni*!. Oder soll ich sagen *Masel tov*? Ich weiß, in der Vergangenheit haben deine Mutter und ich Bedenken geäußert, weil Mark nicht unserem Glauben angehört. Aber du bist jetzt ein großes Mädchen und musst deine eigenen Entscheidungen treffen. Mir war Mark schon immer sympathisch. Wenigstens hat er Ahnung von Motoren, im Gegensatz zu manch einem deiner Brüder.

Außerdem, wie ich bereits zu deiner Mutter gesagt habe, ist es gut, einen Arzt in der Familie zu haben. Ich habe nämlich einen Leberfleck, den ich Mark gern mal zeigen würde, wenn ihr das nächste Mal zu Besuch kommt.

Mach dir keine Sorgen wegen deiner Mutter. Ich werde Pater Bob bitten, mit ihr ein Wörtchen zu reden.

Und stell dich drauf ein, dass sie von nun an ihre Anstrengungen darauf konzentrieren wird, Mark dazu zu bringen, dass er konvertiert. Du weißt ja, mit welcher Begeisterung sie sich auf neue Projekte stürzt.

Viele herzliche Grüße
Dad

>>

Von: Ruth Levine <r.levine@levinedentalgroup.com>
An: Mark Levine <mark.levine@thenyjournal.com>
Betreff: Hallo!

Mark, sag mir, dass das nicht wahr ist. Sag mir, dass Marie Caputo an Wahnvorstellungen leidet. Sie hat mich gerade völlig hysterisch angerufen und behauptet, dass sie von einem ihrer Söhne erfahren hat, dass du heimlich ihre Tochter geheiratet hast.

Mark, was hast du dir dabei gedacht? Ist dir klar, was du getan hast? Was soll ich jetzt Dottie Schramm erzählen? Ich habe ihr versprochen, dass du dich bei Susie meldest, sobald du zurück bist. Und statt sie anzurufen und in den Club Room zu einem After-Work-Drink einzuladen, sagst du ihr jetzt, dass du geheiratet hast? Das arme Mädchen wird einen Rückfall haben. Beim letzten Mal irrte sie auf der Fifth Avenue umher mit nichts weiter am Leib als einem Miederhöschen und Ugg Boots.

Sag mir, dass das nicht wahr ist. Ist dir klar, wie weit im Voraus man den Empfangssaal reservieren muss im Country Club? Ein ganzes Jahr! Hätte ich geahnt, was ihr vorhabt, dann hätte ich unseren Namen schon vor Monaten auf die Liste setzen lassen und wir hätten schön feiern können nach eurer Rückkehr. Was soll ich jetzt machen? Soll ich Gäste ins Haus einladen? Du weißt, das Esszimmer muss erst neu tapeziert werden, nachdem diese dummen Handwerker versehentlich durch die Wand gebohrt haben, als sie die neue Küche einbauten.

Es besteht die Möglichkeit, dass wir kurzfristig im Marriott einen Raum bekommen, falls jemand storniert hat. Ich werde mich erkundigen.

Außerdem sagt dein Vater, dass du als verheirateter Mann Steuern für das ganze Jahr zahlen musst, obwohl du neun Monate davon ledig warst. Er sagt, du hättest mit der Hochzeit bis Januar warten sollen.

Was für eine Kleidergröße trägt Holly? Ich werde dafür sorgen, dass dein Onkel Isaac ihr einen Nerzmantel näht. Und erzähl mir nicht, dass sie es ablehnt, Pelz zu tragen. In New York kann es sehr kalt werden, und wenn sie meine Enkelkinder zur Welt bringen soll, möchte ich sicherstellen, dass sie nicht das halbe Jahr mit einer Grippe herumläuft.

Du hättest es uns sagen können, weißt du, Mark. Dein Vater und ich wären gerne nach Italien gekommen. Du weißt ja, unser letzter Urlaub war auf den Bahamas, und da hat es die ganze Zeit geregnet.

Liebe Grüße an euch zwei
Mom

>>

Von: Claire Harris <charris2004@freemail.com>
An: Jane Harris <jane@wondercat.com>
Betreff: Holly und Mark

Liebling!

Ich freue mich ja so für die beiden! Ich bin vorhin Marie im Lebensmittelmarkt begegnet. Sie hat davon geredet, dass Gott uns nicht mehr aufbürdet, als wir ertragen können, und dass das nur bedeutet, dass Holly länger im Fegefeuer schmoren wird. Aber ich habe ihr angesehen, dass sie überglücklich war. Sie glühte richtig von innen heraus.

Obwohl es auch daran liegen könnte, dass es hier momentan untypisch heiß ist für September.

Trotzdem, Marie hat Bagels gekauft. Bagels! Als ich sie darauf ansprach, wurde sie rot und meinte: »Die friere ich ein. Dann kann ich sie aufbacken, wenn Mark und Holly zu Besuch kommen. Er isst nämlich gerne Bagels zum Frühstück, wissen Sie.«

Ich denke, das ist ein gutes Zeichen, meinst du nicht auch?

Jedenfalls hoffe ich, dass du einen schönen Urlaub hast. Deinem Vater und mir geht es gut. Er hat sich neulich die Haut verätzt, als er die Autobatterie im Volvo wechselte, aber die antibiotische Salbe scheint gut zu wirken.

Und für den Fall, dass du dich von Hollys und Marks Hochzeit anstecken lässt, deinem Vater und mir ist es egal, wen du heiratest, solange wir eingeladen sind.

Und ich kann mir vorstellen, dass Cal Langdon sehr gut aussieht in einem Smoking.

Liebe Grüße
Mom

>>

Von: Malcolm Weatherly <malcolmw@snowstyle.com>
An: Jane Harris <jane@wondercat.com>
Betreff: Ciao!

Hey, Baby! Hab lange nichts von dir gehört. Hoffe, es ist alles okay bei dir.

Hör mal, ich habe mich gefragt… Wir sind doch nicht mehr fest zusammen, oder? Ich meine, es ist doch okay, wenn ich mich mit einer anderen einlasse, oder? Jetzt, wo ich ausgezogen bin? Ich habe nämlich jemanden kennengelernt. Melde dich mal, und gib mir kurz Bescheid, ja? Ich möchte nichts tun, was dich anpisst. Aber Männer haben eben ihre Bedürfnisse, weißt du?

Hau rein!

Malcolm

>>

Von: Julio Chasez <julio@streetsmart.com>
An: Jane Harris <jane@wondercat.com>
Betreff: Der Dude

Hi, Ms. Harris!

Wissen Sie, ich wollte fragen… Wann genau kommen Sie zurück? Der Dude ist nämlich… na ja, anscheinend vermisst er Sie oder so. Ich meine, heute Morgen, als ich kam, um ihn zu füttern, habe ich ihn dabei erwischt, wie er versucht hat, das Fliegenfenster durchzunagen, um hinaus auf die Feuertreppe zu kommen. Dort saß nämlich eine Taube. Er hat ein ziemlich großes Loch hineingebissen. In das Fliegenfenster, meine ich. Keine Sorge, mein Dad wird es austauschen, und ich werde bis dahin das Fenster gut verschließen, damit der Dude es nicht wieder tun kann.

Und gerade eben hat er mich wieder gebissen. Dabei hab ich nur versucht, ihn zu streicheln.

Darum wollte ich nur mal fragen … Wann genau kommen Sie zurück?

Ich hoffe bald.

Julio

PDA von Cal Langdon

Es scheint mir ziemlich offensichtlich, dass ich das besser hätte handhaben können.

Und Grazis Timing hätte nicht schlechter sein können. Ich glaube, ich hatte Jane nämlich fast so weit, mir meine bisherigen Patzer zu verzeihen.

Obwohl ich nicht davon abrücke, dass meine Meinung, insbesondere über die Ehe, völlig begründet war. Man kann mir nicht erzählen, dass es keinen einzigen gebildeten Menschen gibt, der sich in der heutigen Zeit nicht fragt, ob es tatsächlich schlau ist, neues Leben in die Welt zu setzen. Welcher Mensch zieht in Anbetracht der globalen wirtschaftlichen Situation – ganz zu schweigen vom Zustand der Natur – noch ernsthaft in Erwägung, Kinder zu zeugen? Wir hinterlassen ihnen einen Planeten ohne ausreichende Energierohstoffe und (als eine Folge unserer Ausbeutung der fossilen Brennstoffe) ohne Ozonschicht, dafür mit einem bankrotten Sozial- und Gesundheitswesen und einer Bevölkerung, die von Fundamentalisten, die es für ihr Recht halten, anderen ihre Werte und ihren Glauben aufzuzwingen – notfalls mit körperlicher Gewalt – terrorisiert wird.

Nur ein Narr.

Und trotzdem, zum ersten Mal in meinem Leben erkenne ich, dass es Vorteile haben kann, ein Narr zu sein. Besonders wenn man närrisch ist vor Liebe.

Gott. Ich kann nicht glauben, dass ich das gerade geschrieben habe, aber es ist wahr. Ich verstehe nun, warum Mark und Holly unbedingt heiraten wollten, gegen den Willen ihrer Eltern, trotz ihres Wissens um die Welt und die Gefahren, die sie bereithält. Ich verstehe nun, warum es für die beiden so wichtig war, ihre Beziehung zu legalisieren, und warum es nicht gerade förderlich ist, aus einer Liebesbeziehung zu fliehen, wenn man die Beziehung aufrechterhalten möchte.

Das alles kann ich jetzt verstehen.

Zu blöd, dass ich *sie* nicht davon überzeugen kann.

Nicht, dass ich mir das einfach vorgestellt hätte. Aber ehrlich gesagt habe ich sicher nicht damit gerechnet, dass ich es auf dem Grund eines Pools machen muss.

Der alte Cal hätte an diesem Punkt wahrscheinlich gemeckert, dass sie vielleicht Nerven hat, wenn sie von ihm erwartet, dass er in der Zeit, bevor er sie kannte, wie ein verdammter Eunuch gelebt hat. Der alte Cal hätte sich an diesem Punkt gefragt, warum er sich überhaupt mit so einer abgibt, da er ja schließlich eine wunderschöne, elegante, kultivierte Italienerin hatte, die mehr als glücklich gewesen wäre, wenn er sich mit ihr die ganze Nacht im Bett vergnügt hätte.

Warum mache ich mir dann Gedanken darüber, was irgendeine amerikanische Karikaturistin von mir denken könnte?

Aha, da liegt der Hase im Pfeffer. Ich will die schöne, elegante, kultivierte Italienerin gar nicht. Ich will die Karikaturistin mit dem Katzentattoo, die scheinbar ständig über ihre eigenen Füße stolpert.

Gott möge mir helfen.

Sie dagegen hat keinen Zweifel daran gelassen, dass sie mich nicht will. Jedenfalls nicht mehr. Ich schätze, als Grazi in diesen Stilettos und mit diesem Hut und einem Gesicht, als würde ihr die Villa gehören, hereinstolzierte, war das einfach ein Schlag zu viel.

Grazi hatte vollstes Verständnis. Sie entschuldigte sich dafür, dass sie ihre E-Mails nicht gelesen hatte, und erklärte, dass sie bereits auf dem Weg zu mir gewesen sei, als sie meine Nachrichten auf ihrer Mailbox abhörte. Ich glaube, ich habe mich ziemlich lächerlich gemacht bei dem Versuch, ihr die Situation zu erklären, als ich sie zum Bahnhof fuhr (natürlich, nachdem ich mich umgezogen hatte).

»Ich verstehe«, lautete Grazis Kommentar. »Du hast dich verliebt. In eine Frau, die Comics zeichnet. Katzencomics.«

Als ich hörte, dass sie es so unumwunden ausdrückte – *Du hast dich verliebt* –, fühlte ich mich für einen Moment körperlich richtig krank.

Und das Merkwürdige daran ist – ich fühlte mich auf eine gute Art krank.

»Das ist noch nicht alles«, sah ich mich gezwungen zu beichten. »Sie hält mich für einen arroganten Arsch, der zu keinem anderen Gefühl fähig ist, als sich anderen überlegen zu fühlen.«

Grazi schien das amüsant zu finden.

»Du kannst ziemlich arrogant sein«, sagte sie. Was ich nicht besonders beruhigend fand zu hören. »Du scheinst immer alles zu wissen, was es zu wissen gibt.«

»Sie ist nicht im Geringsten an geopolitischen Entwicklungen interessiert«, fuhr ich fort. »Oder am Weltgeschehen allgemein.«

»Ja«, sagte Grazi. »Aber den meisten Menschen ist das nicht wichtig.«

»Heute Morgen«, fügte ich in dem verzweifelten Bedürfnis, dass jemand, irgendwer mir ausredete, was bereits Fakt war, wie ich nur zu gut wusste, hinzu, »habe ich gesehen, dass sie ihr Rührei mit Ketchup isst. Und sie mag Nutella. Und diese Krankenhausserie, *Emergency Room*.«

Worauf Grazi mit einer Gelassenheit, die bestimmt gespielt war, entgegnete: »Ja, aber die Serie ist sehr populär.«

»Es ist nichts, was ich geplant habe«, erklärte ich.

»Wer plant schon, sich zu verlieben?«, erwiderte Grazi mit einem Achselzucken. »Es passiert einfach. Wir können es nicht verhindern, auch wenn wir uns noch so sehr dagegen sträuben.«

Dann stieß sie mit ihrer Zigarette eine blaue Rauchwolke aus und fügte hinzu: »Obwohl ich mir in deinem Fall vorstellen kann, dass du dich so sehr dagegen gesträubt hast, dass es dich umso schlimmer erwischt hat. So ist das nämlich mit Männern wie dir. Wenn es passiert, gibt es nichts, was es verhindern kann. Nicht einmal Ketchup auf Rührei.«

»Sie hasst mich«, sagte ich kläglich.

»Nein, sie hasst dich nicht«, widersprach Grazi gütig. »Würde sie dich hassen, hätte sie dich nicht ins Wasser geschubst, als sie mich gesehen hat.«

Ich hoffe – aber eigentlich glaube ich es nicht –, dass Grazi Recht hat.

Aber selbst wenn, was kann ich tun? Nachdem ich Grazi am Bahnhof abgesetzt hatte, wo sie in den Zug nach Rom stieg, und anschließend zur Villa zurückkehrte, war die Feier vorüber und das Haus abgeschlossen. *Sie* war nirgendwo zu sehen. Ich wusste jedoch, dass sie nicht abgereist war… ihre Reisetasche war noch da. Mir kam die Idee, dass sie vielleicht mit den anderen in die Stadt gefahren war, um das Brautpaar im Hotel zu terrorisieren. Also setzte ich mich wieder in den Wagen, entdeckte aber nur Peter und seine Teenie-Freunde am Strand, die Hollys Brautstrauß aus Knoblauchblüten in einer seltsam pubertären Zeremonie, die an *Herr der Fliegen* erinnerte, auseinanderrupften und die Blüten ins Meer warfen.

Und jetzt sitze ich in einem Café und habe zu viel Kaffee getrunken und sämtliche englischsprachigen Zeitungen gelesen. Die Sonne beginnt langsam unterzugehen, und ich weiß, ich sollte zur Villa zurückfahren, um zu schauen, ob sie dort ist.

Aber ein Teil von mir hat Angst, von diesem Stuhl aufzustehen. Denn was passiert, wenn ich sie antreffe und sie mir die kalte Schulter zeigt?

Grazis Rat, als ich ihr genau diese Frage stellte, bevor sie in den Zug stieg, war nicht sehr beruhigend.

»Das wird sie nicht tun«, sagte sie lächelnd. »Wenn du die große Geste machst.«

»Welche große Geste?«, fragte ich. »Ich habe bereits eine Feier ausgerichtet, die mich fünf Riesen kostet, und alles, was mir das gebracht hat, war die Aussicht vom Poolboden.«

»Was will sie denn?«, fragte Grazi spitz. »Abgesehen von einer Hochzeit für ihre Freundin, die du bereits ermöglicht hast. Weißt du, du musst ihr geben, was sie will – was sie noch nie hatte. Genau das musst du tun. Dann wird sie dir gehören.«

Darüber musste ich erst nachdenken. Was Jane Harris will. Ich habe mir noch lange Gedanken darüber gemacht, nachdem Grazis Zug bereits abgefahren war, und kam zu dem Schluss, dass es nicht so schwer sein konnte. Ich meine, ist es nicht so, als stünde es auf jeder Seite ihres Tagebuchs geschrieben?

Trotzdem, das Schwierige daran ist, ihr zeigen zu müssen, dass ich es wirklich ernst meine.

Wenn sich allerdings herausstellt, dass ich mich irre …

Tja, wird schon schiefgehen.

Reisetagebuch
von
~~Holly Caputo und Mark Levine~~
Jane Harris

Ich hätte es wissen müssen. Dass es zu schön war, um wahr zu sein.

Dass er sich geändert haben könnte, meine ich.

Er hat sich nicht geändert. Diese Typen ändern sich nie.

Ich weiß nicht, was ich gedacht habe. Ich meine, nur weil er dafür gesorgt hat, dass Mark und Holly heiraten können, und dass er ihnen dann eine schöne Feier ausrichtete und eine nette Hochzeitsrede hielt, so wie jeder normale Mensch das getan hätte, dachte ich, er wäre vernünftig geworden.

Ha!

Jetzt ist sonnenklar, dass die ganze Sache ein abgekartetes Spiel war, um mich ins Bett zu kriegen.

Ich muss zugeben, zuerst fühlte ich mich geschmeichelt. Ich meine, dass er die ganze Mühe auf sich genommen hat, nur um mich nackt zu sehen. Kein Mann hat sich jemals so für mich ins Zeug gelegt. Na ja, Curt Shipley nahm mich mit zum Abschlussball.

Aber da ich inzwischen weiß, dass es ihm ziemlich egal war, wen er flachlegte, mich oder Mike Morris, dämpfte das im Nachhinein irgendwie meine Begeisterung darüber.

Dasselbe gilt für Cal Langdon. Ich meine, für ihn war es nur ein Spiel. Das wusste ich in dem Moment, als diese Galeristin auftauchte. Nur ein Kuss. Lächerlich! Genau wie ich vermutet habe, war es doch nicht nur ein Kuss. Er fühlte sich einsam und wollte eine fürs Bett. Wer, war ihm egal. Beziehungsweise wer alles. Oder was auch immer. Warum hätte er sie sonst eingeladen?

Ich muss zugeben, er wirkte tatsächlich überrascht, als sie aufkreuzte. Bestimmt hat er vergessen, dass er sie gebeten hat zu kommen.

Nun, ich bin mir sicher, bei meiner Predigt ist es ihm ganz schnell wieder eingefallen.

Was soll's. Es ist nicht so, als würde mir das was ausmachen. Ich meine, es ist ja nicht so, als wollte ich was von ihm. Bitte. Warum auch? Glauben Sie mir, ich habe etwas Besseres verdient als einen egozentrischen Arsch wie Cal Langdon.

Na schön, er hat schöne sehnige, gebräunte Hände. Und tolle blaue Augen. Und er mag Katzen. Und er kann super küssen. Und er ist sehr schlau, kann aber trotzdem witzig sein, wenn er will.

Und? Er hat auch viele Fehler. Er hält sich für allwissend, obwohl er das ganz sicher nicht ist, besonders nicht, was zwischenmenschliche Beziehungen betrifft.

Und er schreibt Bücher, die ich nicht mal lesen würde, wenn ich vor Langeweile einginge.

Und obwohl ich mir nicht ganz sicher bin, glaube ich, dass ich mir heute Morgen einen schrägen Blick von ihm eingefangen habe, als ich Ketchup auf mein Rührei gab.

Wer braucht denn so was? Ich nicht. Nein, Sir. Ich halte mich lieber an die netten Männer. Wie Malcolm. Na ja, vielleicht nicht gerade Malcolm, da er sich offenbar weiterorientiert hat, was ... gut für ihn.

Aber ich meine einfache Männer wie Malcolm. Männer, die keine Spielchen spielen. Männer, die die Launen des Lebens mit Humor zu nehmen wissen. Cal weiß nichts mit Humor zu nehmen. Außer vielleicht meine grammatikalischen Schwächen.

Oh, Moment. Krieg.

Okay, Peter hat gewonnen.

Was soll's.

Wo war ich stehen geblieben?

Ach ja.

Das Erste, was ich tun werde, wenn ich wieder zu Hause bin, ist, mich für irgendein Seminar bei Learning Annex einzuschreiben. Ich weiß noch nicht, wofür. Irgendeinen Kurs, den ein einfacher Mann wählen würde. Töpfern zum Beispiel. Oder Italienisch! Ja, genau. Ein Italienisch-Kurs. Ich wette, dafür schreiben sich viele Männer ein. Und dann kann ich dort einen netten, einfachen Mann kennenlernen, und wenn ich das nächste Mal nach Italien fliege, nehme ich ihn mit.

Denn auch wenn dieses Land seine Fehler hat – wie die dreistündige Mittagspause, in der alles, selbst Schuhläden, geschlossen ist ... ganz zu schweigen von den fehlenden Kloschüsseln wie im Amici Amore oder den fehlenden Klobrillen wie in dem Restaurant in Porto Recanati –, hat es dennoch wunderschöne Seiten. Als Peter mich heute nach der Feier in der Stadt absetzte und zusammen mit Annika und den anderen weiter zum Hotel zog, um Holly und Mark zu belästigen, schlenderte ich ein bisschen umher, kaufte mir ein leckeres Gelato, setzte mich in einen kleinen Palazzo und relaxte einfach.

Ich hatte noch nicht viel Gelegenheit zu relaxen, seit ich in Italien bin – abgesehen von den gefühlten fünf Minuten am Pool an dem einen Tag –, vor lauter Sightseeing und der Sorge, ob die Hochzeit von Holly und Mark zustande kommt, und der Geschichte mit Cal.

Aber heute gönnte ich mir Entspannung und sah mich um, und ich ... ja, mir gefiel, was ich sah. Italien, meine ich. Jedenfalls Le Marche. Die Menschen sind hier alle so freundlich und grüßen sich auf der Straße. Und vor den Fenstern hängen Blumenkästen und keine Feuertreppen, weil kein Haus hier höher ist als zwei Stockwerke.

Und weil die Häuser so niedrig sind, wirkt der Himmel riesig, wie in Wyoming oder so. Und er strahlt in einem Blau, das man in New York wegen der Luftverschmutzung durch die Autoabgase nie zu sehen bekommt. Hier fahren die meisten nur Roller oder höchstens diese winzig kleinen Smarts.

Selbst das Eis schmeckt besser als in Amerika. Das war das beste Pistazieneis, das ich je gegessen habe.

Und der Lebensrhythmus ist irgendwie ansteckend. Ich meine, ich befürworte sicher nicht diese dreistündigen Mittagspausen. Aber sollte man mal drei Stunden Mittagspause brauchen, ist es nett, dass man dafür nicht schief angesehen wird. Man stelle sich das vor in Manhattan. Ich meine, können Sie sich vorstellen, dass Sie an der Wall Street arbeiten oder wo auch immer und Ihrem Chef versuchen klarzumachen, dass Sie erst in drei Stunden zurückkommen?

Es hat etwas Angenehmes, dass hier niemand in Hektik verfällt und dass immer Zeit zu sein scheint für ein Tässchen Espresso und ein freundliches Buon Giorno.

Wirklich schade, dass wir schon am Freitag abreisen. Ich meine, nicht, dass ich traurig wäre, mich von bestimmten Leuten zu verabschieden, die ich hier kennengelernt habe. Aber ich glaube, ich werde diese Gegend vermissen. Und Peter. Und sogar seine Urgroßmutter und die pampige Annika (der ich sagte, als sie mich fragte, was sie mit Hollys Brautstrauß anfangen solle, nachdem sie ihn gefangen hatte, dass es Tradition sei, die Blüten abzuzupfen und ins Meer zu werfen, das bringe Glück) und den Bürgermeister und den Geruch von Pferdemist, der morgens in mein Schlafzimmer weht, und die mageren Katzen und den Herd, den man nur bedienen kann, wenn alle Lichter aus sind, und die ganzen Marienstatuen und die Burgen auf jedem Hügel und …

Nun, eben alles.

Außer IHM.

Wenn ich diesen Kurs in der Abendschule mache, den Italienisch-Kurs, und einen Mann kennenlerne, – Sie wissen schon, einen einfachen, der den Launen des Lebens etwas abgewinnen kann –, werden wir nach Italien zurückkehren und einen wunderschönen Urlaub verbringen, weil wir dann beide wissen, was **carabinieri** *heißt, und keiner den anderen wegen seiner Fehler auslacht, im Gegensatz zu …*

IHM.

O mein Gott. Er ist zurück.

Der hat vielleicht Nerven.

Oh, und sein Gesichtsausdruck ist immer noch genauso zerknirscht wie bei seinem Aufbruch vorhin. Was ist passiert, Cal? Hat deine italienische Schlampe sich geweigert, dich ranzulassen, nachdem sie gesehen hat, was für ein dämliches Gesicht du im Pool gemacht hast?

Huh. Er versucht, Konversation zu machen. Tja, netter Versuch, Kumpel. Aber damit wirst du nicht weit kommen, solange der Junge da ist. Warum, glaubst du, habe ich ihn eingeladen? Bestimmt nicht, weil ich so leidenschaftlich gerne Karten spiele. Nein, weil ich so eine Ahnung hatte, dass du zurückgekrochen kommst. Und ich weiß, du wirst in Anwesenheit Dritter nicht über uns reden …

O MEIN GOTT, DAS IST BESTECHUNG!

Moment, das kann ich auch …

AARRRGHHH!!! WARUM HABE ICH MIR KEIN BARGELD BESORGT, ALS ICH IN DER STADT WAR?

Na schön. Was soll's. Peter ist weg. Ein Zwanziger hat gereicht. Verräter.

Mir doch egal. Ich muss mir ja nicht anhören, was der Kerl zu sagen hat. Ich kann auch hineingehen und sehen, was Holly macht …

Äh … nein, kann ich nicht. Weil Holly und Mark im Ho-

tel sind. In dem Hotel, das er für sie gebucht hat. Wir sind allein. Wir sind nur zu zweit in dieser riesigen Villa, weil er …

… ES SO GEPLANT HAT!!!

O MEIN GOTT, ICH BIN SO EIN IDIOT.

Aber was soll's. Ich höre ihm immer noch nicht zu. Nein, dir bestimmt nicht, Mr. »Mein einziges Lebensziel ist es, dieser dummen Amerikanerin das Herz zu brechen«. ICH HÖRE NICHT ZU.

Cal: *»Jane, mal im Ernst. Hören Sie bitte auf, in dieses Buch zu schreiben, und sehen Sie mich an. Nur für eine Minute.«*

Ich: *»Nein.«*

Cal: *»Schön. Aber ich gehe nicht weg. Nicht, bis wir das geklärt haben.«*

Ich: *»Es gibt nichts zu klären.«*

Cal: *»Doch, gibt es. Sehen Sie, ich weiß, ich habe mich wie ein Trottel benommen, fast vom ersten Moment an, als wir uns begegnet sind …«*

Ich: *»Fast?«*

Cal: *»Okay, vom ersten Moment an, als ich Ihnen begegnet bin. Aber ich möchte, dass Sie wissen, dass mir das schrecklich leidtut. Sie hatten Recht. Ich bin ein Arsch. Und ein Widerling. Was ich gesagt habe – und getan –, war alles falsch. Sie hatten Recht. Sie hatten völlig Recht mit Mark und Holly, und ich hatte völlig Unrecht. Das habe ich eingesehen.«*

Hmmm. Das ist eine interessante Wendung der Ereignisse. Er hat sich entschuldigt. Und eingeräumt, dass er falsch lag. Das habe ich noch nie erlebt bei einem Mann. Was kann das bedeuten?

Oh, Moment. Ich weiß. Wie dumm von mir.

Ich: *»Falls Sie damit bezwecken, dass ich auch im Hotel übernachte, damit Sie heute die Villa für sich und Ihre Schlampe allein haben, können Sie sich das abschminken. Zufällig gefällt es mir hier, und ich habe nicht die Absicht, umzuziehen, nicht einmal für einen eigenen Whirlpool.«*

Cal: *»Jane, würde ich die Nacht mit Grazi verbringen wollen, denken Sie nicht, dass ich dann mit ihr ins Hotel gefahren wäre, statt hier mit Ihnen herumzudiskutieren?«*

DER KANN MICH MAL MIT SEINER KOMPLIZIERTEN LOGIK!

Ich: *»Na ja, was auch immer Sie vorhaben, vergessen Sie es. Sie machen mich nervös. Ich kam besser klar, als Sie mich noch gehasst haben.«*

Cal: *»Ich habe Sie nie gehasst …*

Ich: *»Ha! Ha! Ha!* ***CARABINIERI****!«*

Cal: *»Was? Darf ich nicht einmal mit Ihnen lachen?«*

Ich: *»Das war nicht Lachen, das war Auslachen.«*

Cal: *»Haben Sie mich etwa nicht ausgelacht in dieser Woche?«*

Ich: *»Nicht vor Ihren Augen.«*

Ooohhh. Er hat sich mit Schwung einen Drahtstuhl geschnappt und ihn direkt vor mir platziert, um sich anschließend daraufzusetzen und sich vorzubeugen, sodass ich den Bartschatten auf seinem Kinn und seinen Wangen sehen kann. Und seine blauen Augen.

SIEH WEG. SIEH NICHT IN DIESE HYPNOTISCHEN BLAUEN AUGEN.

Cal: *»Jane, legen Sie das Buch weg und hören Sie mir zu.«*

Ha. Von wegen.

Cal: *»Schön. Wenn Sie stur bleiben, werde ich Ihnen jetzt Folgendes sagen: Ich gebe zu, als wir uns kennenlernten, bin ich von ein paar falschen Annahmen ausgegangen, was die Beziehungen zwischen Mann und Frau betrifft. Ich werde nicht behaupten, dass ich noch nie verliebt war, denn wir wissen beide, dass das nicht stimmt. Ich war einmal sehr verliebt, und es hat nicht funktioniert, und darum habe ich mir mit aller Macht eingeredet, dass Liebe nicht existiert. Weil ich mir nicht eingestehen wollte, dass ich es vermasselt habe. Und wenn ich es nicht haben konnte, sollten alle anderen es auch nicht haben.«*

Hmmm. Hübsche kleine Erklärung. Sauber. Gelungen. Fast glaubhaft.

Cal: *»Aber dass ich Sie kennengelernt habe, hat alles verändert. Sie haben mir gezeigt, dass zwei Menschen – wie Mark und Holly – sich zutiefst lieben können bis zum Wahnsinn, ohne irgendwelche Hintergedanken, und dass diese Liebe nicht nur das Ergebnis eines chemischen Ungleichgewichts im Gehirn ist, sondern das Ergebnis gegenseitiger Anziehung, gegenseitigen Vertrauens und purer, aufrichtiger Zuneigung. Die Liebe, die die zwei füreinander empfinden und die sie alle Vorsicht in den Wind schießen und heiraten lässt, obwohl fast ihr gesamtes Umfeld dagegen ist, das ist die Art von Liebe, die* *ich immer wollte, aber nicht für möglich gehalten habe. Bis gestern.«*

Hmmm. Das klingt auch nicht schlecht.

Moment. Wovon zum Teufel spricht er überhaupt?

Ich: »Was war denn gestern?«
Cal: »Gestern habe ich acht Stunden im Auto verbracht.«

Bastard. Ich habe nicht einmal zu der Musik mitgesungen. Jedenfalls nicht oft.

Ich: »Ja. Und?«
Cal: »Es ist was passiert.«
Ich: »Wenn das eine Anspielung auf meine Fahrkünste sein soll, dann lassen Sie mich sagen, dass ich den Laster nicht einmal touchiert habe. Was Sie gespürt haben, war bloß der Wind. Wir waren ziemlich schnell. Und der Wagen hat keinen einzigen Kratzer. Ich habe nachgesehen.«
Cal: »Das meinte ich nicht. Ich rede von der Tatsache, dass ich mich in Sie verliebt habe. Und ich bin mir ziemlich sicher, dass Sie auch in mich verliebt sind.«

!!!!!!!!!!!!!!!!!!!!!!!!!!!!!!!!!

Cal: »Können Sie endlich aufhören, ständig in dieses Buch zu kritzeln?«

Wie kann ich aufhören? Ich meine, ich kann kaum meinen Stift halten, weil meine Hand so stark zittert …

Das kann nicht wahr sein. Das muss irgendein ausgeklügelter Männerplan sein, um … keine Ahnung, was.

Ich: *»Okay, ich verstehe, dass Männer wie Sie vor nichts zurückschrecken, um eine sexuelle Eroberung zu machen. Ich meine, einer Frau zu sagen, was sie vermeintlich hören möchte … ich habe nichts anderes erwartet. Aber es ist kein schlauer Schachzug, zu spekulieren, wie eine Frau für Sie empfindet. Denn ich kann Ihnen versichern, dass ich NICHT in Sie verliebt bin.«*

Cal: *»Ich spekuliere nicht. Ich weiß genau, was Sie über mich denken. Sie halten mich für einen Korinthenkacker und einen Armlehnenschikaneur … und für einen arroganten Modelizer. Sie können es nicht ausstehen, wie ich rede, worüber ich rede, meine herrische Art im Restaurant oder dass ich Taxifahrern sage, wie viel sie tatsächlich verdient haben. Sie finden meinen Frauengeschmack abscheulich, den Umstand unverzeihlich, dass ich keinen Fernseher besitze, und den Umstand unergründlich, dass ich ein Buch über Saudi-Arabien geschrieben habe. Und es hat Sie genauso schlimm erwischt wie mich. Sonst hätten Sie mich nicht ins Wasser geschubst, als Grazi auftauchte.«*

Ich: *Sprachlos.*

Cal: *»Würden Sie jetzt endlich das Buch weglegen und mich küssen?«*

Ich: *»Nein, das werde ich nicht. Was sind Sie … wie haben Sie … hat Holly Ihnen das alles erzählt?«*

Cal: *»Nein. Ich habe das Buch gelesen, in das Sie gerade schreiben.«*

WAS?

Cal: *»Könnten Sie ein bisschen größer schreiben? Ich bin mir nicht sicher, ob man das in China noch lesen* *kann. Ja, ich habe Ihr Tagebuch gelesen. Auf der ersten Seite steht, dass Sie vorhaben, es Mark und Holly zur Hochzeit zu schenken. Ich dachte, es ist nichts dabei, wenn ich etwas lese, was für die beiden bestimmt ist. Erst als ich schon zu sehr darin vertieft war, um es wegzulegen, ist mir klar geworden, dass Sie Ihre Pläne geändert haben.«*

Ich: *»Ngh.«*

Cal: *»Gut gesagt. Ja, Jane Harris, ich kenne Ihre dunkelsten Geheimnisse. Dass Sie schwärmen für Dr. Kovac, der, wie ich betonen möchte, eine fiktive Figur ist. Ihr falscher Eindruck von der Größe eines bestimmten Körperteils von mir. Was genau Sie von meinem Buch halten – auch wenn ihr Gesichtsausdruck bereits alles sagt, wenn ich darüber spreche. Ich weiß, Sie haben eine Schwäche für bucklige Zwerge, streunende Katzen und Ihre Freundin Holly, und ich weiß, dass Sie mit mir ins Veselka wollen und Crêpes essen. Ich kenne das Veselka nicht, aber ich bin ein großer Fan von Crêpes. Und ich hatte noch nie so viel Spaß wie in den letzten achtundvierzig Stunden, in denen ich in einem Wagen mit einer der schlechtesten Fahrerinnen, die ich je gesehen habe, festsaß, und in denen ich die Spanische Treppe rauf- und runtergehetzt bin, damit ich mich rechtzeitig anstellen konnte, um eine Unterschrift auf dem amerikanischen Konsulat zu fälschen. Und ich würde gerne in absehbarer Zukunft solche Dinge weiterhin machen – mit Ihnen auf einer regelmäßigen Basis. Obwohl das natürlich auch Sex mit Ihnen einschließt, wenn möglich. Und wenn Sie immer noch nicht überzeugt sind, dann überzeugt Sie vielleicht das: Ich habe die feste Absicht, lange genug mit Ihnen zusammenzubleiben, um mit dem*

Dude eine enge, unzertrennliche, langfristige Bindung einzugehen. Und zum Beweis habe ich heute Nachmittag das hier besorgt.«

O mein Gott. Er krempelt seinen Ärmel hoch. Warum krempelt er seinen Ärmel hoch? Was will er mir …

NEIN!

UNMÖGLICH!

Das ist ein Tattoo! Er hat sich ein Tattoo stechen lassen. Mit dem Motiv von WONDERCAT!

Genau wie das über meinem Fußknöchel.

Ich: *»Aber … wie …? Wo?«*

Cal: *»Im Sexy Tattoo Shop in der Stadt. Die haben gesagt, WONDERCAT sei bei ihnen ein Verkaufsschlager.«*

Ich: *»Aber … aber … aber das ist dauerhaft!!!«*

Cal: *»So wie meine Gefühle für dich. Könntest du jetzt bitte den Stift weglegen und mich küssen?«*

Und plötzlich stelle ich fest, dass ich das kann.

Weil mein Herz sich gefüllt hat. Mit etwas, das ich nicht richtig beschreiben kann.

Außer, dass es sich anfühlt wie ***Frizzante Bianco****.*

Reisetagebuch
von
~~Holly Caputo und Mark Levine~~
Jane Harris

O mein Gott. Er hat gelogen. Es stimmt, was Mark behauptet hat über Cals …

Reisetagebuch
von
~~Holly Caputo und Mark Levine~~
Jane Harris

Die arme Frau Schumacher. Sie wird viel Wäsche haben, wenn wir abreisen. Ich glaube, wir haben es in jedem Bett im Haus mindestens einmal getrieben.

Aber ich schätze, sie ist harte Arbeit gewöhnt, wenn ich an die ganze Zeit denke, die sie im Führerhauptquartier verbracht hat.

Reisetagebuch
von
~~Holly Caputo und Mark Levine~~
Jane Harris

Selbst Cal gibt zu, dass Erdbeeren mit Nutella, die mit Champagner heruntergespült werden, ein köstlicher Mitternachtssnack sind.

Reisetagebuch
von
~~Holly Caputo und Mark Levine~~
Jane Harris

Muss mich beeilen, weil er gerade unten ist und Erdbeernachschub holt.

Er liebt mich! Mindestens so sehr – ich kann nicht glauben, dass ich das zugebe – wie ich ihn. JA! Es stimmt! Ich liebe ihn! Am liebsten würde ich es von den Dächern rufen:

ICH LIEBE IHN!

Und ich glaube nicht, dass ich so rede wegen des Phenylethylamins.

Endorphine? Eindeutig.

O mein Gott. Ich liebe Cal Langdon. CAL LANGDON.

Und wissen Sie, der einzige Grund, warum er **Emergency Room** *nicht mag, ist: Er hat die Serie nie gesehen. Wie sich herausgestellt hat, wird sie in Libyen, oder wo auch immer er war in all den Jahren, gar nicht ausgestrahlt. Ich bin mir sicher, er wird vernünftig werden, sobald er über das, was im County General Hospital passiert, auf dem Laufenden ist.*

Ich habe ihm auch meinen WONDERCAT-Skizzenblock gezeigt, und er musste über meinen letzten Cartoon lachen. Cal Langdon hat gelacht. Über einen meiner Cartoons!!! Und er nannte mich ein komisches Genie!

Ich wusste bereits, dass ich eins bin. Aber es war schön, das von ihm zu hören.

Ups, da kommt er. Ich habe versprochen, dass ich nichts mehr über ihn in das Tagebuch schreiben werde.

Vorerst.

>>>

Von: Cal Langdon <cal.langdon@thenyjournal.com>
An: Arthur Pendergast <a.pendergast@rawlingspress.com>
Betreff: AW: Das Buch

Hallo, Arthur!

Ich habe nachgedacht. Was würdest du davon halten, wenn ich mein zweites Buch über Le Marche schriebe? Für den Fall, dass du es nicht weißt, Le Marche ist eine der weniger bekannten Regionen Italiens mit zahlreichen atemberaubenden Sehenswürdigkeiten wie historische Städte auf pittoresken Hügeln, schattige Olivenhaine, weiße Sandstrände, köstliche Fischgerichte und feinherbe Weine wie den Verdicchio, der als einer der erlesensten *vini da meditazione* gilt.

Hier in Le Marche florieren Familienbetriebe. Es ist eine fast autarke Region, an der sich viele Länder – zum Beispiel solche, die früher vom Ölexport abhingen – ein Beispiel nehmen sollten.

Ich überlege, ob ich mich hier ein paar Monate mit meiner Freundin einquartieren soll, um ein wenig Recherche zu betreiben. Du hast vielleicht schon von ihr gehört – Jane Harris? Sie ist die Erfinderin von WONDERCAT, dieser lustigen Comicserie über eine Katze. Ich bin mir sicher, du kennst sie.

Egal, gib mir Bescheid, was du dazu meinst.

Cal

>>>

Von: Arthur Pendergast
<a.pendergast@rawlingspress.com>
An: Cal Langdon <cal.langdon@thenyjournal.com>
Betreff: AW: AW: Das Buch

Le Marche? Wovon zur Hölle redest du? Kein Schwein kennt Le Marche. Wer zum Teufel kauft schon ein Buch über eine Gegend, von der er noch nie gehört hat?

Lass mich dir was sagen: Würde *Wüstenlandschaft* im Moment nicht auf Platz 2 der *Times*-Bestsellerliste stehen, würde ich dir sagen, wohin du dir dein Le Marche stecken kannst.

Aber da es so ist …

Geh mit Gott.

Arthur Pendergast
Herausgeber
Rawlings Press
1418 Avenue of the Americas
New York, NY 10019
212-555-8764

P. S.: Freundin? Seit wann hast du eine Freundin? Ich dachte, du hättest eine Beziehungsphobie.

P. P. S.: Was zum Teufel ist eine WONDERCAT?

>>

Von: Peter Schumacher <webmaster@wondercatlives.com>
An: Listserv <Wondercat@wondercatlives.com>
Betreff: JANE HARRIS

Hört mal alle her, Leute! Ihr werdet nicht glauben, was passiert ist! JANE HARRIS, die Erfinderin unserer geliebten WONDERCAT, bleibt hier in Le Marche! Ja! Jedenfalls hat sie mir das heute Morgen gesagt, als ich die Semmeln vorbeibrachte.

Eigentlich kam Jane nicht an die Tür, als ich die Semmeln brachte. Sie kam erst spät am Nachmittag herunter, um die Semmeln zu holen. Und sie sah ziemlich müde aus. Aber sehr hübsch, wie immer.

Und Cal Langdon, der mit Jane herunterkam, fragte mich, ob ich wisse, ob man hier irgendwo ein Haus mieten könne, weil er ein Buch über uns schreiben möchte. Über uns!

JA! Le Marche!!!

Und JANE HARRIS will auch in Le Marche bleiben, um Cal Langdon bei seinem superwichtigen Buch über uns zu helfen!!!

Und als ich ihr die Frage stellte, die ihr euch bestimmt auch stellt, meinte sie: »Was mit WONDERCAT passiert? Oh, ich kann WONDERCAT überall zeichnen.«

JA!!! JANE HARRIS ZIEHT NACH ITALIEN! UND IHR ERFAHRT ES ALS ERSTE. Freundlicherweise von mir, dem größten WONDERCAT-Fan aller Zeiten!

WONDERCAT lives – 4eva!

Peter

Eine persönliche Bemerkung an Annika: Wenn du mit dem ersten Band von WONDERCAT durch bist, gib mir Bescheid, und ich schwinge mich auf mein Motorino und bringe dir den zweiten.

>>

Von: Claire Harris <charris2004@freemail.com>
An: Jane Harris <jane@wondercat.com>
Betreff: Dein Anruf

Schatz, ich schreibe dir nur, weil ich schwören könnte, dass du gestern Abend, als du angerufen hast, sagtest, du wollest in Italien bleiben. Mit Cal Langdon. Für immer.

Dein Vater meint, ich muss das geträumt haben. Aber ich glaube nicht, dass ich geträumt habe. Du hast gesagt, wenn der Vertrag für die WONDERCAT-Zeichentrickserie zustande kommt, wird Cal natürlich mit dir nach New York zurückgehen, weil ihr eine ernsthafte Beziehung führt und euch gegenseitig bei euren Karrieren unterstützt.

Normalerweise träume ich so etwas nicht.

Und noch etwas: Heute Morgen, als ich im Lebensmittelmarkt war, um Heftpflaster für deinen Vater zu besorgen (er hat sich einen Nagel in den Daumen geschlagen, als er wieder mal ein Aquarell von seiner Schwester aufhängte – ich wünschte, sie würde sich ein neues Hobby suchen) –, begegnete ich zufällig Marie Caputo, die mich fragte, mit, wie ich zugeben muss, einem Lächeln, dem ich keine Bedeutung beimaß, wie es sich anfühle, einen Sohn zu gewinnen. Einen Sohn zu gewinnen? Was meint sie damit, Schätzchen? Doch bestimmt nicht dich und diesen Cal Langdon, oder? Wollt ihr zwei heiraten? Weiß Holly etwas, das ich nicht weiß, und hat es vielleicht ihrer Mutter erzählt?

Wie kannst du Cal Langdon heiraten, Liebling? Bei unserem letzten Gespräch hast du gesagt, du würdest ihn hassen. Und dass er ständig auf deine Schuhe starrt.

Für mich ergibt das alles keinen Sinn. Ich denke nicht, dass du mit einem Mann, den du erst seit einer Woche kennst, in Italien bleiben solltest, geschweige denn ihn heiraten.

Ich hoffe, Marie hat da etwas falsch verstanden. Ich bin mir sicher, so muss es sein. Du warst schon immer ein vernünftiges Mädchen.

Außerdem, was ist mit Malcolm, diesem netten Investmentbanker, mit dem du dich triffst?

Dein Vater hat Recht, dieses Telefonat gestern Abend muss ein Traum gewesen sein. Du würdest nämlich niemals nach Italien ziehen ohne den Dude.

Oh, warte, ich habe dich gestern Abend danach gefragt, nicht wahr? Und du hast gesagt, du würdest den Sohn des Hausmeisters beauftragen, dir den Dude nach Italien zu bringen …

Aber das kann nicht stimmen. Du würdest nie etwas so Dummes tun.

Nun, ignorier mich einfach. Ich hoffe, du hast eine schöne Zeit in deinem restlichen Urlaub.

Und versuche, nett zu sein zu diesem Cal Langdon. Ich bin mir sicher, er kann nichts dafür, dass er sich in dich verliebt hat. Und du hattest schon immer sehr hübsche Füße.

Liebe Grüße
Mom

>>

Von: Jane Harris <jane@wondercat.com>
An: Julio Chasez <julio@streetsmart.com>
Betreff: Der Dude

Hi, Julio!
Sag mal, was würdest du von einer Gratisreise nach Italien halten?

Jane

Einblicke in das Leben
der Autorin, Extras & mehr …

Von Meg Cabot und Avon A

Warum wir nicht in Las Vegas geheiratet haben wie normale Amerikaner

Vielleicht liegt es daran, dass ich auch Bücher für junge Leser schreibe, denn die meisten der ungefähr zweihundert E-Mails, die ich täglich erhalte, sind von Jugendlichen. Und die breite Mehrheit möchte wissen: »Woher nehmen Sie Ihre Inspiration?«

Inspiration scheint meinen Lesern sehr wichtig zu sein, aber ich muss sagen, ich habe mir nie Gedanken darüber gemacht. Immer wenn ich gefragt werde, muss ich erst überlegen: Was hat mich zu dieser Geschichte inspiriert? Die Wahrheit ist, dass ich es gewöhnlich vergessen habe. Für mich ist generell die Geschichte wichtig, nicht wie ich darauf gekommen bin.

Bei *Aber bitte für immer* ist das jedoch anders. Inspiriert zu der Story – eine Liebesgeschichte, die von einer heimlichen Hochzeit in der italienischen Provinz handelt – hat mich meine eigene Hochzeit, die … na ja, heimlich in der italienischen Provinz stattfand.

Ich dachte, dass eine Geschichte über eine Braut nicht interessant genug sein würde, weder für mich, noch für meine Leser. Vielmehr dachte ich, dass die Vorgeschichte der Braut beziehungsweise wie sie zu einer wurde, interessanter sein würde.

Als ich beschloss, dieses Buch zu schreiben, wählte ich als Hauptcharaktere den Trauzeugen und die Brautjungfer und erzählte im Grunde die Geschichte meiner eigenen heimlichen Hochzeit (mit, ich gebe zu, zahlreichen Erfindungen) aus der Sicht meiner Brautjungfer.

Erfindung Nummer eins: Ich hatte gar keine Brautjungfer für mein italienisches Abenteuer. Die Frau, die meine Brautjungfer hätte sein sollen – zugleich die Freundin des Trauzeugen des Bräutigams –, machte eine Woche vor unserer Hochzeit mit ihm Schluss.

Erfindung Nummer zwei: In *Aber bitte für immer* findet die heimliche Hochzeit in Le Marche statt, in der Gemeinde Castelfidardo, der Weltstadt des Akkordeons. Meine Hochzeit fand mehrere hundert Kilometer entfernt in Ligurien statt, in einer Stadt nahe Monaco, die Diano San Pietro heißt. Ich habe den Schauplatz geändert, weil es bereits elf Jahre her ist, seit ich das letzte Mal in Ligurien war, während ich Le Marche ein knappes Jahr zuvor besucht habe. Ich versprach mir davon eine größere Authentizität.

Erfindung Nummer drei: In *Aber bitte für immer* verbringen die Personen viel Zeit damit, E-Mails auf ihren BlackBerrys zu schreiben. Ich hatte kein BlackBerry zur Verfügung und auch keinen Zugang zum Internet, als ich heiratete. 1993, als wir getraut wurden, war das Internet noch nicht so weit verbreitet und überall verfügbar. Wenigstens nicht für mich.

Das sind aber so ziemlich die einzigen Veränderungen, in denen meine Hochzeit im echten Leben von der im Buch abweicht. Und hier kommt der ausführliche Beweis:

»Sie nehmen uns auf den Arm, *sì?*« Der *segretario* musterte uns misstrauisch über seine Schreibmaschine hinweg.

Mein zukünftiger Ehemann und ich wechselten einen

Blick. Tatsache war, dass wir ihn nicht veralberten. Wir wollten in Diano San Pietro, einem verschlafenen Städtchen an der italienischen Riviera, nur wenige Kilometer von Monaco entfernt, heiraten. Obwohl ein beliebter Badeort, war die ligurische Stadt im März fast ausgestorben, abgesehen von den Einheimischen, die die Olivenhaine an den Hängen der steilen Hügel bewirtschafteten und (wenn man die Besitzer aus ihrem Mittagsschlaf wecken konnte) den zahlreichen Restaurants und Cafés entlang der wunderschönen Küste.

In Anbetracht dessen, dass die Stadt so leer war, verwunderte der Widerwille des *segretario*, uns zu trauen. Es schien nämlich nicht viel los zu sein im Rathaus der Comune di Diano San Pietro. Bis auf uns, den weißhaarigen *segretario* und unseren Dolmetscher und Trauzeugen Ingo war das Gebäude menschenleer. Ich hatte nicht den Eindruck, als würden die Leute dem Standesamt von Diano San Pietro die Tür einrennen.

Und trotzdem schien der Mann weit davon entfernt zu sein, überhaupt in Erwägung zu ziehen, zwei Amerikaner in seiner Stadt zu trauen.

»Sie verstehen nicht«, sagte er zu uns in gebrochenem Englisch. »Wir hier in Italia legen großen Wert auf die Institution Ehe. Es gibt einige Vorschriften zu beachten. Sie benötigen diverse Formulare.«

Daraufhin zeigten wir ihm den *Stato Libero*, den wir im italienischen Generalkonsulat in New York vor unserem Abflug nach Europa beantragt hatten – unterschrieben von vier Zeugen, die mit uns weder verwandt noch verschwägert waren. Auf dem Generalkonsulat hatte man uns versichert, dass dies die einzige Bescheinigung war, die wir benötigten, um in unserem Italienurlaub zu heiraten.

Aber zur Sicherheit präsentierten wir auch unsere Geburtsurkunden in italienischer Übersetzung und unsere Pässe. Italiener, erklärten wir so freundlich wie möglich, sind nicht das einzige Volk auf der Welt, das die Institution Ehe ernst nimmt.

Der *segretario* nahm unsere Dokumente mit verdrossener Miene entgegen. Er hatte definitiv keine Lust auf so ein Theater eine Stunde vor seiner Mittagspause – seiner dreistündigen Mittagspause.

Nichterfindung Nummer eins: In Italien ist es tatsächlich so, dass alles, Banken, Geschäfte, Supermärkte und so weiter, zwischen zwölf und zwei dichtmacht, um den Beschäftigten zu ermöglichen, das Mittagessen im Kreis der Familie ausgiebig zu genießen.

Der *segretario* murmelte, er müsse mit dem Bürgermeister sprechen, und verschwand in einem Büro. Als er kurz darauf zurückkehrte, wurde er von einem großen Mann im Trainingsanzug, der ein zerdrücktes Brötchen mit Salami und Zwiebeln futterte, begleitet. Dieser Herr vertrat tatsächlich das Amt des Bürgermeisters von Diano San Pietro. Er warf einen Blick auf unsere Unterlagen und fragte dann seufzend: »Warum können Sie nicht einfach in Las Vegas heiraten – wie normale Amerikaner?«

Nichterfindung Nummer zwei: Das hat er wirklich gesagt, genau wie im Buch.

Ich gebe es zu: Ich habe eine Hochzeitsphobie. Ich habe nichts gegen die Ehe. Vielmehr ist es das Polterabend-Brautkleid-Behördenkram-Braustrauß-Hochzeitstorten-Gedöns, das mir Unbehagen verursacht. Ich werde oft von meinen Lesern gebeten, Fortsetzungen von meinen Romanen zu schreiben und bestimmte Charaktere heiraten zu lassen. Tatsache ist, dass ich das nicht kann, weil ich noch nie selbst eine Hochzeit geplant und daher keine Ahnung habe, wie man dabei vorgeht.

Damals – während unseres Urlaubs in der Comune di Diano San Pietro – war ich sechsundzwanzig, und mein zukünftiger Ehemann Benjamin war im reifen Alter von zweiunddreißig Jahren. Wir waren also definitiv alt genug, um zu wissen, was wir wollten – jedenfalls keine große Hochzeit. Und sicher nicht in Las Vegas, der Hochzeitsweltstadt.

Nichterfindung Nummer drei: Wie das Brautpaar in *Aber bitte für immer*, hatten auch Benjamin und ich beschlossen, heimlich in Italien zu heiraten, nicht nur, weil unsere Eltern gegen unsere Beziehung waren (wie bei Holly und Mark), sondern auch aus folgenden Gründen:

Ich bekam bei der bloßen Vorstellung, ein Brautkleid auszusuchen, Ausschlag (Benjamin entdeckte das Kleid, das ich zu dem Anlass trug, ein Cocktailkleid von Bill Blass mit weißer Spitze, schwarzen Streifen und Punkten, das knapp über dem Knie aufhörte).

Obwohl sich unsere Familien verstanden, war es utopisch, alle in einem Raum unterzubringen. Wir haben beide eine weit verzweigte Verwandtschaft, und da wir irisch-italienischer beziehungsweise irisch-ungarischer Abstammung sind, bestand die Gefahr, dass die Feier in eine Schlägerei ausartete.

Benjamin hatte, genau wie Cal, der Held in *Aber bitte für immer*, anfangs große Vorbehalte gegen die Ehe (**Nichterfindung Nummer vier**) und schwor oft, mich niemals zu heiraten. Da ich für die Ehe bin – wenn auch nicht für Hochzeiten –, geriet unsere Beziehung irgendwann in eine Sackgasse … ungefähr einen Tag lang. Als wir wieder fähig waren, uns mit dem Thema auseinanderzusetzen, machte unser deutscher Freund Ingo den Vorschlag, in Italien zu heiraten, weil es das schönste Land der Welt sei. Benjamin fand an dieser Idee Gefallen. Und bevor ich wusste, wie mir geschah, füllten wir im italienischen Konsulat in Manhattan Formulare aus.

Damals erschien uns eine heimliche Hochzeit in Italien als die ideale Lösung all unserer Probleme … vorausgesetzt, die italienischen Behörden machten uns keinen Strich durch die Rechnung.

Die Frage des Bürgermeisters wegen Las Vegas ließ uns zunächst in nervöses Lachen ausbrechen … bis uns dämmerte, dass sie ernst gemeint war. Amerikaner zu trauen, war offenbar etwas, was in der Comune di Diano San Pietro nicht oft vorkam – tatsächlich war es sogar noch NIE vorgekommen. Und dort war man nicht gerade begeistert davon, eine Ausnahme für uns zu machen.

Ich versuchte, es nicht persönlich zu nehmen. Bestimmt lag es nicht daran, dass die sich Sorgen machten, sie könnten nicht rechtzeitig in die Mittagspause gehen. Oder?

Während wir hinter dem Geländer standen, das uns von der Schreibmaschine des *segretario* trennte, erklärte unser Freund Ingo in fließendem Italienisch, dass der Grund, warum Benjamin und ich nicht in Las Vegas wie normale Amerikaner heiraten konnten, der sei, dass wir keine normalen Amerikaner seien. Dass wir hoffnungslos romantisch seien, dass die Braut ein Fan (wenn auch zu dieser Zeit noch keine Autorin) von Liebesromanen sei, während der Bräutigam bereits Gedichte veröffentlicht habe und dass wir vor langer Zeit beschlossen hätten, wenn wir jemals heiraten sollten, dann nur im romantischsten Land der Welt, in Italien.

Ich stand da und wartete mit angehaltenem Atem, ob Ingos Argumentation fruchtete. Natürlich wäre es nicht so schlimm gewesen, wenn wir unverheiratet aus Europa zurückgekehrt wären. Benjamin und ich hatten niemandem etwas von unseren Hochzeitsplänen verraten, außer den vier nicht verwandten Zeugen in New York. Unsere Absicht war, als Ehepaar in die USA zurückzukehren und die liebe Familie vor vollendete Tatsachen zu stellen… was uns zugleich ersparen sollte, Hochzeitsgeschirr oder Brautjungfernkleider auszusuchen. Wir konnten es auch ein anderes Mal wieder versuchen…

Aber dann nicht in Italien. Als armer Student (Benjamin) und Verwaltungsassistentin (ich) hatten wir unsere gesamten Ersparnisse für diesen Urlaub geopfert. Wir konnten uns in nächster Zeit keinen Flug nach Europa leisten.

Zu meiner Erleichterung nahm ich wahr, dass zuerst der *segretario* und dann der Bürgermeister bei Ingos eindrucksvollem Plädoyer (ein Wunder in Anbetracht von Ingos Kater nach dem ganzen Prosecco, den wir am Abend zuvor in unserem Ferienhaus getrunken hatten – **Nichterfindung Nummer 5**), weich wurde. Schließlich legte der Bürgermeister mit einem frustrierten Seufzen sein Salamibrötchen weg und erklärte, dass er uns trauen würde, wenn…:

…wir einen Dolmetscher besorgten, der von der Comune anerkannt werde und uns genau sagen könne, wofür wir uns bereit erklärten, wenn wir »*sì*« sagten;

…wir für die Kinderhilfe spendeten;

…wir zusätzliche Bescheinigungen, so genannte *certificati di cittadinanza*, vom Generalkonsulat der Vereinigten Staaten in Mailand vorlegen könnten.

Da die letzte Auflage eine Fahrt von zwei bis drei Stunden pro Strecke bedeutete, weil es über zweihundert Kilometer von Diano San Pietro nach Mailand sind, protestierten wir energisch und machten darauf aufmerksam, dass das italienische Konsulat in New York nichts von zusätzlichen Bescheinigungen gesagt habe.

Aber der Bürgermeister blieb stur. Es war klar, dass er dachte, wir würden die ganze Sache aufgeben, wenn wir dafür fast einen ganzen Tag im Auto verbringen mussten. Welcher geistig gesunde Mensch opfert einen Urlaubstag in Italien, um nach Mailand zu fahren und wieder zurück? Wenn die Comune di Diano San Pietro uns Amerikaner nicht traute, konnte sie ihrem normalen Tagesgeschäft nachgehen … was nach meinem Eindruck sehr überschaubar war.

Als wir uns schließlich geschlagen gaben und uns einverstanden erklärten, alles zu tun, was man von uns verlangte, spannte der *segretario* mit hochoffiziellem Gesicht ein Blatt Papier in seine Schreibmaschine und begann, unseren Antrag für ein *certificato di matrimonio* auszufüllen.

»Und wann möchten Sie heiraten?«, fragte er.

Wir antworteten prompt: »Am 1. April.«

Der *segretario* begann zu tippen, dann hielt er plötzlich inne, musterte uns über den Rand seiner Brille hinweg und sagte: »Das ist ein Scherz. Jetzt nehmen Sie uns aber auf den Arm, *sì*?«

Ich schüttelte den Kopf. Es war Benjamins Idee gewesen, in Italien zu heiraten. Und es war meine Idee, am 1. April zu heiraten, als kleiner Seitenhieb auf Benjamins Überzeugung, dass nur Narren heirateten.

Ich muss zugeben, es hatte eine feine Ironie, dass unsere Familien, die wir danach per Telegramm informierten, bis zu unserer Rückkehr aus Europa nicht wussten, ob wir tatsächlich geheiratet hatten oder ob das alles nur ein Scherz war.

Hey, mit sechsundzwanzig fand ich das total lustig.

»Das ist also kein Scherz«, sagte der *segretario*. Er senkte den Blick wieder auf seine Schreibmaschine und versuchte, nicht zu grinsen.

Der Bürgermeister beobachtete uns misstrauisch, dann hielt er uns einen weiteren Vortrag darüber, dass in Italien die Ehe sehr ernst genommen werde, im Gegensatz zu Amerika. Anschließend schnappte er sich sein Salamibrötchen und verkündete, dass er uns nur um neun Uhr morgens am 1. April trauen könne, da er um zehn das Spiel der Fußballjugend von Diano San Pietro pfeifen müsse (**Nichterfindung Nummer 6**).

Wir versicherten ihm, pünktlich um neun im Rathaus zu sein. Er machte ein *Ja-klar*-Gesicht. Der *segretario*, der unentwegt tippte, grinste weiter in sich hinein. Es war klar, dass keiner der beiden glaubte, dass wir uns am 1. April wiedersähen.

Aber leider unterschätzte die Comune di Diano San Pietro die Hartnäckigkeit von jungen amerikanischen Liebespaaren. Wir wurden nur zweimal wegen überhöhter Geschwindigkeit während unserer Fahrt nach Mailand um fünf Uhr am nächsten Morgen angehalten.

Nichterfindung Nummer 7: Die Schlange im Generalkonsulat war beinahe länger als die Fahrt selbst.

Nichterfindung Nummer 8: Während wir herumsaßen und auf unsere *certificati* warteten, bekamen wir mit, wie eine junge Amerikanerin ihren älteren Bruder von ihrer Hochzeit mit Paolo, einem italienischen Automechaniker, den sie eine Woche zuvor kennengelernt hatte und der in sich gekehrt neben ihr saß und eindeutig kein Wort Englisch verstand, zu überzeugen versuchte. Sie diskutierte immer noch, als wir vier Stunden später gingen.

Nichterfindung Nummer 9: Wir aßen tatsächlich im Amici Amore, und die Toilette bestand aus einem Loch und zwei Fußtritten.

Zum Glück wurden wir auf dem Rückweg nach Diano San Pietro nur einmal geblitzt.

Nichterfindung Nummer 10: Die einzige CD im Wagen während dieser acht Stunden Fahrzeit war ein Sampler von Queen. *Fat Bottomed Girls* war tatsächlich unser Hochzeitslied.

Der Dolmetscher war wesentlich einfacher zu besorgen als unsere *certificati* es waren. Das Gerücht von der bevorstehenden Hochzeit zweier verrückter Amerikaner verbreitete sich in Windeseile im Dorf.

Nichterfindung Nummer 11: Unsere achtzigjährige Wirtin, die uns das bezaubernde, zweistöckige Haus in den Hügeln mit Blick aufs Meer vermietete, bestand darauf, uns zum Standesamt zu begleiten und dem Bürgermeister eine Standpauke zu halten, dass es uns sehr ernst sei mit dem Heiraten und dass er besser nicht in seiner Schiedsrichterkluft zu der Zeremonie erscheinen solle. Berührt von dieser Geste, bat ich sie, meine Brautjungfer zu sein.

In der Zwischenzeit stellte sich ein deutscher Tourist vor, der nur ein paar Häuser weiter in einer *pensione* wohnte, und bot sich an, für uns zu dolmetschen. Er sprach fließend Italienisch und war von Beruf Übersetzer.

Die Mutter eines Nachbarjungen, der jeden Morgen mit seinem Motorino in die Stadt fuhr, um Brötchen für uns zu holen (**Nichterfindung Nummer 12**), bestand darauf, die Rolle der offiziellen Hochzeitsfotografin zu übernehmen. Sie behauptete, dass unsere Eltern sauer sein würden, wenn wir das große Ereignis nicht wenigstens fotografierten.

Am Abend vor unserer Hochzeit kamen Dorfkinder zu unserem Ferienhaus, schmückten unser Eingangstor mit Blumen und stülpten zwei Paar Hausschuhe über die schmiedeeisernen Zinnen, ein alter italienischer Hochzeitsbrauch, der eine glückliche Ehe verspricht (**Nichterfindung Nummer 13**). Die Kinder flochten mir einen Blütenkranz für meine Haare zu unserem großen Tag… Knoblauchblüten, wie sich herausstellte, nachdem ich den Kranz getragen hatte (**Nichterfindung Nummer 14**). Aber es ist immer der Gedanke, der zählt.

Am 1. April um sieben Uhr morgens klopfte es an unserer Tür. Da ich im Gegensatz zu Benjamin fast angezogen war, öffnete ich. Zwei kleine Engelsgesichter schauten mit großen ausdrucksstarken Augen zu mir hoch und sagten in gebrochenem Englisch, dass es ihnen sehr leidtue, aber der Bürgermeister habe sie angerufen. Das Spiel werde um eine Stunde vorverlegt, darum könne an diesem Tag keine Hochzeit stattfinden.

Mir stockte vor Schreck der Atem, meine Hände krallten sich in den Stoff meines Kleides, und meine Augen füllten sich mit Tränen. Daraufhin fingen die Kinder an zu kichern und kreischten: »April, April!«

Ich ließ mein Herz wieder los und bat die zwei, denselben Scherz an Benjamin auszuprobieren. Seine Reaktion hatte einen viel größeren Unterhaltungswert, weil er zur hellen Freude der Kinder nicht wenige amerikanische Schimpfwörter benutzte.

Eineinhalb Stunden später kam unser Hochzeitszug, bestehend aus unserer Wirtin, dem Dolmetscher samt Frau und Tochter, unserer selbsternannten Fotografin samt Mann und Sohn, Ingo und zwei Freunden von ihm aus

Bonn, Benjamin, mir und einer Anzahl Dorfkinder mit ihren Hunden, in der *Sala Consiliare* der Comune di Diano San Pietro an. Verblüfft darüber, dass wir tatsächlich auftauchten, wechselte der Bürgermeister seine Schiedsrichteruniform gegen Blazer, Krawatte und Amtsinsignien (**Nichterfindung Nummer 15**).

Die Trauung war feierlicher und prunkvoller, als wir erwartet hatten. Ingo, der Trauzeuge des Bräutigams, überreichte mir vor der Zeremonie einen Brautstrauß und meiner Brautjungfer eine passende Ansteckblume. Dann bestätigten Frau Schumacher und Ingo als Trauzeugen unsere Unterschrift auf der Diano San Pietro *registro degli atti di matrimonio.*

Laut Dolmetscher gelobten Benjamin und ich uns unter anderem, dass wir immer zusammen unter einem Dach leben und unsere Kinder auf anständige Schulen schicken würden. Keine Trauung, der ich jemals beigewohnt habe, war so süß – und so anschaulich – wie unsere eigene in Italien.

Nachdem wir Ringe und Küsse ausgetauscht hatten, erklärte uns der Bürgermeister zu Mann und Frau, und lauter Jubel und Applaus brachen aus. Dann bat uns der Bürgermeister um ein gemeinsames Foto, während der *segretario* uns um eine Hunderttausend-Lire-Spende für die Kinderhilfe der Comune di Diano San Pietro bat. In das *registro* der Kinderhilfe schrieb mein Mann: *Ist es nicht gut, dass wir uns entschieden haben, nicht in Las Vegas zu heiraten wie normale Amerikaner?*

Dann gingen wir alle über die Straße zur Post, wo wir unsere Telegramme verschickten. Danach gab es einen Hochzeitsbrunch in einem Restaurant, das sich bereiterklärt hatte, extra für uns früher zu öffnen.

Bei diesem Brunch deckten wir **Nichterfindung Num-**

mer 16 auf: Unsere Wirtin hatte früher für die SS gearbeitet, und ihr Sohn saß im Gefängnis, weil er ihre ganze Nachbarschaft ausgeraubt hatte. Ja, die Nazi-Mutter eines Kriminellen war Brautjungfer bei meiner Hochzeit. Dabei war sie so nett! Woher hätte ich das ahnen sollen?

Aber bitte für immer endet mit E-Mails, in denen die Familie die Bereitschaft ausdrückt, eine Feier für das junge Glück, das sie zuvor vehement ablehnte, auszurichten.

Nichterfindung Nummer 17: Im wahren Leben fiel die Reaktion unserer Eltern nicht viel anders aus. Obwohl sie zuerst nicht wussten, ob es sich um einen Aprilscherz handelte oder nicht, fanden sie sich schließlich mit der Hochzeit ab und planten sofort eine Feier im Garten meiner Mutter in Indiana.

Natürlich pflügte am Tag der Feier ein Tornado durch die Stadt, der das Dach einer nahegelegenen Kirche abdeckte und die Temperaturen in den Keller stürzen ließ. Der Garten war übersät mit Blättern und Zweigen. Die Gäste und wir waren gezwungen, einen Pullover überzuziehen und über Farnkraut zu treten, um an den Kühlschrank zu gelangen, in dem das Bier war.

Aber schließlich hatte ich die Erwartung aufgegeben, dass irgendetwas rund lief, was mit meiner Hochzeit zu tun hatte. Darum war ich nicht im Geringsten überrascht. Und bis heute gibt es nichts, was ich an meinem Hochzeitstag hätte anders machen wollen – außer vielleicht, in Castelfidardo zu heiraten … Ich finde, es ist eine sehr lustige Vorstellung, sich in der Weltstadt des Akkordeons trauen zu lassen, weshalb es mir leichtfiel, diesen Schauplatz für *Aber bitte für immer* zu wählen.

Ich bin froh, dass ich wenigstens für dieses Buch eine Antwort parat habe, wenn ich gefragt werde, was mich dazu inspiriert hat.

Eine letzte Sache, die im wahren Leben NICHT passiert ist, möchte ich zum Schluss noch erwähnen: **Erfindung Nummer 4.** Im Gegensatz zu manch einem meiner Reisegefährten war ich schlau genug, keine Austern in Italien zu bestellen …